Roswitha Wieland

TV-TOD

W0077752

Roswitha Wieland

TV-TOD

Thriller

Aufgezeichnet von
Andrea Fehringer & Thomas Köpf

REGIE

Puppen mochte ich nie. Ich konnte sie nicht ausstehen, diese gottverdammten Puppen. Wie sie dasaßen und dalagen mit ihren Kunsthaaren und den Kleidchen und den stumpfen Augen und den Pausbacken, immer leicht gerötet, als würden sie sich für ihre Erscheinung schämen. Puppen sind Darsteller der Regungslosigkeit. Tote Standbilder. Erst wenn man sich mit ihnen beschäftigt, erwachen sie zum Leben, aber nur scheinbar. Kinder brauchen Fantasie, um sie tanzen zu lassen. Um mit ihnen zu reden, ganz so als wären sie aus Fleisch und Blut. Was für eine Lüge! Große Puppen, kleine Puppen, falsche Menschen. Stillleben aus Plastik. Die erste Barbie habe ich mit dem Zippo meines Vaters bearbeitet. Ich habe sie in dem Spielzeuggeschäft ums Eck mitgenommen, versteckt unter meinem grünen Pullover. Keiner hat es gesehen. Ich bin mit dem Fahrrad zu diesem Bauernhof gefahren. Niemand dort. Es war Sonntag, und der alte Sepp hockte mit seiner Frau in der Kirche. Vater unser, der du bist im Himmel. Dass ich nicht lache! Ich saß alleine in der Scheune. Vor mir diese Puppe mit den weichen Gelenken, im Heu liegend. Die Haare haben sehr schön gebrannt. Ganz schnell. Husch. Der Bauernhof war bald vom Feuer umarmt. Die Rauchsäule hat man kilometerweit gesehen. Bis die roten Autos mit dem Geheul der Eile angefahren kamen, war ich längst wieder daheim. Ja, Leben ist Veränderung. Genau da komme ich ins Spiel. Transformation. Die verstehen das noch nicht. Aber Evelyn ist so eine Puppe. Eine Barbie-Frau. Etwas Scheinbares. Man muss sie mit dem Feuerzeug behandeln, das weiß ich. Damit sie echt wird. Rein. Jemand muss die Regie übernehmen. Und wenn nicht ich, wer sonst? Cut.

I

Samstag

»Das Parkett muss brennen«, hatte der Regisseur gebrüllt und mit den Händen gefuchtelt. »Ihr müsst alles geben, hört ihr, ALLES!«

Seine Crew reagierte kaum, sie kannte die Brandrede. Er hielt sie immer vor großen Live-Sendungen, immer musste es die größte Show aller Zeiten werden, immer sah das ganze Land zu, immer mussten sie zeigen, dass sie bei *AustriaOne* die Besten von allen waren, und immer musste irgendwas brennen, heute eben das Parkett. Dabei hatte Norbert Gratzer die Schreierei gar nicht nötig. Er war der beste Regisseur des Senders, insbesondere für Live-Shows, deswegen hätten sie den Abend auch ohne dieses Getue hingebracht, hatte ja auch alles wunderbar geklappt bis jetzt.

Die Tänzer waren empfänglicher gewesen für die Anfeuerung der Regie, zumindest die prominenten, von denen im Finale jetzt nur noch zwei übrig waren. Allerdings waren sie auch ohne Zutun schon aufgekratzt genug. Die Profitänzerinnen wussten, was Adrenalin konnte, und spornten ihre Schützlinge ohnehin ständig an. Gerade eben ließen sie sie abwechselnd scheinboxen und am Stand trippeln.

Na also, murmelte der Regisseur, der jetzt wieder vor seinen Monitoren im Regieraum saß, tonlos in sich hinein, geht doch, wenn man ihnen ein bisschen Feuer unterm Hintern macht. »Auf die Eins«, sagte er laut und zeigte auf den Schirm mit der Totalen.

Im Atrium saßen knapp vierhundert Gäste. Der Studiosaal war dunkel. Erhellt nur durch den Spot, der dem Paar folgte, das nun seine Position auf dem Parkett einnahm für die Rumba. Lara Klein und ihr Tanzpartner David Stürmer blieben in der Mitte der Tanzfläche stehen und stellten sich einander gegenüber, Auge in Auge. Die Band spielte *Bésame Mucho* an, ein mexikanisches Liebeslied. Verzagtheit im Viervierteltakt, hatte Laras Vater immer gesagt. Er hatte ihr alles beigebracht, daheim in ihrer Tanzschule. Gratzer ließ die Hauptkamera heranzoomen.

Laras rotes Paillettenkleid war rechts bis in die oberste Etage geschlitzt, es funkelte wie eine zweite Haut, besetzt mit Rubinsplittern. David, ein Fußballstar, stand aufrecht, stolz, das Kinn weit oben, so sah er aus, wenn er vor einem Ländermatch die Bundeshymne sang.

»Und jetzt zeigen wirs ihnen«, zischelte Lara David zu und warf den Kopf in den Nacken. Einen Augenblick lang hielt sie noch inne, dann fixierte sie ihn mit einem provokanten Blick, spannte sich und explodierte. Aus dem Nichts heraus drehte sie am Stand fünf, sechs, sieben Pirouetten. Das Kleid sprühte Funken.

Es sah so leicht aus, wie sie um die eigene Achse wirbelte, ballerinenzart und gleichzeitig kraftvoll. David führte sie mit der linken Hand, wie es die Choreografie vorsah. Er stand da, schwarze Hose, schwarzes Hemd mit Fledermausärmeln, bog den Rücken durch und bewegte die Schultern im Rhythmus der Musik. Lara hatte es ihm gut eingetrichtert. Der lateinamerikanische Spirit lag ihm, David hatte so eine leichte Anstößigkeit in der Bewegung, viel zu schade für den Strafraum, wie gemacht für die Rumba. Die Rumba war ein lasziver Tanz, eine liederliche Spielart, wie ein Journalist mit einer Vorliebe für derlei Sprachspielchen geschrieben hatte. Vom Standpunkt der Tänzer aus waren es fließende Bewegungen, die eine perfekte Schritttechnik voraussetzten. Nur dann war es die Balz der Eleganz.

Bésame ... Bésame mucho. Como si fuera esta noche la última vez ...

Das Publikum gab Zwischenapplaus. In der Luft lag ein Gemisch aus Herzklopfen und Spannung. Lara liebte das. Sie war völlig in dem Tanz verschwunden, zu einem Teil der Musik geworden, nur Körper, nur Bewegung. Sie rollte die Hüften, wie man das sonst vielleicht von Kubanerinnen kannte, die abends durch die Straßen von Havanna gehen. Jeder Schritt eine Ansage, jede Armbewegung eine Körperbeherrschung. Ihre schwarzen Haare waren nach hinten gekämmt und zu einem Dutt aufgesteckt, sie schimmerten im Licht wie lackiert. Rote Pailletten, eine einsame Schweißperle auf der Stirn, sie zeigte Dekolleté, viel Bein, sie füllte den Saal aus mit ihrem Knistern. Im Finale durfte es keinen Fehler geben, nicht dieses Mal.

Bésame ... Bésame mucho. Que tengo miedo a perderte, perderte después ...

Laras Oberschenkelmuskel trat hervor, als sie sich in Pose warf, bis David ihr den Weg freigab, den Kopf leicht geneigt, und sie davonschwebte, als gäbe es unter ihren Highheels keinen Boden. Es sah aus, als brauchte sie auch keinen. David war gut, er hatte verstanden, dass es bei der Rumba darum ging, die Frau in den Vordergrund zu stellen. Das Werben um ihre Gunst verlangte Präzision in jeder Sekunde, und die lieferte er, das hatte er am Ball gelernt, beim Dribbeln wars genauso, nur ohne Frau.

Bésame ... Bésame mucho, mucho, mucho, mucho ...

Ihr Tanz neigte sich dem Ende zu. Norbert lächelte im Regieraum, großartige Bilder, ja, sie *waren* die Besten von allen. Er sah kurz zum Generaldirektor hinüber, der saß mitten im Publikum, auf ganz bescheiden und er war entspannt. Auch in den Rängen zufriedene Gesichter.

»Schlusspose!«, rief der Regisseur, als müsste er das irgendwem hier sagen. Die Kameraleute waren alle auf Position. Sie wussten, was jetzt kam. Der Moment, wenn Lara diese abgefahrene Figur mit dem Fuß machte, deshalb hatte sie diese fürs Tanzen völlig unpraktischen Highheels an. Das hatten sie mehrfach geprobt, es brauchte den richtigen Winkel, um gut im Bild zu sein.

Lara hatte mit David wochenlang auf diesen Augenblick hingearbeitet. Es hatte vor zwanzig Jahren ein Tanzpaar gegeben, Nicole Hansen und Donnie Burns. Damals hieß es, sie tanzten wie vom andern Stern. Und einmal erfanden die beiden am Ende einer Rumba eine Schlusspose, in der Hansen das Bein hochwarf und ihrem Donnie den Fuß auf die Brust setzte, den Stöckel direkt auf den Solarplexus, die Zehenspitzen hart an seinem Kehlkopf. Den Kopf hatte sie vorgereckt, beide Arme seitlich nach hinten gestreckt, alle zehn Finger abgespreizt. Aggressiv, die Leidenschaft im Angriff. Er stand in Schräglage gegen ihr Bein gestemmt, die Arme ebenfalls nach hinten weggestreckt. In dieser Stellung verharrten sie, eine Momentaufnahme der Hochspannung. Sie standen wie eine Statue, gehauen aus einem einzigen Stein. Die Weltmeisterpose. Lara und David hatten genau das geübt.

Die letzten Töne von *Bésame mucho* erklangen. Die letzten Drehungen, die letzten Takte. Lara verlagerte ihr Gewicht auf das linke Bein und ging ein wenig in die Knie. Gleichzeitig schleuderte sie das rechte Bein in einer dramatischen Geste nach oben, zeigte damit in den Himmel, dort waren sie, die Sterne, die sie sich holen würde. Ja! Und jetzt. Ihr Schuh landete auf Davids Brust, gefährlich nah an seinem Kehlkopf. Sie stand. Sie hielt die Pose. Das Publikum jubelte. Was für ein Finale, was für ein Paar! Und genau in dem Moment knickte Laras linkes Bein ein, gab einfach unter ihr nach. Sie ruderte mit den Armen um ihr Gleichgewicht, aber es nützte nichts, sie fiel. Aus wars mit der aggressiven Leidenschaft. Sie plumpste auf den Boden. Der Aufprall erzeugte ein dumpfes Geräusch.

Aufschreien im Publikum, das *Oooooch* der Enttäuschung. Sie fing sich schnell, rappelte sich auf, aber trotz ihres ungebrochenen Bühnenlächelns konnte man sehen, was in ihr vorging. Wut und Resignation. Bis hierher war sie gekommen, fehlerfrei und grandios und jetzt hatte sie den Schluss vergeigt. David half ihr auf, in einem Augenblick der Unbeherrschtheit schlug sie seine Hand weg.

»Danke, meine Süße«, sagte Gratzer im Regieraum.

»Meinst du danke für ein verhautes Ende oder danke, das war besser als die ganze Schlusspose?«, fragte die Regieassistentin, bekam aber keine Antwort.

Einer der drei Wertungspromis, das Ekel in der Jury, grinste bissig und sortierte schon seine Schildchen. Die Kollegin aus der Musical-Abteilung zog die Schultern hoch. Sie wusste, wie sich so was anfühlt. Was solls, passierte jedem.

Lara stand wieder. Demonstrativ nahm sie Davids Hand, um die Geste von vorhin vergessen zu machen. Sie war außer Atem, ihre Wangen waren rot vor Scham und Zorn, aber ihr Lächeln war intakt.

Natürlich gab es einen Riesenapplaus. Ein paar Leute standen sogar von ihren Sitzen auf.

So hört sich Mitgefühl an, dachte Lara, möchte nicht wissen, wie viele das wirklich ehrlich meinen.

Der Applaus ebbte langsam ab. Isabella Rathbauer kam auf die Bühne. Die Moderatorin hatte sich das Selbstvertrauen von Menschen abgeschaut, die sonst mindestens die Oscars moderierten. Nichts brachte sie aus der Ruhe. Sie konnte auf Kommando sehr traurig oder sehr glücklich sein. Und auch so einiges andere, wie Lara im Flurtratsch des Senders gehört hatte.

Isa kam strahlend auf das Tanzpaar zu. »Ach, meine Lieben, so ein Pech, alles okay? Ist dir hoffentlich nichts passiert, Lara?« Ihre blonden Strähnen, die sich wie zufällig aus der Hochsteckfrisur gelöst hatten, tanzten auf und ab. Ihr goldenes Kleid saß wie angegossen.

»Alles gut, danke«, sagte Lara und strahlte zurück. Sie holte gerade Luft, um irgendwas Witziges zu sagen, das den Sturz verharmlosen würde, doch Isa streckte schon David das Mikro entgegen. »Das muss ja ein kleiner Schock gewesen sein, David, nicht wahr, hast du dich wieder erholt? Muss sich ja wie ein verschossener Elfer angefühlt haben.«

David grinste. »Keine Ahnung, ich hab noch nie einen Elfer verschossen.« Das Publikum lachte und applaudierte. Lara lachte mit. Danke David, dachte sie.

Isabella Rathbauer drehte sich mit dem Mikrofon in der Hand zur Kamera und sprach jetzt zu den achthunderttausend Menschen, die daheim vor dem Fernseher saßen. »Meine Damen und Herren, das war der erste Finaltanz und gleich so eine Bombe. Was für eine Show! Diese Rumba, besser gehts nicht, oder? Vergessen wir den blöden Ausrutscher, erinnern wir uns an die Perfektion davor.« Sie drehte sich zu Lara und David und klatschte ihnen Beifall. »Sie haben gesehen, was die beiden geleistet haben und wie sehr sie sich in den wochenlangen Trainings angestrengt haben. Hören wir, was die Jury zu sagen hat.« Sie wandte sich an die drei, die am Tisch saßen und Notizen machten. »Bitte seid nicht allzu streng mit unserem schönen Paar, ja?« Sie hob den Zeigefinger.

Nacheinander zeigten die drei von der Jury ihre Schildchen. Zweimal die Neun von den beiden Damen, einmal die Sieben, garniert mit einem bissigen Grinsen.

»Das macht fünfundzwanzig! Und damit ist alles noch offen!«, rief Bella. »Und jetzt, liebe Zuseherinnen und Zuseher daheim, darf ich unser zweites Superpaar ankündigen. Evelyn und René. Unser Supermodel hat sich ja bisher mehr als gut geschlagen.«

Supermodel, dachte Lara, während sie ihr unverändert strahlendes Lächeln an den Parkettrand trug, ewig dieses Trara wegen einer, die sich auf dem Laufsteg über die Zehen steigt, hier ist die Hirth kein Mannequin, und wenn sie noch so oft von der *Vogue* auf uns herunterschaut, hier ist sie nichts anderes als Profitänzerin, genau wie ich, der Promi ist der René mit seinen Schnulzen, aber den lassen sie völlig untergehen neben ihr.

»Kamera zwei«, kommandierte Norbert, und Evelyn von Hirth kam ins Bild, wie sie mit ihrem Schlagersänger aus Tirol die Showtreppe herunterschritt. Sie sah einfach fantastisch aus.

Die Moderatorin empfing die beiden und stellte sich zwischen sie. »Und an dieser Stelle wird es besonders spannend. Denn es geht hier nicht nur um Sieg oder Niederlage im

Finale von *DancingVIPs*. Es geht um eine große Zukunft. Hier bei uns auf *AustriaOne*. Wer heute gewinnt, gewinnt – eine eigene Show! Ich darf es hiermit ankündigen: *Dinner&Dance*. Ja! Und eine der beiden Finalistinnen wird diese neue Show ab nächster Woche moderieren. Lara Klein« – die Kamera zoomte sie heran – », die bei ihrer Rumba wirklich vollen Körpereinsatz gezeigt hat. Oder Evelyn von Hirth« – Großaufnahme des Weltklasseprofils – », die die Laufstege zwischen Mailand und Paris für die nächste Zeit gegen unsere Showbühne eintauschen könnte. Eine dieser beiden großartigen Frauen wird *Dinner&Dance* moderieren und das Publikum, ja, genau Sie, meine Damen und Herren daheim, entscheiden, ob das Lara oder Evelyn sein wird. Lara oder Evelyn. Sie sind die Jury!« Sie zeigte in die Kamera.

Applaus im Publikum. Isa Rathbauer zeigte ihre glanzweißen Zähne. »So, jetzt darf ich unsere Evelyn und den René aufs Parkett bitten. Kommt her. Genau. Ihr seid bereit? Der Paso Doble ist euer letzter Tanz in diesem wunderbaren Finale von *DancingVIPs*. Viel Glück. Es geht los.«

Das Licht im Saal wurde gedimmt. Der Spot richtete sich auf die zwei, die sich in der Mitte des Parketts postiert hatten. Der Paso Doble ist ein spanischer Tanz, wird aber von der Tradition her den lateinamerikanischen Tänzen zugeordnet. Das Paar interpretierte einen Stierkampf mit all seiner Dramatik. Evelyn symbolisierte die Kappa, das rote Tuch. Ihr schwarzes Kleid zu den hellblonden Haaren war ein Geschenk ihrer Freundin Stella McCartney. Die Musik begann. René Moserer trug das Kostüm eines Toreros, mit goldrot bestickter Weste. Er passte blendend zu seiner Partnerin, hier stand er, der Held der Arena.

»Oh mein Gott, sind die gut!«, entfuhr es Lara. Sie stand neben David am Rand des Parketts und sah ihren Kontrahenten zu. »Es tut mir so furchtbar leid, dass ichs versaut habe«, sagte sie und vergrub den Kopf an seiner Brust. Er winkte ab. Macht nichts, sollte das heißen. »Geh, Lara, mir kann das sowas von egal sein, ich brauch keine Balletteinlagen fürs Stadion. Mir tuts nur leid für dich, du könntest ja deine eigene Sendung bekommen.«

Die Regie schickte Kamera zwei und vier hinter dem tanzenden Paar her. »Bleibt an ihr dran, ich will ihre Beine und ihr Gesicht«, dirigierte Gratzer die Kameramänner, die ihn über Kopfhörer im Ohr hatten. Sie verfolgten Evelyn quer über die Tanzfläche, ihren schlanken Körper, ihre Füße in den zarten Tanzschuhen und immer wieder Nahaufnahme. Sie schien sich überhaupt nicht anzustrengen. Im Gegenteil, sie badete im Rampenlicht. Jede Bewegung wirkte, als wäre sie für sie ausgedacht worden. Sie und ihr Tanzpartner fegten über das Parkett. Als Einheit. Die Choreografie war kompliziert, aber jeder Schritt saß, der Schlagersänger war nicht ungeschickt.

Lara und David waren nach hinten gegangen, in den Vorhof der Hölle, wie alle den Raum nannten, in dem die Tänzer auf ihre Auftritte hinzitterten. Obwohl nur noch die letzten zwei Paare um den Sieg kämpften, waren auch alle ausgeschiedenen Tänzer da, die Truppe war komplett. Es würde zum Abschluss noch eine gemeinsame Einlage geben.

Die Profikollegen empfingen Lara wie ihre Königin, verbeugten sich vor ihr und trösteten sie. Sie war die Beste von ihnen, das war im Insiderkreis gar keine Frage und niemand gönnte ihr das Missgeschick. Die Hirth war nicht schlecht, aber mehr am Schönsein interessiert als am Tanzen. Sie war keine von ihnen, schon deshalb drückten alle Lara die Daumen. Wenn auch wahrscheinlich vergebens, ihr Sturz am Schluss würde sie den Sieg kosten. Jetzt hingen ihre Blicke an den riesigen Monitoren, die das Fernsehbild zeigten. Es war still, insgeheim dachten alle, was Lara aussprach: »Ich glaub, das wird eng.«

Die Blonde hatte die besseren Karten und Lara hatte sie ihr praktisch selbst zugeschoben. Evelyn konnte sich in Szene setzen, das musste man ihr lassen. Und sie hatte den

Favoritenbonus mit ihrem Modelflair. Vermutlich wurde sie auch vom Sender bevorzugt. *AustriaOne* hatte mit ihr die Gelegenheit, ein international bekanntes Model als Moderatorin für die nächste Show zu bekommen. Es ging zwar um Dinner und Dance, aber wen kratzte schon die tänzerische Perfektion, wenn sich so ein blonder Mund beim Dessert die Lippen leckte. Warum sollten sie Lara nehmen, die die bessere Tänzerin, aber zwanzig Zentimeter kleiner war als Evelyn und glamourmäßig einfach nicht so viel hermachte.

Ein Feuerstoß flammte am Rand der Bühne auf, als die Musik einen Tusch hören ließ. Pyrotechnik gehörte zur Show. Sie setzten sie allerdings nur bei manchen Tänzen ein, wie jetzt bei Evelyn, was Lara gleich wieder wurmte. Warum hatten sie und David nicht auch ein paar optische Spezialeffekte bekommen?

Die Band spielte den klassischen Paso Doble mit neuen Facetten, gemixt mit Passagen aus Michael Jacksons *Thriller*. Evelyn und René machten sich den Tanz zu eigen. Choreografisch waren die Schritte soso, aber die Show lag beiden. Er hatte die Arme hochgestreckt, den Kopf dazwischen eingezogen und die Beine geschlossen, als stünde er nie anders als in Stierkämpferpose auf der Bühne, wenn er seine Alpenhits trällerte. Sie wand den Vorzeigekörper und ließ ihre Schenkel wirken, den Rest überließ sie ihrem Busen, den das Kostüm aus dem Dekolleté presste, als sollte er mit der Fliehkraft der nächsten Drehung herausspringen. So sah es zumindest Lara, das Publikum hatte einen milderen Blick. Man sah diese Frau seit Jahren auf Plakaten, die Parfüms bewarben, Mode oder Luxustaschen. Der letzte Auftrag von Louis Vuitton hatte ihr eine höhere siebenstellige Summe eingebracht. Die Klatschspalten waren voll mit Fashionshootings und Interviews. Das Gesicht der Wienerin war allen vertraut. Und die Menschen, die sie nicht persönlich kannten, liebten sie auch, sogar die Frauen. Mit achtundzwanzig war sie eine Ikone.

Evelyn schaffte es mühelos, die Synkopen genau richtig zu erwischen, sie tanzte, als gehörte der Saal nur ihr. Die Haare offen, die Lippen blutrot glänzend. Niemand konnte den Blick abwenden. Sie drehte sich zur Seite, stoppte ab, legte mit ihrem Partner wieder den zackigen Grundschritt aufs Parkett und bei jeder Pose wurde ihr Elfenbeinhals noch ein Stück länger. Die Menge klatschte. Evelyn huschte ein Hauch von einem Lächeln übers Gesicht, Siegessicherheit mit einem Anflug von Ich-bin-euch-ja-so-dankbar. So sehen die aus, die überall in der ersten Reihe stehen. Man konnte die Zuversicht von der Mimik ablesen. Diese Königin ließ sich vom Volk bewundern.

Lara schluckte. Sie sah David von der Seite an. Sogar er war fasziniert von Evelyn. Ja, sie würde das Rennen machen, da war sich Lara sicher. Wieder würde es nur für Platz zwei reichen. Sechsmal hatte sie schon mitgemacht, immer bis ins Finale, nie bis zum Sieg. Sie war die Ewigzweite bei dieser Show. Die Silberprinzessin. Und immer war das Voting verdammt knapp gewesen. Vom Können her besser als alle anderen zehn Paare, aber gereicht hatte es doch nicht. Offenbar war sie doch nicht so beliebt, wie sie dachte. Sie ballte die Faust.

Vorne auf der Bühne zum Publikum hin zischten wieder Pyroeffekte auf, die die Darstellung anheizten. Der Paso Doble nahm Fahrt auf. Evelyn hatte sogar dabei noch den Nerv, eine Augenbraue zu heben – Gratzer erwischte sie in Nahaufnahme –, um ihrem Tanzpartner zu zeigen: Ja, wir sind auf der Zielgeraden. Das geht sich locker aus. Wir sind die Besten. The winner takes it all.

Es war genau in diesem Augenblick. Es knisterte etwas an ihrem schwarzen Kleid. Ein Geräusch, das niemand hörte. Unten vom Saum her materialisierte sich ein hellweißer Punkt, der sich blitzartig zu einer winzigen Stichflamme auswuchs und nach oben schoss. Es war wie ein scharfes Züngeln. Niemandem fiel die Flamme auf, zu der sich andere gesellten. Vier, fünf grellweiße Flämmchen, die ebenfalls nach oben schossen. Evelyn selbst war so gefangen von ihrem Tanz, dass sie gar nicht bemerkte, wie ihr Kleid von unten her zu brennen begann. Es dauerte ein paar Sekunden, bis die Zuschauer mitbekamen, was da passierte. Evelyns Organzakleid stand bis zu ihren Hüften in Flammen. Jetzt sah sie es, spürte die Hitze. Sie stand da, schrie, ihr Tanzpartner neben ihr, erstarrt. Evelyn schrie, schrie –

Die Zuschauer waren im Schockzustand. Die Frau auf dem Parkett schlug um sich, auf ihre Schenkel, ihren Bauch, versuchte, das Feuer mit den Händen zu ersticken. Aber es war zu spät. Ihre Schreie wurden noch spitzer, sie drehte sich, stand immer noch. Die Feuerzungen leckten sich nach oben, über das Top des Kleides zu den nackten Schultern und erfassten Evelyns offene Haare. Es loderte auf, wie Stroh, das Feuer fängt. Drei Sekunden später sah man die Frau auf dem Parkett nur mehr als Fackel.

Hier verbrannte ein Supermodel live im Fernsehen. Jetzt schrie man auch im Publikum. »Tut denn keiner was! Hilfe!«

Viele sprangen auf, die einen rannten Richtung Parkett, um zu helfen, die anderen Richtung Ausgang, um zu fliehen.

Der Kameramann war so geschockt, dass er weiterfilmte, die brennende Tänzerin in ihrem Todeskampf.

Der Regisseur, der im Regieraum nicht mitten im Geschehen war und die Monitore wie Filter zwischen sich und der Realität hatte, sprang so heftig auf, dass sein Sessel nach hinten umfiel. Er deutete mit dem ganzen Arm immer wieder auf das Flammenbild. »Draufbleiben!«, schrie er, »auf jeden Fall draufbleiben!«

Ein Produktionsassistent schnappte sich das Tischtuch vom Pult der Jury. Er hechtete zu Evelyn und schlug mit dem Tuch nach ihr. Männer aus dem Publikum zogen ihre Sakkos aus und sprangen auf die Tanzfläche. Irgendjemand hielt sie zurück, sie konnten nicht helfen, ohne sich selbst zu verletzen. Die Hitze war jetzt meterweit zu spüren, sie zog einen Bannkreis um Evelyn. Der Produktionsassistent roch verbranntes Fleisch und versengte Haare, er taumelte zur Seite und würgte.

»Feuerlöscher!«, rief jemand links von der Bühne. »Wo ist der verdammte Feuerlöscher?«

»Hilfe!«

»Raus hier!«

»Weg da!«

»Schnell!«

»Ein Arzt, ist hier irgendwo ein Arzt?«

»Wir brauchen einen Sanitäter!«

»Hilfe!«

»Ruft doch wer die Rettung!«

»Dort drüben! Der Feuerlöscher!«

»Komm schon!«

»Drück drauf!«

Schaumfontänen quollen aus dem roten Druckbehälter. Ein paar Menschen im Publikum saßen immer noch auf ihren Plätzen, starr, die Münder offen, unfähig, sich zu bewegen. Sie sahen aus wie Zuschauer in einem Actionfilm. Das konnte nicht wahr sein. Das gabs einfach nicht. Das war alles nur Show. Nicht echt. Ein Bühnentrick.

Lara war aufs Parkett gelaufen. Irgendwer zog sie zurück. Sie schrie. »Neeeiiiin!« Dann ließ sie sich auf die Knie sinken, setzte sich auf ihre Fersen und blieb dort hocken.

Die anderen Tanzpaare liefen an ihr vorbei, ziellos, hilflos. Eine Frau stand im Weg, die Hand vor dem Mund, sie wurde von anderen angestoßen, rührte sich aber nicht vom Fleck. Die meisten hatten noch nicht realisiert, was da gerade geschehen war. Evelyn lag jetzt auf dem Boden, reglos. Das Schlimmste waren die Haare, die größtenteils vom Kopf gebrannt waren. Der Schädel war dunkelrot, ihr ganzer Körper rauchte.

Der Saal war ein einziges Durcheinander. Es wurde geschrien, Gäste und Fernsehleute hetzten kreuz und quer durch. Die Band stand wie vom Stab des Dirigenten versteinert. Der Produktionsleiter suchte den Generalintendanten. Er stand am Ausgang und gab mit einigermaßen ruhiger Stimme Anweisungen. Aber der Eindruck täuschte, er war nicht ruhig, er war nur der GI.

Der Sicherheitschef hatte permanent sein Handy am Ohr und schrie irgendwen an. In einigem Abstand um Evelyn hatte sich ein Kreis gebildet, näher als fünf Meter traute sich keiner an sie heran. Alle wollten etwas tun, niemand konnte. Bewegte sie sich? Wenigstens wissen, ob sie noch lebte. Ja, sie atmete. Atmete sie? Man musste die Frau doch retten, wiederbeleben.

Jemand rief: »Bringt einen Defibrillator! Herrgott, tut denn keiner was?«

Eine Frau bahnte sich einen Weg. »Ich bin Ärztin«, sagte sie, man ließ sie durch. Sie kniete neben Evelyn und prüfte, ob sie noch am Leben war. In diesem Zustand war das schwer einzuschätzen. Sie sah entsetzlich aus. Rohes Fleisch hing in Fetzen von ihrem Körper, das schöne Gesicht sah aus wie abgeschält und war fast schwarz. Die Ärztin wandte sich kurz ab.

»Gehts?«, fragte der Produktionsleiter, der sich den Weg zu ihr gebahnt hatte.

»Ich bin HNO-Spezialistin«, sagte sie, als müsste sie sich dafür entschuldigen, »aber ich habe im Turnus in einem Unfallkrankenhaus gearbeitet, ich kenn mich schon aus.« Sie sah ihn an. »Es kann sein, dass sie noch lebt, aber ich weiß nicht, ob da noch viel zu machen ist.«

Kurz vor zweiundzwanzig Uhr traf die Rettung mit Blaulicht und Sirene vor dem Haupteingang ein. Der Portier hielt die Glastür auf. Sanitäter kamen mit einer Bahre angelaufen. Der Portier wies ihnen mit beiden Armen die Richtung, durch das Foyer, vor zum großen Sendungssaal. Ein Notarzt rannte hinter ihnen her. In der Hand trug er einen roten Erste-Hilfe-Koffer. Seit dem Unfall waren neun Minuten vergangen. Aber niemand hätte jetzt sagen können, was das überhaupt war, Zeit. Alles passierte ohne linearen Ablauf, ineinandergeschoben, gleichzeitig. Es war wie bei einem Terroranschlag, wenn die Welt von einer Sekunde auf die andere nicht mehr so ist, wie man sie vorher kannte. Die Zeit hatte sich vom Geschehen abgekapselt. Vielleicht war es ein Terroranschlag.

Überall fassungslose Gesichter. Kopfschütteln. Vielen rannen Tränen über die Wangen herunter, Frauen wie Männer schluchzten. Mitarbeiter des Senders verfolgten die Arbeit der Rettungsleute, wollten etwas beitragen, standen aber mehr im Weg. Der Sicherheitschef hielt sich abseits, besah sich die Lage. Was war hier passiert? Hätte man es verhindern können? Hatte jemand einen Fehler gemacht? Er schüttelte den Kopf. Es war ein Unfall, so was kann niemand verhindern.

Lara hockte immer noch auf dem Boden und starrte vor sich aufs Parkett. Sie brachte das Bild nicht aus ihrem Kopf. Evelyn von Hirth hatte vor ihrer aller Augen Feuer gefangen und war in Sekundenschnelle verbrannt. Wie gab es das? Wie konnte das geschehen? Live, im Fernsehen?

Laras Herz durchschlug ihr fast die Brust. Sie bekam kaum Luft. Gedanken schossen ihr durchs Hirn, kleine Stichflammen, wie die auf Evelyns Kleid. Immer wieder dasselbe Bild. Evelyns brennende Haare, ihr schmerzverzerrter, schreiender Mund, ihre Arme, die um sich schlugen und gegen etwas ankämpften, das nicht greifbar war. Feuer war ein Feind ohne Körper, namenlos und mörderisch. Lara vergrub ihr Gesicht in den Händen und wimmerte. Das war kein Albtraum, das hatte tatsächlich stattgefunden. Ein Mensch in Flammen. Mitten auf der Tanzfläche. Es war so schnell gegangen und niemand hatte ihr helfen können. Evelyn musste unglaubliche Schmerzen gehabt haben. Lara konnte sich gar nicht vorstellen, wie sie gelitten haben musste. Bevor –

»Sie lebt!«, schrie jemand.

Der Notarzt hatte die Hals-Nasen-Ohren-Spezialistin abgelöst und ein schwaches Lebenszeichen festgestellt, bevor die Rettung Richtung Krankenhaus losgeprescht war. Die Nachricht verbreitete sich im Nu. Sie war nicht tot. Evelyn lebte noch.

In der Nachrichtenredaktion im zweiten Stock des Senders schmiss man nicht leicht die Nerven weg, aber brennende Menschen sah man auch hier nicht jeden Tag, noch dazu im eigenen Haus. Man zwang sich zu einem nüchternen Blick auf die Sache, Berichterstattung wie gewohnt. Aktualität im Bild. Das war Echtzeit-Action, so würden es vermutlich die vom Marketing nennen, aber die brauchte hier niemand. Diese Geschichte hatte keine Werbe-Teaser nötig, die hatten sie auf jeden Fall exklusiv.

Die Rädchen in der Redaktion liefen auf Hochtouren. Jeder wusste, was zu tun war, selbst jetzt. Die Leute tippten auf ihre Tastaturen ein. Aufgaben wurden verteilt, Ablaufpläne gezimmert. Der Moderator bereitete sich auf einen Live-Einstieg vor. Eine Make-up-Assistentin pinselte ihm beiges Puder ins Gesicht, während er stumm den Text, den er gleich vortragen würde, durchging.

Ein paar Kamerateams waren vor Ort im Saal, wo es passiert war. Mit einer Reporterin, die halbherzig versuchte, die Strähnchen aus ihrem Pferdeschwanz zu bändigen. Brandschutzbeauftragte schwirrten aus, um die Installationen für die Pyrotechnik und die Bühnenshow zu kontrollieren. Wer weiß, vielleicht war dort irgendwas passiert. Drei Polizisten in Uniform rundeten die Szenerie des Unfallorts ab. Einer redete in ein Funkgerät. Seit Evelyn weggebracht worden war, lag ernste Geschäftigkeit in der Luft. Alle suchten in dem Getümmel nach Antworten.

Im Nachrichtenstudio ertönte die Signation der *News im Bild*. Arnold Schafberger erschien auf dem Bildschirm.

»Guten Abend, meine Damen und Herren«, sagte der Sprecher. »Diese Sendung beginnt nicht wie sonst.« Auch er war nicht so gelassen wie üblich. »Es hat sich hier im Zentrum von *AustriaOne* etwas Schreckliches ereignet. Wenn Sie das Finale von *DancingVIPs* nicht verfolgt und jetzt erst eingeschaltet haben, darf ich kurz zusammenfassen: Das bekannte Model Evelyn von Hirth ist Opfer eines pyrotechnischen Unfalls geworden. Ihr Kleid hat während ihres letzten Tanzes mitten auf dem Parkett Feuer gefangen und die Tänzerin stand komplett in Flammen.«

Die Bilder der kleinen Stichflammen, die am Kleid hinaufschossen, wurden eingeblendet und züngelten noch einmal an der Tänzerin hinauf. Mehr zeigte man nicht. Nicht ihr Schreien, nicht ihre lodernden Haare. Der Kameramann war zu nahe an der Todesangst der jungen Frau dran gewesen, das konnte man dem Publikum aus Pietätsgründen und zu einer Sendezeit, in der Jugendliche zusahen, nicht zumuten, ohne dass ein Shitstorm losbrach.

»Wir wissen noch nicht mehr. Der Unfall ist erst vor ein paar Minuten passiert, im Studio laufen die Untersuchungen. Auch zum Gesundheitszustand von Frau Hirth können wir noch nichts Näheres berichten. Moment –« der Knopf im Ohr verriet ihm etwas Neues. »Ja, wie ich höre, haben wir eine Direktschaltung zum Geschehen. Unsere Reporterin Anita Kaiser hat Details.«

Die Regie blendete das Studiobild aus und zeigte die junge Frau mit dem Pferdeschwanz, die jetzt eine Schutzjacke mit dem Emblem des Senders trug, aus welchen Gründen auch immer. Bevor die Ursache nicht gefunden war, war man lieber vorsichtig.

»Ja, danke, Arnold. Ich stehe hier im Atrium von *Austria One*. Hier vorne sehen Sie das Tanzparkett von *DancingVIPs* und genau hier hat sich der Feuerunfall ereignet. Der Brandschutzbeauftragte der Wiener Feuerwehr kann noch keine Auskunft geben. Zum gegenwärtigen Zeitpunkt sei es dafür noch zu früh. Die Untersuchung läuft bereits, aber bevor die Ergebnisse da sind, lässt sich gar nichts sagen.«

Sie hielt das Mikrofon ein wenig weiter weg, damit sie bis zur Brust im Bild war. »Es gibt vierhundert Augenzeugen allein hier im Studio, ganz abgesehen von den Mitarbeitern und Mitarbeiterinnen und letztlich den Tausenden Zusehern daheim, und doch ist völlig unklar, wie es zu dem Unfall kommen konnte. Es hat einfach nicht das Geringste auf das Unglück hingedeutet. Plötzlich stand Evelyn von Hirth mitten im Feuer, es war ein entsetzlicher Anblick, sagen alle, die es miterlebt haben, wenn sie überhaupt schon fähig sind, etwas davon in Worte zu fassen.«

Die Reporterin wandte sich an einen Mann in der ersten Reihe. »Sie saßen hier vorne, könnten Sie uns erzählen ...«

Es folgten noch ein paar kurze Interviews mit erschütterten Menschen, die ihre Eindrücke schilderten. Es klang entsetzlich, brachte aber nichts Neues.

»Eine Tragödie«, sagte die Reporterin wieder in die Kamera. »Frau von Hirth wurde mit Verbrennungen dritten Grades ins Spital eingeliefert, sie atmet selbst, ist aber nicht bei Bewusstsein. Ein Ärzteteam kämpft um ihr Leben. Wir alle wünschen ihr alles Gute. Unsere Gedanken sind bei ihr und ihrer Familie.« Sie nickte, wie um alles zu bekräftigen. Es waren die üblichen Luftblasen, wenn man absolut keine Ahnung hat, was passiert war.

Die Regie blendete zurück ins Studio.

»Danke, Anita Kaiser, für diesen ersten Eindruck vom Geschehen«, sagte Arnold Schafberger. »Wir werden Sie natürlich über die weiteren Entwicklungen auf dem Laufenden halten, meine Damen und Herren.« Er holte Luft, um zu den Meldungen des Tages überzuleiten.

»In der Ukraine haben sich ...«

Paulus Grün war der einzige Mensch bei *AustriaOne*, der sich angesichts der Situation nicht von Gefühlen leiten ließ. Als Sicherheitschef musste er einen kühlen Kopf bewahren, um die Lage objektiv einschätzen zu können. Es fiel ihm nicht schwer, Emotionen waren generell nicht sein Fach und bloß noch auf der Verstandesebene zu agieren, hatte er in seiner Zeit bei der Polizei gelernt. Es war lange her, dass er bei der Kripo war, er war noch keine Dreißig gewesen. Seither waren ein paar Jahrzehnte vergangen, er war Mitte fünfzig, sah in seinem unvermeidlichen schwarzen Zegna-Anzug aber älter aus. Das hatten sie notwendig gehabt, dachte er, ein verkohltes Model, abgebrannt vor knapp einer Million Zuschauer. Obwohl, er lächelte, Quote war Quote.

Grün versuchte, sich in dem Chaos des Studiosaals einen Überblick zu verschaffen. Er rutschte auf dem Parkett, die Tanzfläche war immer noch mit den Resten des Löschschaums bedeckt. Er wich in den Zuschauerraum aus und nahm einen Schluck aus der Volvic-Mineralwasserflasche, die er immer dabeihatte. Er setzte sich kurz, um auf seinem Handy die Nachrichten im Internet zu checken. Ein Mitschnitt vom Unfall hatte sich sofort verbreitet, die Aufrufe gingen schon ins Siebenstellige. Die Zeitungen schrieben von *Horrorunfall* und *Feuerhölle*.

Paulus Grün ging durch den Gang in Richtung der Garderoben. Mal sehen, ob hier was zu finden war. Die Nicht-Finalisten hatte er vorhin alle in den Sitzgarnituren vor der Kantine gesehen. Auch Renés Garderobe war leer, Davids ebenfalls. Laras Türe war zu. Ohne anzuklopfen, drehte er den Knauf und sah hinein.

Lara hatte sich umgezogen und stand in einem grauen Jogginganzug vor dem Spiegel. »Hast du mich erschreckt.« Sie holte tief Luft. »Wie wärs mit Klopfen?«

Paulus ignorierte das. Er nickte ihr zu. »Na?«

»Ich kann das alles noch immer nicht fassen«, sagte sie.

So siehst du gar nicht aus, dachte Grün, der sie verheult am Boden hatte kauern sehen. Jetzt wirkte sie erschöpft, aber nicht allzu verstört.

»Weiß man schon mehr?«, fragte sie.

»Noch nicht«, sagte Grün. »Die suchen alles ab.«

»Wonach?«, fragte Lara und setzte sich auf ihren Sessel vor dem mit Glühbirnen eingerahmten Spiegel.

»Es gibt immer Fragen. Und Ungereimtheiten.«

Lara sah auf ihr Handy, elf neue WhatsApp-Nachrichten. Dafür hatte sie jetzt keinen Nerv. Sie begann, ihren Rucksack einzuräumen. Schminkset, Sonnenbrille, als sie die Geldbörse zu sich heranzog, streifte sie fast einen kleinen, schwarzen Würfel vom Tisch. Sie nahm ihn kurz in die Hand und betätigte ein-, zweimal einen kleinen Kippschalter hin und her. Nichts tat sich, sie legte den Kubus wieder beiseite. Das rote Tanzkleid hängte sie auf einen Kleiderhaken.

»Was ist das?«, fragte Paulus Grün.

»Mein Kleid.«

»Das sehe ich. Ich meine das Gerät da.«

Lara legte die Stirn in Falten. »Welches Gerät?«

»Das schwarze Kästchen.«

»Keine Ahnung«, sagte sie. »Wahrscheinlich von der Technik.« Sie stand auf, schlüpfte in ihre weißen Sneakers und ging auf die Garderobentür zu.

»Du verschwindest?«, fragte Grün in strengem Ton.

»Sicher. Oder glaubst du, die räumen da drinnen schnell auf und die Sendung geht weiter?«

»Kann ja sein, dass sie euch befragen wollen.«

Lara verstand nicht, wovon er redete. Sie hörte die Wörter, aber derzeit ergab das, was sie hörte, wenig Sinn. Sie wollte nur nach Hause. »Ich muss heim«, sagte sie. »Muss versuchen zu schlafen.« Sie ging, ohne sich umzudrehen.

Paulus Grün blieb und sah sich in der Garderobe um. Viel war hier nicht zu holen, nur den kleinen schwarzen Kasten nahm er an sich. Was für eine arrogante Ziege, dachte er und schlenderte hinaus, weiter durch den Korridor. Er wollte mit den Polizeibeamten reden. Es gab immer etwas zu erfahren. Offiziell durften sie nichts sagen, aber bei einem, der früher einmal einer von ihnen war, nahmen sie das nicht so genau. Vielleicht interessierten sie sich ja auch für das kleine Ding, das er bei Lara gefunden hatte. Denn eins war sicher: Zur Technik gehörte das nicht.

Lara schlich in Zeitlupentempo dahin, die Gänge waren endlos. Sie fühlte sich schrecklich. Die brennende Evelyn in ihrem Kopf machte sie langsam verrückt. Und dieser Schrei, der wie ein Tinnitus in ihr nachhallte, wie ein tödliches Echo. Wie ging das alles jetzt weiter? Die Show hatte ihr so viel bedeutet und jetzt war nichts mehr davon übrig. Sie war so sicher gewesen, die neue Sendung zu gewinnen und als die Moderatoren-Entdeckung des Jahres im Rampenlicht zu stehen und jetzt schleppte sie sich unter kaltem Neonlicht einen menschenleeren Gang entlang.

Sie näherte sich dem Ausgang und rückte sich ihren Kleidersack über der Schulter zurecht. An der letzten Ecke zuckte sie zurück, von menschenleer konnte hier nicht mehr die Rede sein. Dutzende Leute drängten sich vor der Glastür. Reporter. Gaffer. Ein TV-Team des Privatsenders *View*, Blaulicht. Alle wollten schauen, berichten, zeigen, was hier vorgefallen war, irgendetwas finden, was die anderen nicht hatten. Zum Beispiel sie.

Lara zögerte, es fühlte sich eigenartig an, selbst Teil dieser *Breaking News* zu sein. Bevor sie noch jemand entdeckt hatte, machte sie kehrt, sie hatte keine Kraft, von den Journalisten überfallen zu werden, diesem Medienrummel war sie nicht gewachsen. Der Hinterausgang war die bessere Wahl. Sie war jetzt nicht in der Lage, vor eine Kamera zu treten und mitzuteilen, wie es ihr gerade ging. Was sagt man überhaupt, wenn man gerade miterlebt hat, wie ein Mensch in Flammen aufgegangen war. Ich habe keine Worte? Ich verstehe es nicht? Wir sind so traurig? Nach so etwas sieht man das Leben plötzlich ganz anders? Ja, schon. Aber es war vor allem Evelyn, für die sich alles geändert hatte. Sie kämpfte gerade, um zu überleben. Und wenn es ihr gelänge, würde sie nie mehr so schön aussehen, wie man sie von den Laufstegen dieser Welt kannte.

Sie würde gar keine Laufstege mehr betreten. Lara schämte sich ein bisschen, weil sie Evelyns Modelkarriere vorhin so heruntergespielt hatte. Wie lange war das her? Gerade einmal zwei Stunden, wenn überhaupt, es *war* unfassbar, wie schnell sich alles ändern konnte.

Lara war derart in Gedanken versunken, als sie die Tür zum Hinterausgang öffnete und auf die Straße trat, dass sie den Mann, der von rechts kam, gar nicht bemerkte. Sie rannte mitten in ihn hinein. Er stolperte und konnte einen Sturz gerade noch vermeiden.

»Hey!«, blaffte er Lara an und beutelte sich ab. »Schönen Dank auch.«

»Entschuldigen Sie«, sagte sie. »Hab Sie nicht ... tut mir wirklich leid.«

Er sah sie an und schien etwas in ihrem Gesicht zu erkennen. »Sie sind doch ... Frau Klein, nicht wahr? Die Tänzerin.« Er schob sich den Träger seiner lederbraunen Umhängetasche zurecht. Bei der Kollision war sie verrutscht und ein Notizblock daraus auf den Gehsteig gefallen. Er hob ihn auf, verstaute ihn und reichte ihr die Hand. »Artner. Alex Artner. Ich bin von der Zeitung.«

»Oh«, sagte sie.

»*Jetzt.*«

»Was jetzt?«

»Ich schreibe für die *Jetzt.*«

Ein Zeitungsheini, na super, dachte Lara. Geht der Zirkus also auch am Hinterausgang los.

»Ich muss dann –«

»Bitte warten Sie«, sagte er und hob die Hände, wie um sie zu beschwichtigen.

Lara sah ihn an. Er trug Jeans, ein blaues Hemd und ein braunes Sakko aus Schnürlsamt. Typisch Journalist, dachte sie.

»Ich möchte Sie nicht ausfragen, keine Angst. Aber wenn Sie mir schon so zugeflogen sind ...« Er lächelte und sah irgendwie freundlich aus, die Haare verwuschelt, wie gerade aufgestanden. »Darf ich Sie kurz was fragen?«

»Ich dachte, Sie wollen mich nicht ausfragen.« Lara war müde und verwirrt, taub war sie nicht.

»Sie haben recht. Will ich auch nicht.«

»Also was jetzt?«

»Ich möchte Sie nicht für ein Interview ausfragen, sofern Sie das nicht wollen ...«

»Nein, das will ich nicht. Bitte nicht böse sein, aber ich will überhaupt nichts mehr heute, ich brauche meine Ruhe. Der Tag war ...«

»Entsetzlich«, sagte er, »der Tag war entsetzlich, keine Frage. Ich habe die Videos im Netz gesehen. Ich kann mir gar nicht vorstellen, was das heißt, wenn man das direkt miterleben muss. Allein schon diese paar Sekunden sind furchtbar, sie zeigen sie ja immer wieder. Als wäre das die Show. Die Leute sind so, wissen Sie. Sie tun, als wären sie schockiert, aber in Wahrheit ergötzen sie sich daran ...«

Er sagt tatsächlich ergötzen, dachte Lara, ich kenne niemanden, der je ergötzen gesagt hätte.

»... das ist die dunkle Seite des Journalismus. Alle reden davon, dass die gute Nachricht die bessere ist. Aber in Wahrheit ist die grauenvolle Nachricht die allerbeste.«

Lara räusperte sich, irgendwie, um Zeit zu gewinnen. Der Typ war recht offen, oder bildete sie sich das nur ein, weil sie heute einfach gar nichts mehr beurteilen konnte.

»Es ist wirklich so. Manchmal denke ich mir, auch wir, also unsere Zeitung geht da hin und wieder zu weit. Jede Meldung will ein Skandal sein, jede Headline soll Clickbaits erzeugen. Es gibt einen Herausgeber einer Krawallzeitung, der behauptet, sie hätten sogar das Wetter weltexklusiv.«

Jetzt musste sie schmunzeln. Sie wusste, von wem er sprach, exklusiv war bei dem alles, außer er für seine Frau.

»Wie schön, jetzt lächeln Sie«, sagte Alex.

Lara seufzte. »Hätte nicht gedacht, dass das heute noch passieren würde. Also, Herr ... wie war noch mal Ihr Name?

Oder ist der auch weltexklusiv?«

»Wie mans nimmt. Artner. Aber bitte sagen Sie Alex zu mir.«

»Gut«, sagte sie und nickte. »Sie können Frau Klein zu mir sagen.«

Jetzt schmunzelte er. »Gut, Frau Klein. Ich –«

»Okay ... Lara.« Sie hielt ihm die Hand hin. »Es wird aber deswegen immer noch kein Interview, verstanden?«

»Alles klar, was immer du willst«, sagte Alex Artner. »Ich rede einfach immer weiter und schreibe später, was ich gesagt habe. So etwas nennt man Kolumne. Ich interviewe mich praktisch selber. Darf ich Sie, äh, *dich* dabei ein paar Schritte begleiten? Weißt du, jemand, der Selbstgespräche führt, kann leicht von Frauen, die aus Türen herausflitzen, gerammt werden. Da ist Vorsicht geboten. Das Leben ist lebensgefährlich, hat einmal ein lustiges Kerlchen gesagt.«

»Erich Kästner.«

Er sah sie erstaunt an. »Da schau her. Jetzt bin ich aber baff. Eine Frau, die sich auskennt. Sag nicht, du interessierst dich fürs Schreiben.«

»Ja, ich ...« Lara zögerte, auf einmal kam ihr diese Unterhaltung völlig absurd vor. Sie fühlte sich wie gleichzeitig in zwei Welten. Die eine, aus der sie kam, war gerade eingebrochen und die andere, in die sie jetzt ging, baute sich gerade ganz neu vor ihr auf. Einerseits war sie wie im Schock, der sie nur nachhause trieb, andererseits scherzte sie mit einem Wildfremden, als wäre nichts gewesen. Sie sah diesen Alex an. Der Typ war nicht uneben, also nicht so, wie sie Journalisten kannte. Die waren immer nur auf ihre Story aus, manche auf Story plus Extras, hielten sich alle für unwiderstehlich. Lara mochte diesen Menschenschlag nicht. Aber als prominente Tänzerin hatte man sich zu arrangieren. Das war die Vorgabe des Senders. Immer schön spuren, wenn es um die Medien ging. Freundlich sein, hübsch lächeln und sagen, wie toll die Show nicht sei und was für eine große Familie sie doch wären. Dafür, dass ein Familienmitglied vor laufender Kamera abbrennt, gab es keine Verhaltensmaßregeln. Aber man konnte sie sich denken: traurig sein, verzweifelt lächeln und sagen, wie toll die Show nicht sei und wie die Familie doch zusammenhielte. Mit Sicherheit sollte man nicht über Kästner plaudern.

Eine Zeitlang gingen die beiden wortlos nebeneinanderher. Alexander Artner, überlegte Lara, irgendwie kam ihr der Name bekannt vor, sie erinnerte sich dunkel an eine Geschichte von ihm, nichts Reißerisches, irgendwas über ein Buch, genau, eine Frau, die mit achtzig ihr erstes Buch geschrieben hatte, einen Krimi, der sofort ein Bestseller geworden war. Sie hatte ihn daraufhin sogar gekauft und gelesen, sehr amüsant.

»Man kann nie spät genug anfangen«, sagte Lara.

Alex verstand nicht gleich.

»Ich kenne deinen Namen«, sagte Lara, »und so hieß eine Geschichte von dir über diese Achtzigjährige ...«

»Ja. Wow, zuerst Kästner, dann ich.«

»Zuerst Kästner, dann lange nichts«, stellte Lara klar.

»Nein, ehrlich, es war eine sehr feinfühlige Geschichte.«

»Es war die alte Dame, die sehr feinfühlig war.«

Die Antwort gefiel ihr, der ganze Typ gefiel ihr. Jetzt erinnerte sie sich auch noch an ein paar andere Sachen von ihm. »Ich lese das *Jetzt*, und du bist mir tatsächlich noch nie unangenehm aufgefallen, du scheinst kein so ein elender Lügner zu sein wie die anderen. Also nur ein Minischwindler. Außerdem gefällt mir dein Schreibstil. Das mit der Krimiautorin hatte sogar etwas Literarisches.«

»Das hat mir noch keine Leserin gesagt.«

»Ein Leser garantiert auch nicht.«

Sie lachten.

»Magst du noch ein Stück mitgehen?«, fragte Lara. »Ein paar Meter als Entschuldigung, dass ich dich niedergerannt hab. Aber kein Interview, klar?«

»Nie im Leben«, sagte Alex. »Erste Frage: Wie geht es dir nach all dem?« Er winkte ab. »Nein, nein, nein, keine Sorge. Blöder Scherz.«

Das Wort versetzte Lara einen kleinen Stich. Eigentlich war ihr überhaupt nicht zum Scherzen. »Der Abend heute ... ich frage mich die ganze Zeit, wie das sein kann? Ich meine, wie geht das? Die haben doch tausend Sicherheitsvorkehrungen und was weiß ich. Alles wird x-fach überprüft und geprobt. Und dann –«

»Ich glaube, dass das noch keiner so richtig fassen kann. Im Krankenhaus haben sie mir gesagt, dass ihr Leben an einem seidenen Faden hängt.«

»Sie haben dir Auskunft gegeben?«

»Ich kenne da wen«, sagte Alex, »Informantennetz.«

Lara ging nicht weiter darauf ein. Sie war jetzt voll und ganz bei Evelyn. »Wir waren wirklich nicht die besten Freundinnen, das wissen die Leute auch, aber weißt du ... so etwas ... das wünscht du niemandem ...« Sie kämpfte mit den Tränen.

Alex nahm ihre Hand. »Alles gut. Du brauchst dir doch keine Vorwürfe zu machen. Niemand ist schuld.«

Lara blieb stehen. Sie legte den Kopf in den Nacken und sah in den Himmel hinauf. Es war fast Vollmond, es fehlte ihm nur noch ein ganz schmales Stück. »Ich weiß nicht, was ich tun soll«, sagte sie. »Nachhause gehen und nachdenken? Immer weiter gehen bis in der Früh? Weiterkommen werde ich so oder so nicht.« Und vor allem will ich auf keinen Fall allein sein, dachte sie. Nach ihrer letzten Beziehung war die Lust auf den nächsten Idioten verschwindend gewesen, aber jetzt wäre ihr Gesellschaft ganz recht.

»Wo wohnst du denn, wenn ich fragen darf? Ich meine, weit weg?«

Es klang nicht anrüchig, eher fürsorglich, auch das gefiel ihr. Seine Stimme hatte so etwas Zuversichtliches. »Eigentlich ums Eck von hier«, sagte sie. Einen Augenblick überlegte sie, dann zog sie an seiner Hand, die sie immer noch hielt. »Okay, jetzt komm schon mit.«

Im Gehen redeten sie über das Schicksal und mit welcher Wucht und Plötzlichkeit es zuschlagen konnte. Niemand war davor sicher. Alles konnte jederzeit und schlagartig enden. Einmal hatte sie von einer Studie gelesen, in der Menschen von Psychologen gefragt wurden, ob sie den Zeitpunkt ihres Todes wissen wollten. Neun von zehn sagten nein. Das exakte Wissen um das eigene Ablaufdatum hätte ihre künftigen Entscheidungen derart beeinflusst, dass sie ihr Leben nicht mehr hätten leben können, ohne ständig daran zu denken, dass die Uhr tickt. Seltsam, welche Details einem einfielen.

Nachdem sie vor dem Hauseingang angekommen waren, reichte ihr Alex die Hand zum Abschied. »Es hat mich gefreut, dich kennenzulernen, Lara. Leider unter den falschen Umständen.«

Sie sah ihn an und fragte sich, was sie machen sollte. Er war ihr überhaupt nicht aufdringlich gekommen und hatte keine Anstalten gemacht, sie in irgendeiner Form zu den Geschehnissen dieser Nacht auszuquetschen. Sie gab sich einen Ruck. »Nicht, dass du das falsch verstehst. Aber ... willst du noch auf einen Tee oder Kaffee reinkommen? Mir wird ein bisschen mulmig, wenn ich dran denke, dass ich allein da drinnen sitze.« Sie sah zu Boden. Hoffentlich war das kein Fehler, dachte sie.

»Natürlich. Das mache ich sehr gern. Keine Angst, ich gelte nur unter der Woche als psychopatischer Serienkiller. Und heute ist ja Samstag.«

»Eigentlich schon Sonntag.« Lara sah auf die Uhr. Null Uhr sechs. Sie schob ihren Schlüssel ins Schloss der Haustür, stemmte sich dagegen und hielt sie mit dem Rücken offen. Alex kam ihr nach. Sie ging vor ihm die Treppen hinauf. Die Wohnung war im ersten Stock. Sie sperrte auf und ließ ihm den Vortritt.

»Willkommen in der guten Stube. Nicht erschrecken. Ich

hatte keine Zeit zum Aufräumen. Mit so einer Show ist man rund um die Uhr beschäftigt und die letzten Tage war ich überhaupt nur zum Schlafen hier.«

»Bei mir daheim schauts aus wie auf einem Autofriedhof«, beschwichtigte Alex. »Nur ohne Autos.«

Anscheinend lebte auch er allein, doch Lara wollte nichts Näheres wissen. Obwohl. »Hat deine Freundin keine Zeit, sich darum zu kümmern?«

»Meine Freundin hat jetzt einen Yogalehrer, um den sie sich kümmert. Herabschauender Hund, wenn du weißt, was ich meine. Naja, Sonnengruß und Namaste.«

Lara lachte. »Verstehe.« Sie stellte ihren Rucksack ab. »Tee oder Wein?«

»Tee trinke ich nur, wenn ich eine Grippe habe«, sagte er. »Moment, ich frag kurz mein Immunsystem, ob ich verkühlt bin.« Er tat, als würde er mit seiner inneren Stimme sprechen. »Was? Tee? Ist das dein Ernst? ... Vorsichtshalber meinst du? ... Vorsichtshalber bin ich für Wein ... Wieso Rotwein? ... Weil der gesünder ist, bitte, dann Rotwein ... danke, schlaf gut.«

Lara grinste. Sie ging zur Küche, die ein Teil des offenen Raumes war, nahm eine Flasche Sauvignon Blanc aus der Südsteiermark aus dem Kühlschrank und stellte sie auf den Wohnzimmertisch. »Rotwein habe ich nicht.«

»Da kann ich mir dann wieder was anhören«, sagte Alex und deutete nach innen.

»Wird nicht das erste Mal sein«, sagte Lara und schraubte den Verschluss ab. »Korken machen die schon lange nicht mehr. Die Franzosen finden das unschicklich, aber ehrlich gesagt, ist es praktisch.« Sie schnappte sich zwei Gläser aus einer Vitrine und füllte sie halbvoll.

Alex sah sich in der Wohnung um. Es war mehr oder weniger ein riesiger Raum, elegant eingerichtet, nicht überladen. Parkettboden. Helles Holz. Jede Menge Tanzfotos an den Wänden und ein Bataillon an Pokalen auf einer Stellage.

»Sind die alle von dir?«

Sie nickte. »Mit der Zeit häufen sie sich von selbst an.«

Er nahm auf der Couch Platz, hielt das Glas hoch und stieß mit einem dezenten Klirren an. »Prost. Und danke für die Einladung.« Er sah jede Menge Tanzschuhe, sauber aufgereiht über mehrere Regale, darüber ein vollgeschriebener Jahreskalender. »Wie wird man überhaupt Profitänzerin?«

»Ich habe mich schon als Kind viel und gern zur Musik bewegt. Die kleine Lara war ein Energiebündel, kannst mir glauben, ein Flummi mit Beinen, ich konnte noch nie ruhig sitzen. Mein Vater war früher Tanzlehrer und hat mir die Grundschritte gezeigt, sobald ich halbwegs gehen konnte. Es hat mir Spaß gemacht. Ich bin nicht der Typ fürs Monotone. Ich muss mich bewegen, aber ein Marathon wäre nichts für mich, ich will auch das Hirn anstrengen. Beim Tanzen muss ich mir die Schritte merken und ich kann mich auspowern, das ist genau richtig. Nach der Volksschule habe ich eine Tanzschule in Wien gefunden, bei der ein Turnierclub angeschlossen war. Eines hat das andere ergeben. Jeden Tag Training. Tanzen ist Übungssache.«

»Du warst Staatsmeisterin, wie ich gelesen habe.« Ihre Augen gefielen ihm. Alex hatte den Eindruck, dass Lara, wenn sie übers Tanzen redete, für ein paar Minuten vergaß, was geschehen war.

»Mehrmals, ja. In den lateinamerikanischen Tänzen. Mein früherer Partner und ich haben auch jede Menge internationale Turniere getanzt, einige gewonnen. Es gibt da noch die Standardtänze, musst du wissen, Foxtrott, Walzer, Tango und so. In denen waren wir auch ganz gut.«

Er mochte, wie sie von ihrem Beruf redete. Es lag eine Begeisterung in ihrer Stimme, die einen mitriss. Ein Ehrgeiz und der Wille, im Spitzensport ganz vorne zu sein. Meistens hatte Alex es mit Korruption, mit Morden und investigativen Recherchen zu tun. Manchmal brauchte er dazwischen etwas anderes, etwas Lebensfrohes, wie die Autorin, die sich mit ihren Krimis jung hielt. Was Lara zu erzählen hatte, war beides, einerseits eine erfrischende Abwechslung, andererseits lauerte mit Evelyns Unfall auch der Tod hinter der nächsten Ecke. Und dann gefiel sie ihm auch noch. Date war unter diesen Umständen sicher der falsche Ausdruck für das, was da gerade lief. Aber sie unterhielten sich gut, ganz ungezwungen, es war seltsam leicht mit ihr.

Gegen zwei in der Früh war die Flasche geleert. Lara bot Alex an, auf der Couch zu schlafen. Er hatte das, ehrlich gesagt, gehofft, weil er früh rausmusste und ihn die Heimfahrt zu viel Zeit kosten würde. Von hier aus hatte er morgen nur ein paar Minuten zum Sender, er wollte sehen, ob er nicht noch einige Interviews aufstellen konnte.

Er stopfte sich den Polster, den Lara ihm gebracht hatte, unter den Kopf, die Decke ignorierte er. Es wurde jedes Jahr wärmer im Mai, sie hatten die Fenster offen gehabt, doch allzu kühle Nachtluft kam nicht herein. Er schloss die Augen, wusste aber gleichzeitig, dass das so schnell nichts werden würde mit dem Schlafen.

Er fragte sich, wie er mit dieser Begegnung umgehen sollte. Wenn er morgen schrieb, dass er Lara Klein zum Exklusivinterview getroffen hätte, womöglich noch verziert mit privaten Fotos aus ihrer Wohnung, würde sie nie mehr mit ihm reden. Das wollte er nicht riskieren. Lara gefiel ihm wirklich und die Gespräche waren ehrlich. Eine Story war es nicht wert, das kaputtzumachen. Oder doch? Konnte er einen Mittelweg finden und so tun, als hätte er nur mit ihr telefoniert? Das jetzt anzusprechen, schien ihm fast so daneben wie eine Exklusivstory hinter ihrem Rücken zu schreiben. Kein Interview, hatte sie gesagt und alles, was mehr war als das, würde sie als Vertrauensbruch ansehen, da war er sicher.

Sie hatte so müde ausgeschaut, als sie, das Gesicht abgeschminkt, mit dunklen Ringen unter den Augen und die offenen Haare zerzaust, noch einmal aus dem Schlafzimmer gekommen war. Und doch sehr sexy.

»Ich werde vielleicht ein leichtes Schlafmittel nehmen«, hatte sie gesagt. »Sonst liege ich die ganze Nacht wach und starre an die Decke.« Sie hob die Hand und winkte. »Gute Nacht, Alex. Danke, dass du da warst für mich.«

Nachdem sie die Tür zum Schlafzimmer leise ins Schloss gedrückt hatte, stand Alex auf, nahm seinen Laptop aus der Ledertasche und verband sich mit dem Hotspot seines iPhones. Startseite seines Browsers war die Einstiegsseite der Tageszeitung *Jetzt*.

Der Nachtdienst hatte die Eilmeldung, die Alex auf die Schnelle verfasst hatte, bevor er zum Sender gefahren war, nur marginal adaptiert. Es gab noch keine Neuigkeiten. Routinemäßig checkte er auch die anderen Medien, ob jemand etwas erfahren hatte, was er noch nicht wusste. Die meisten brachten Fotostrecken und Porträts von Evelyns Auftritten auf den Laufstegen, dazu einen Screenshot von dem Unfall. Ein Boulevardblatt spekulierte von einem *mörderischen Fehler* der Pyrotechnik und dass jemand dafür zur Rechenschaft gezogen werden würde. Das ganze Netz war voll mit dem Horrorvideo. Sogar eine seriöse spanische Zeitung zeigte die menschliche Stichflamme. Evelyns Bekanntheitsgrad als Supermodel war für die Sensationspresse ein gefundenes Fressen.

Alex überflog die Artikel nach Fakten. Bei dem, was manche über die Schönheit schrieben, die Evelyn für immer verloren hatte, wurde ihm schlecht. In einer deutschen Klatsche wünschte man ihr unter dem Titel *Leben oder schön in Erinnerung bleiben* sogar den Tod, weil das barmherziger wäre, als entstellt weiterzuleben. Evelyn von Hirths Lebensinhalt wäre die Schönheit gewesen, ohne sie wäre sie wieder das, was sie vor ihrer Karriere war, ein tanzender Niemand. Da war es doch eindeutig besser, den frühen Tod der wahren Heldin zu sterben. Widerlich.

Alex surfte zurück zu den österreichischen News. Hatte

seine Kollegin der Abteilung Society nicht bei einer Redaktionskonferenz erwähnt, dass die Gewinnerin von *Dancing-VIPs* auch gleich eine neue Fernsehshow bekommen würde? Irgendwas mit Kochen? Dann musste doch *Jetzt* etwas darüber gebracht haben. Er gab Luise Augsberg als Autorenname ein. Alex mochte das verrückte Huhn, das immer so aufgetakelt daherkam, als wäre sie selbst eine Zelebrität. Sie war eine begnadete Tratschkolumnistin, mit mehr Leuten per du, als sie kannte. Er scrollte ihre Beiträge durch. Tatsächlich, *Dinner&Dance* hieß das neue Format. Hätte Evelyn heute gewonnen, könnten Lara und er jetzt ... ja, was auch immer. Aber Evelyn hatte nicht gewonnen. Die Sache war für Lara also noch lange nicht ausgestanden.

Alex wusste, dass er Lara in der Früh klarmachen musste, dass es sein Job sei, zumindest ein paar Sätze im O-Ton von ihr schreiben zu können. Es würden sowieso alle berichten, und er würde es, ja, feinfühliger machen. Rein formal, aber das wollte er ihr so nicht sagen, galt sie nun als die Siegerin der Sendung, selbst wenn das in diesem Moment niemanden interessierte. Und für *AustriaOne* würde die Zeit nicht stillstehen. Sie hatten nächste Woche eine neue Show im Programm, die nicht ohne Moderatorin stattfinden würde. Das Dinner-Dings abzusetzen, war keine Option, erst recht nicht nach den Ereignissen, mit denen die Quoten durch die Decke gehen würden. Keine Fernsehanstalt der Welt würde sich diese Publicity entgehen lassen, dazu war das TV-Geschäft ein zu zynisches.

Lara durfte also nicht damit rechnen, dass die Sendungsverantwortlichen den Medienrummel nicht ausnutzen würden. Natürlich wollte Alex eine Story, aber genauso war es ihm ein Anliegen, Lara nicht in die Fallen der anderen rennen zu lassen. Auch das musste er ihr klarmachen. Es gab also noch viel zu recherchieren. Wenn er jetzt nicht drei, vielleicht vier Stunden schlief, konnte er den Tag morgen vergessen. Er musste fit sein. Morgen würde die Hölle los sein, daran bestand kein Zweifel.

Als Alex den Laptop zuklappte, meldete sich sein Handy. WhatsApp-Nachricht, noch eine, noch eine, und noch eine. Es hörte gar nicht auf zu bimmeln. Ein Informant bei der Ärzteschaft hatte die erste Textmeldung geschickt: *Evelyn von Hirth ist tot.*

Die anderen kamen von Kurt, einem Freund und Kriminalbeamten. *Es ist mehr dran an der Sache. Details in der Früh.* Ein Informant bei der Einsatzleitung der Feuerwehr schrieb: *Hallo Alex, ich weiß, dass es spät ist. Wir haben neue Erkenntnisse. Unfall war das keiner.*

Alex klappte den Laptop wieder auf, meldete sich im System an und schrieb unter der Rubrik *Breaking News* einen Titel mit vier Wörtern. *Mord auf dem Tanzparkett.*

Das mit dem Schlafen konnte er sich abschminken. Er musste telefonieren, wollte aber Lara nicht aufwecken. Also ging er hinaus auf den Gang und wählte eine Nummer. Sein Kontakt bei der Polizei hob nicht ab. Er bereitete den Artikel vor und checkte immer wieder die neu aufgepoppten Fakten im Internet. Wenn das kein Unfall war, sondern ein Gewaltverbrechen, wer kam als Verdächtiger infrage? Wem lag etwas daran, eine schöne Frau live im Fernsehen zu verbrennen? Irgendwie hatte er kein gutes Gefühl bei der Sache. Ganz und gar nicht.

REGIE

Herrlich, diese Flammenfrau. Eine zuckende, wabernde Lohe. Transformation in ihrer reinsten Form. Mehr noch: Transfiguration. Wie bei diesem Maler, Raffael. Hinauf in die Ewigkeit. Empor durch die Kraft des Feuers. Huren sollen brennen. Schon allein der Ordnung halber. Alle sehen zu. Das war von Anfang an klar.

Evelyn von Hirth. Das adelige »von« im Namen gleich mitverkohlt. Man muss den Leuten klarmachen, dass sie nichts Besseres sind, nur weil sie als berühmt gelten oder aus Hochglanzmagazinen herauslachen.

Wer lacht jetzt, ha? Wer sitzt im Regiesessel und zeigt allen da draußen, was gute Unterhaltung wirklich bedeutet?

Ich möchte nicht sagen, dass das Bild, das sie tausendfach wiederholen, Erinnerungen an Hexen auf dem Scheiterhaufen hervorrufen sollte. Dieses bewegende Bild ist anders, und die Einstellung, die Totale, hat ein Alleinstellungsmerkmal, das keiner Vergleiche bedarf. Es ist ein großer Moment. Die Freilegung eines Elements. Feuer als Hauptdarsteller. Hexenfeuer im Hier und Jetzt.

Das ist Entertainment. So macht man Fernsehen. Wenn die Blicke der Zuschauer auf das Herkömmliche gerichtet sind, braucht es eine Wende, mit der niemand gerechnet hat. Die Überraschung flackerte auf, als hätte der Beelzebub höchstselbst seine Finger im Spiel gehabt. Da können sie noch so viele Zauberer auf der Bühne zeigen, die Jungfrauen schweben lassen oder sie zersägen. Das sind alles nur Tricks. Die echte Regie bildet das Leben ab wie ein Vexierbild – zerdehnt und doch so richtig. Wichtig dabei: die Vorstufe zum Danach. Der Übergang zur Ewigkeit. Alles komprimiert auf ein paar Sekunden Wahrheit. Das ist mein minimalistischer Zugang. Das atomare Denken, umgelegt auf den Film.

Sie sind so leicht zu lenken, diese Menschen. Ihre Gefühlswelten stehen schon lange im Drehbuch. Das Erstaunen, die Furcht, die Faszination des Extremen. Gestochen scharf in 4K.

Husch! Wie ein Grillanzünder.

Sie brutzelte wie ein Angusrind, große Portion.

Brennendes Barbie-Fleisch.

Man hat sogar gesehen, wie sich die blonden Wimpern auflösten. Diese riesengroßen Augen, das Weiße in ihnen. Das Stupsnäschen, hochgereckt. Der rote Mund, weit aufgerissen, dass man das Schrille gut mitbekam. Das Kleid, in Echtzeit zerschmolzen. Die Hände, wie sie zitterten und aufzuhalten versuchten, was längst im Gange war.

Wunderschön. Authentisch. Live.

Flammen sind Darsteller, die ihre Rolle nie verlassen. Sie bleiben bis zum Schluss stark. Erst wenn sie nicht mehr gebraucht werden, ändern sie ihren Aggregatzustand. Aber die Energie, die sie in so kurzer Zeit erzeugt haben, bleibt bestehen. Die Hitze. Die Intensität. Herzerwärmend.

Die Aufgabe der Regie ist es, diese Augenblicke bestmöglich vorzubereiten und dann festzuhalten. Die Linse fängt ein, was sich die Nachwelt ewig vor Augen führen kann. In einer Endlosschleife, mit meinem Namen versehen.

Meine Regie.

Mein Genie.

Der Film des Daseins hat seinen Auftakt erlebt. Wer könnte das außer mir besser machen, frage ich einmal salopp in die Runde. Ich denke, die Antwort gibt sich von selbst.

Aber das ist ja alles nur der Anfang. Die Show hat begonnen, yep, und die nächsten Highlights kommen bestimmt. Das darf ich spoilern. Ha! Die werden sich noch wundern, wie gut Fernsehen sein kann, wenn man weiß, wie's geht. Haltet euch fest, meine Damen und Herren daheim und sonst wo. Ich verspreche – an dieser Stelle – wie die geschulten Moderatorinnen immer so schön ihren Gemeinplatz wiederholen – ich verspreche es AN DIESER STELLE hoch und heilig: Das wird ein Heidenspaß. Hier kommt die ganz große Show. Film ab.

Cut.

II

Sonntag

Es klopfte an der Tür. Alex schrak hoch und warf fast den Laptop vom Tisch, über dem er eingeschlafen war. Er brauchte ein paar Sekunden, bis er wusste, wo er war. Er wollte schon zur Eingangstür, aber das Klopfen, das in ihm nachhallte, war nicht von dort gekommen, eher von der anderen Seite des großen Raumes. Er drehte sich um. In dem Moment steckte Lara den Kopf durch den Spalt ihrer Schlafzimmertür. Sie hatte tatsächlich angeklopft, bevor sie ihr eigenes Wohnzimmer betrat. Wie rücksichtsvoll.

»Guten Morgen«, sagte sie. »Ist schon sieben.«

Schon sieben, dachte Alex, sieben allein war schlimm genug, ein *Schon* passte da überhaupt nicht dazu. Das hatte so etwas Drängendes, als würde man etwas versäumen, wenn man nicht spurte. Aber um sieben in der Früh gab es für Alex nicht viel, wozu es zu spät sein könnte, und noch weniger, wofür es sich zu spuren lohnte. Auch dann nicht, wenn man die beste Story seit Jahren recherchieren sollte und eine der Hauptpersonen gerade aus dem Schlafzimmer kam.

»Sieben am Sonntag«, murmelte Alex in sich hinein.

»Was?«, fragte Lara eher geistesabwesend. Sie war blass.

»Egal«, sagte er und fuhr sich durch seine Wuschelfrisur.

Sie tapste zur Küche. »Kaffee?«

»Ja, bitte, Espresso, einen sechsfachen.«

Alex sieht aus, als hätte er überhaupt nicht geschlafen, dachte Lara, die sich ihrerseits bewegte, als wäre sie noch nicht munter. Was für ein Duo sie beide doch waren! Sie schaltete die Kaffeemaschine ein. »So wie du ausschaust, kriegst du einen zwölffachen.«

»Schönen Dank auch«, sagte er.

Sie nickte und begann, Brote zu machen. Butter, Schinken, Käse. Es duftete nach Morgen.

Sie stellte zwei Teller mit dem Frühstück auf den Tisch. Die belegten Brote sahen appetitlich aus.

»Ich habe leider schlechte Nachrichten«, sagte er.

Sie setzte sich zu ihm.

»Evelyn hats nicht geschafft. Sie ist in der Nacht gestorben.« Er wartete auf eine Reaktion von ihr. Es kam nichts.

»Die Ärzte haben alles versucht. Die Verbrennungen waren zu ... zu stark oder tief ... oder wie man das nennt.«

Lara schaute ihn an, aber eigentlich mehr durch ihn durch. Irgendwie hatte sie in der Nacht geträumt, dass das passieren würde. Sie hatte Evelyn im Operationssaal gesehen, Ärzte und Krankenschwestern um sie herum, das grelle Licht im OP, in dem alle Gesichter wirken, als wären sie aus weißem Wachs. Nur Evelyn hatte gar kein Gesicht mehr gehabt, an dessen Stelle war eine schwarze Fratze getreten.

Lara schwieg. Sie verzog keine Miene, blinzelte nicht einmal. Alex war nicht sicher, ob sie ihn verstanden hatte. Sie stand auf, nahm ihren unberührten Teller und trug ihn in die Küche. Vielleicht hatte sie ihn gar nicht gehört. Sie nahm die Butter, die noch auf der Arbeitsfläche stand und legte sie ins Backrohr. Alex kam ihr nach, holte die Butter wieder aus dem Ofen und legte sie in den Kühlschrank. Er nahm sie an den Schultern und lenkte sie wieder an den Tisch. Folgsam setzte sie sich.

»Lara«, begann Alex und hockte sich vor sie hin, »ich muss dir noch was sagen.« Er war sicher, dass das jetzt nicht der richtige Zeitpunkt war, aber besser, sie erfuhr es von ihm, als dass es in der Zeitung zu lesen war. Namentlich in seiner. »Lara?«

Sie hob den Blick vom Boden, sah aber weiterhin durch ihn hindurch.

»Wir müssen reden«, sagte er.

»Ich weiß«, sagte sie. Auf einmal war sie wieder völlig da. Ihre Stimme war fest, ihr Blick klar, als sie ihm direkt in die Augen sah. »Und ja.«

»Was ja?«

»Ich gebe dir dein Interview.«

Alex lachte leise. »Das habe ich erst am Schluss ansprechen wollen. Aber da ist noch etwas.« Er legte seine Hand auf die ihre. »Evelyns Tod war …« Er überlegte, wie er es ihr schonend beibringen konnte. »… er war geplant.«

»Du meinst …«

»Ja.«

»… jemand hat sie umgebracht?«

»Ja.«

»Oh.« Das war alles, was sie dazu sagte. Kein Entsetzen, keine Tränen. Nur »oh«.

»Ich weiß es von meinen Kontakten, sie haben es mir heute Nacht geschrieben. Ich nehme an, offiziell geben sie es bei der Pressekonferenz bekannt, die ist um elf. Deshalb muss ich jetzt auch gehen.«

»Es ist aber doch erst acht, du hast noch drei Stunden Zeit.«

Alex sah an sich hinunter und fuhr sich übers Kinn. »Ich würde gern vorher noch heim, du weißt schon, duschen, umziehen, rasieren.«

»Rasieren«, sagte sie und strich ihm ebenfalls übers Kinn. Es war eine Berührung wie von einem Flügel aus Samt. Einen Augenblick lang hielten beide inne. Lara fing sich als Erste. »Viel gibts da aber nicht zu stutzen.« Sie schmunzelte.

Alex war erleichtert. Er hatte ein bisschen befürchtet, dass sie ihm vorschlagen würde, bei ihr zu duschen. Unter normalen Umständen hätte er das auch längst gemacht, nach einer gemeinsamen Nacht, um sich die Anrüchigkeit von wildem Sex abzuwaschen. Aber so normal waren die Umstände nicht. Sie schien sehr sprunghaft in ihren Gemütszuständen, mit so etwas kannte er sich nicht aus. Seine bisherigen Freundinnen, wenn man sie denn so nennen wollte, waren diesbezüglich eindimensionaler gewesen. Da hatte er nicht groß überlegen müssen, wie sie gerade drauf waren. Wenn er lustig war, lachten sie, wenn er niedergeschlagen war, leckten sie ihm die Wunden, wenn er etwas verbockt hatte, schrien sie ihn an. Eine Zeitlang war das ein schönes Leben, Männer sind die längste Zeit ganz zufrieden mit diesem Spektrum. Aber letztlich wurde es irgendwann doch langweilig und er suchte sich das nächste unkomplizierte Verhältnis. Mit Lara war das anders. In den paar Stunden, die er sie jetzt kannte, hatte sie ihn öfter überrascht als andere in ein paar Monaten. Und trotzdem war es ihm, als kenne er sie schon lange. »Ich kann dich also allein lassen?«, fragte er und richtete sich aus seiner Hockstellung auf.

»Geh nur«, sagte Lara, die tatsächlich kurz überlegt hatte, ob sie ihm vorschlagen sollte, bei ihr zu duschen. Es war alles so seltsam vertraut zwischen ihnen. »Ich komm schon zurecht.« Sie nahm den Teller mit seinem Brot und hob ihn hoch. »Willst du das noch?«

Plötzlich bemerkte Alex, was für einen Hunger er hatte. Er schnappte sich das Brot, es war mit zwei Bissen weg. Seltsam, wie vertraut alles zwischen uns ist, dachte er.

Als er mit seinem Laptop in der Umhängetasche die paar Minuten von Laras Wohnung zum Sendegebäude von *AustriaOne* ging, war sein Schritt beschwingt. Fast genierte er sich dafür. Eigentlich ging es ja um eine Frau, die gestern vor den Augen der Nation abgebrannt war und er war so gut aufgelegt wie schon lange nicht mehr. Verrannte er sich da in was? Und wenn, dachte er. Dann würde es zumindest ein gutes Interview werden, das er noch dazu exklusiv hatte. Er hatte mit Lara vereinbart, dass er die Story einmal so herunterschreiben würde, wie er es sich dachte. Sie konnte immer noch ändern, was ihr nicht passte, oder ergänzen, was ihr noch fehlte. Fragen hatte er ihr zwar keine gestellt heute Nacht, aber sie hatten viel geredet. Sie hatte nur die Schultern gezuckt und gemeint, er kenne ihre Antworten.

Alex bog um die Ecke in die Straße, in der der Haupteingang des Senders lag. Geh bitte, dachte er, als er die Meute sah, die davor lagerte. Dass Journalisten hier lauerten, um irgendwen abzufangen, war verständlich. Von der Chefetage würde ihnen keiner vor die Mikros laufen, aber oft genug sprudelten die besten Geschichten aus völlig unerwarteten Quellen. Von irgendwem, der hinter den Kulissen beschäftigt war oder beim Catering arbeitete. Was aber all die Schaulustigen hier suchten, war Alex nicht klar. Es sah aus, als wären sie busweise gekommen, aber das täuschte, ihre Wagen verparkten die gesamte Gegend. Viele standen unverfroren in zweiter Spur, sie hatten ihre Autos regelrecht abgeworfen. Sogar sein Golf, der hundert Meter die Straße hinunter stand, war von zwei Vans zugeparkt. Bis er die Fahrer ausfindig gemacht hätte, wäre er zu Fuß in der Redaktion. Der Jetzt-Verlag hatte eine äußerst zentrale Adresse, in der Innenstadt, fast am Kai, in dem Haus, in dem jahrzehntelang das Nachrichtenmagazin *profil* und das Wirtschaftsblatt *trend* untergebracht waren. Jetzt gehörten die Räume dem *Jetzt*.

Alex entschied sich schnell. Er würde den Wagen stehen lassen und den Bus nehmen, die Haltestelle befand sich fast direkt vor dem *AustriaOne*-Eingang. Vielleicht war das ohnehin ein Wink vom – er zögerte kurz, bevor er ans Schicksal dachte. Er war kein allzu romantischer Typ und das Schicksal erschien ihm nun wirklich etwas hochgegriffen. An einen Wink, bitte sehr, an den konnte er eher glauben, von wem auch immer. Wenn er das Auto hier stehen ließ, musste er es jedenfalls auch wieder abholen, vermutlich heute Abend, und wenn er schon da war, dann konnte er bei Lara vorbeischauen, so ganz unverdächtig.

Das Geräusch des Busses, der neben ihm bremste und dabei ein Geräusch machte, als seufzte ein Nilpferd, riss ihn aus seinen Gedanken. Er stieg ein und setzte sich auf einen Einzelplatz.

Alex sah auf die Uhr. Halb neun, wenn er jetzt öffentlich nach Hause fuhr, kam er zwar geduscht und umgezogen zur Pressekonferenz, aber nicht mehr dazu, seine Mails zu checken oder mit seinen Informanten zu telefonieren. Er hatte vorgehabt, vielleicht schon einen Entwurf seiner Ko-

lumne zu schreiben, um zu probieren, wie er Lara hinein-
weben konnte. Das ging sich nun nicht mehr aus.

Vielleicht auch gut so, dachte er. Als Chefreporter steckte
er in einer verzwickten Lage. Seine Informationen waren
hautnah. In der Branche liebten sie dieses Wort, er hasste
es, aber in diesem Fall stimmte es ausnahmsweise einmal,
zumindest fast. Allerdings gibt es auch nichts Schwierige-
res, als über jemanden zu schreiben, zu dem man ein Nahe-
verhältnis hat. Noch dazu eine Person, die sich etwas Fein-
fühliges von ihm erwartete, während die voyeuristische
Leserschaft auf Details hinsabberte, die nicht hautnah genug
sein konnten. *Jetzt* war keines der ganz reißerischen Yellow-
Press-Blätter à la *Bild*-Zeitung, aber es war eindeutig am so-
genannten Boulevard angesiedelt. Für Alex, der es mit der
Recherche sehr genau und das Schreiben sehr ernst nahm,
war eine gute Geschichte deshalb oft genug etwas anderes,
als sich die Chefredaktion darunter vorstellte. Seit der An-
zeigenmarkt im Printjournalismus wegen der digitalen Ka-
näle, in denen jeder veröffentlichen konnte, was er wollte,
eingebrochen war, war Geld endgültig wichtiger als guter
Journalismus. Was man früher mit Zeitungen verdiente, stri-
chen jetzt die Blogger ein, wenn nicht mehr. Na ja, in anderen Verlagen wars auch nicht besser. Und Alex, so gut er
sich online auch auskannte, war nun einmal ein Zeitungs-
mann, daran war nicht zu rütteln.

Auf ins Getümmel, dachte er und vertiefte sich in sein
Handy. Die Konkurrenz sonderte den üblichen Sermon ab,
Rückblicke, Spekulationen und Floskeln; viele Worte, keine
News. In den Kommentaren zu den Medienberichten über
Evelyn von Hirths Tod tat sich dafür umso mehr. Und zwar in
jede Richtung. Die einen gebärdeten sich, als wären sie mit
dem Model verwandt gewesen, andere empörten sich, wieder
andere fanden das alles sehr lustig. Das Einzige, was die
Posts gemeinsam hatten, waren Lücken in der Grammatik.
Was heißt Lücken, dachte Alex, das waren Marianengräben.

Ich verfolge Karreire seit Beginn, ich habe gefärtin verloren.

Sie war die Schenste von alle, schade das jetzt nur Asche da ist, wird aber sogar auch schön sein.

Ich kann es nicht glauben, dass jemand im Fernsehen verbrennt und warum hat man das nicht biss zu Ende gezeigt?

Ich hab ja gewust, warum ich Austria1 schau, die haben immer die coolsten Efekte.

Habt ihr euch schon mal überleckt, dass das ein Theater wegen Erderwärmung gewesen ist? Das waren hundertpro diese Klimaterristen, die werden immer ärger.

Dancingvips ist die verblödetste Sendung wo gibt, sollten alle hin ssein

Leut gibts, dachte Alex.

Als Alex in der Redaktion ankam, war der Betrieb voll im Gang. Sonst schob man sich gegenseitig die Sonntagsfrühdienste zu, heute ging es hier zu wie kurz vor Redaktionsschluss. Wenn etwas ausbrach, brauchte man die Reporter nicht erst zur Arbeit zu prügeln, da setzte der Jagdinstinkt ganz von selbst ein.

Alex durchquerte das Großraumbüro oder das, was man aus einem verwinkelten Altbau zum Großraum hatte umbauen können und nickte sich bis zu seinem Zimmerchen durch. Mehr als das war es tatsächlich nicht und er teilte sich das Kabäuschen mit den Ausmaßen eines Schlafwagenabteils auch noch mit der Leiterin des Kulturressorts, die aber sonntags vormittags meistens bei irgendeiner Matinee war.

Alex öffnete eine der Schubladen an der linken Seite seines Schreibtisches und zog eines der T-Shirts heraus, die er hier hortete, falls er sich für irgendeinen Anlass verkleiden musste, wie er das nannte. Das schwarze entsprach seinem Begriff von respektabel, das nahm er für gehobene offizielle Anlässe. Das rote, das er für leutselig hielt, kam dran, wenn er jovial rüberkommen wollte. Dann gab es noch ein paar mit diversen Aufdrucken und verschiedenen Sprüchen, die er gezielt einsetzte. Alex bildete sich ein, immer richtig gekleidet zu sein, wenn auch nicht nach allgemein gültigem Dresscode. Jetzt wählte er das einfarbige weiße. Sauber, neutral, unverfänglich. Optimal für eine Veranstaltung, auf der ein Mord verkündet wird.

Lara saß zusammengesunken am Tisch. Seit Alex gegangen war, hatte sie sich kaum bewegt. Nach den ungeheuer anstrengenden vergangenen Wochen war sie an sich schon müde. Normalerweise gönnte sie sich nach dem Ende einer Staffel ein paar Tage in einem Wellnesshotel. Ausschlafen, massieren lassen, in der Sauna schwitzen, gesund essen, in die Luft schauen. Das war alles, was sie brauchte. Aber daran war nicht zu denken, im Gegenteil, das abrupte Ende stieß sie diesmal in ein dunkles Loch. Ich muss mich zusammenreißen, dachte sie, aber kein Muskel an ihr ließ sich bewegen.

Der Klingelton ihres Handys drang durch ihre Lethargie. Telefon, dachte sie etwas sinnlos, horchte aber doch, woher das Läuten kommen konnte und ging dem Gehör nach ins Schlafzimmer. Das Handy lag auf dem Kopfpolster und blinkte. Sie nahm ab. »Ja?«

»Hallo, Frau Klein, hier spricht Monika Dorwald von *Dinner&Dance*, störe ich Sie?« Lara überlegte kurz. Momentan fühlte sie sich von allem gestört. »Äh, nein«, sagte sie natürlich trotzdem, »geht schon.«

»Ich wollte Sie bitten, heute schon um fünfzehn Uhr in der Maske zu sein.«

Lara verstand nicht gleich. Sie war nicht darauf eingestellt gewesen, heute irgendwo sein zu müssen, schon gar nicht in der Maske. »Wie bitte?«, fragte sie.

»Heute. Maske. Drei Uhr. Um halb vier ist Generalprobe.«

»Aber ohne mich«, entfuhr es Lara.

»Frau Klein?«

»Ja.«

»Generalprobe! *Dinner&Dance*. Sie sind die Moderatorin.«

»Ist das Ihr Ernst? Sie wollen, dass ich ...«

Lara hörte ein verhaltenes Seufzen. »Wer *DancingVIPs* gewinnt, moderiert *Dinner&Dance*. Sie haben gewonnen, wie auch immer.«

»Wie auch immer«, wiederholte Lara.

Fürs Fernsehen war es egal, wie man zu einem Job gekommen war, Hauptsache, man machte ihn so, dass die Quote stimmte. Alex hatte recht gehabt, sie war letztlich die Siegerin, sie würde Moderatorin ihrer eigenen Sendung werden. Eine Tote konnte man nicht vor die Kamera stellen, also nahm man die Nächstlebende.

»Ihr wollt tatsächlich weitermachen, als wär nichts passiert?«, fragte Lara.

»Das müssen Sie wen anderen fragen. Ich bin nur die Produktionsassistentin und für die Dispo zuständig. Deshalb muss ich wissen, ob Sie um drei in der Maske sein können.« Miss Dorwald war jetzt schon recht ungehalten. Der Ton aus dem Handy wurde dumpf, als würde eine Hand übers Mikro gehalten. »Ja doch! Ich komm schon, sie ist ... umständlich!«

»Na, hören Sie,« sagte Lara, »ich bin die Letzte, die umständlich ist.«

»Sorry, war nicht für Sie bestimmt«, sagte Frau Dorwald. »Darf ich jetzt mit Ihnen rechnen um drei?«

»Natürlich.«

»Danke. Bis dann.«

»Bis dann«, sagte Lara, aber die Dorwald hatte schon aufgelegt. Die haben Nerven, dachte Lara, nichts kann das Fernsehen aufhalten, nicht einmal der Tod. Seltsamerweise hatte diese Erkenntnis auch auf sie etwas Belebendes. Sie sah sich im Zimmer um, in dem sie seit Wochen alles hatte fallenlassen. Überall lagen Kleiderhaufen und Schuhe. Halbherzig fing sie an, Sachen vom Boden aufzuheben und irgendwo anders abzulegen, es war mehr ein Umschichten als ein Aufräumen. »Die haben Nerven«, sagte sie noch einmal.

Die Proben für *Dinner&Dance* waren fast zeitgleich mit der ersten Folge *DancingVIPs* gestartet worden. Damit alle vorbereitet sind, hatten sie gesagt, wir wissen ja nicht, wer von euch das hier gewinnen wird. Die Profitänzer hatten untereinander gewitzelt, natürlich wüssten die jetzt schon, wen sie in der neuen Sendung haben wollten und so werden sie es auch hindrehen. Komischerweise glaubten sie ebenso fest ans Voting des Publikums, was nicht ganz zusammenpasste. Evelyn, die sich ihres Sieges sicher war, machte sich die wenigsten Gedanken, Lara nahm an, dass sich die Sache zwischen ihr und der Hirth entscheiden würde. Dass der Rest des Ensembles bei den Proben zur Dinnershow leere Kilometer herunterspulte, war tatsächlich reine Beschäftigungstherapie, um den Verdacht, es könnte etwas geschoben sein, im Ansatz zu ersticken.

Lara ließ ihre verschwitzten Trainingsoutfits der letzten Wochen wieder auf den Boden fallen. Pfeif drauf, dachte sie und sah auf die Uhr, es war noch genügend Zeit. Um den Sauhaufen kümmere ich mich später, entschied sie und begann, ihre Laufschuhe zu suchen. Sie musste an die frische Luft, ein Spaziergang würde ihr jetzt guttun.

Alex betrat das Gebäude des Landeskriminalamts Wien in der Berggasse im neunten Bezirk. Früher hieß es schlicht Sicherheitsbüro; der Name war im Zuge der Polizeireform aufgewertet worden. Die kargen Gänge ließen wenig Rückschlüsse darauf zu, was hier vor sich ging. Hier befasste man sich mit den schweren Fällen. Raub, Einbruch, Entführung, Vergewaltigung, Mord. Alex grüßte ein paar ihm bekannte Ermittler, sie nickten wortlos zurück und gingen weiter. Die Szenerie hatte nicht die Aufgeregtheit, wie man sie von amerikanischen Filmen her kannte. Jeder Beamte war auf seinen Fall konzentriert, mancher mehr, mancher weniger. Der Job veränderte einen.

Es war kurz vor elf Uhr, und eine Traube Journalisten stand vor dem großen Konferenzraum, drei TV-Teams und Leute vom Radio. Eine junge Dame öffnete die Tür und ließ die Presseleute eintreten. Ein paar Reihen von Holzstühlen waren vorbereitet, im Hinblick auf den Andrang, der in diesem Fall zu erwarten war, ein paar mehr als sonst. Pünktlich ging es los. Alex nahm Platz und klappte seinen Notizblock auf.

Zuerst trat Edwin Littbacher vor die Presse, der Chef des LKAs. Ihm folgten Harald Schieder, der Leiter der Mordgruppe, und Elisabeth Sandlechner, seine Stellvertreterin. Sie war erst siebenundzwanzig und hatte eine Bilderbuchkarriere hingelegt. Beste ihres Lehrgangs in der Polizeiakademie und Aushängeschild, wenn es darum ging zu zeigen, dass auch lesbische Frauen in diesem Beruf weit kommen können.

»Meine Damen und Herren von der Presse, ich darf Sie begrüßen«, sagte Littbacher in seiner typisch emotionslosen Art, »diese Pressekonferenz wird nicht lange dauern, weil die Ermittlungen erst begonnen haben. Zu dem Vorfall von gestern, den Sie alle gesehen haben, darf Kollege Schieder die Faktenlage erläutern.«

Harald Schieder trug ein braunkariertes Sakko zu einer Cordhose und ein schwarzes Jeanshemd. Er räusperte sich. »Guten Tag. Gestern um einundzwanzig Uhr sechsundvierzig ereignete sich ein Kapitalverbrechen während einer Fernsehsendung. Das Opfer Evelyn von Hirth erlitt derart schwere Verbrennungen, dass sie gegen ein Uhr zwanzig im Allgemeinen Krankenhaus Wien verstarb. Aus ermittlungstechnischen Gründen können wir nur sagen, dass es sich um keinen Unfall handelt.«

»Wieso?«, fragte eine Journalistin, die man als Blut-Hanni kannte, weil sie schon seit zwanzig Jahren Polizeireporterin war und nie über etwas anderes außer Gewalt berichten wollte. Die Hanni, dachte Alex, so lange im Geschäft und fragt wieso.

Harald Schieder deutete Elisabeth Sandlechner, sie möge fortfahren. »Nun«, sagte sie, »eine erkennungsdienstliche Untersuchung hat ergeben, dass das Kleid des Opfers – besser gesagt, das, was davon übriggeblieben ist – präpariert war. Und zwar mit einer geruchlosen Substanz, eingesetzt als Brandbeschleuniger. Wir gehen deshalb davon aus, dass es sich um Mord handelt.«

Arme schossen hoch, Fragen wurden in den Raum gestellt.

»Brandbeschleuniger?«

»Wie wurde das Feuer gezündet?«

»Das heißt, Evelyn von Hirth wurde *vorsätzlich* ermordet?«

»Das Kleid war *präpariert*?«

»Gibt es schon einen Verdächtigen?«

Alex sah sich die Horde rund um ihn an. Zwischen ein paar wenigen neuen Gesichtern erkannte er lauter gestandene Reporter, von denen viele weit länger im Dienst waren als er. Spielten die alle die Ahnungslosen oder hatten sie tatsächlich keine verlässlichen Informanten? Konnte ja nicht sein, dass nur er solche Kontakte hatte.

Harald Schieder übernahm wieder das Wort. »Es besteht die Möglichkeit, dass der Funke mit einem Fernzünder entfacht wurde. Das prüfen wir gerade. Mehr gibt es leider dazu nicht zu sagen. Für Spekulationen ist es zu früh.«

Auf einmal redeten alle durcheinander.

»Ein Attentat, ja? Sollten mehr Menschen sterben?«

»Hat das einen islamistischen Hintergrund?«

»Wo wurde der Zünder gefunden?«

»Haben Sie weitere Erkenntnisse?«

»Wie konnte das passieren, ohne dass es jemand sieht?«

Der LKA-Chef beugte sich vor zum Mikrofon, um die Meute zu beruhigen. »Wir werden Sie weiter auf dem Laufenden halten. Danke für Ihr Erscheinen. Auf Wiedersehen.« Er stand auf, während weitere Fragen auf ihn und seine Mitarbeiter einprasselten. Edwin Littbacher, Harald Schieder und Elisabeth Sandlechner nickten und verließen den Raum durch eine Seitentür. Die ganze Aktion hatte keine drei Minuten gedauert.

Die Journalisten schüttelten die Köpfe. Das wars? Mehr nicht? Großartig, das hätte auch per Telefon geklärt werden können. Fast alle zückten gleichzeitig ihre Handys und riefen in ihren Redaktionen an, um die Informationen weiterzugeben. Alex stand gelassen von seinem Sessel auf. Selbst nach den wenigen Telefonaten, die er vor der Pressekonferenz hatte führen können, war ihm das meiste, das hier verlautbart wurde, schon bekannt. Mehr noch, er hatte den Artikel geschrieben und um eine Minute nach elf, also während die Pressekonferenz gelaufen war, online erscheinen lassen. Damit war er wieder einmal der Erste gewesen.

Eine bulimische Kollegin vom Konkurrenzblatt *Exklusiv* checkte die Meldungen im Netz, merkte, dass Alex schon sämtliche Informationen verarbeitet hatte und sah ihn mit einem Blick an, der ihre ganze Verachtung ausdrückte. Ihre Lippen waren nicht mehr als ein Strich, die Kurzhaarfrisur erinnerte an einen erschrockenen Igel, sie war keine, die das Leben sonderlich zu genießen wusste. Sie nickte Alex zu. Hi. Er erwiderte den Gruß, hob den Daumen und machte sich auf den Weg zum Ausgang.

Die Sonne schien an diesem prächtigen Tag, als würde sie den Menschen die verstecktesten Knochen wärmen wollen. Unten am Donaukanal gingen die Leute spazieren, Familien mit Kindern an der Hand, Freunde in kleinen Gruppen, Paare Arm in Arm. Alex stellte sich vor, dass auch Lara und er dort dahinschlendern könnten, statt im Dunkel dieses Mordes zu tappen. Wien war schön im Mai, alles blühte. Leute saßen in den Gastgärten und amüsierten sich. Gespräche über Urlaube und Ausflüge. Bierkrüge, die aneinanderstießen. Kinderlachen. Man nannte das Leben. Eine Mutter schob einen Kinderwagen vorbei und lächelte stolz. Ein rotes Käfercabrio fuhr die Lände entlang wie ein Lautsprecher auf Rädern, aus dem ABBA dröhnte. Der Frühling, der sich auch dieses Jahr schon wie Sommer anfühlte, verbreitete gute Laune. Na ja, für derlei Dinge hatte Alex jetzt keine Zeit. Diese Geschichte mit dem ermordeten Supermodel würde sich noch lange durch die Medien ziehen. Für ihn bedeutete das: Die nächste Story hieß Lara. Um sie musste er sich kümmern. Schade, dass er sie nicht in einer Bar getroffen hatte. Bei einem Mojito oder Long Island Iced Tea. Der Zugang wäre um vieles unkomplizierter gewesen.

Laras Handy klingelte. *Unbekannt* stand auf dem Display. Insgeheim hoffte sie, dass es ihre Zufallsbekanntschaft war. Seltsam, dachte sie, für einen Zufall hielt sie ihre Begegnung mit Alex nicht mehr. Ihr Mund begann zu lächeln, ihre Augen machten mit. Erwartungsvoll hob sie ab. »Ja?«

Eine tiefe Männerstimme fragte: »Frau Klein?«

Laras Lächeln verschwand. »Am Apparat. Wer spricht?«

»Landeskriminalamt Wien, Chefinspektor Schieder. Wir würden uns gerne mit Ihnen unterhalten.«

»Aha.«

Der Chefinspektor war leicht irritiert. Hatte sie ihn verstanden? Zur Sicherheit versuchte er es noch einmal. »Wir würden uns gerne ...«

»Ich hab Sie schon verstanden«, sagte Lara.

Okay, dachte Schieder. »Ja dann, bitte nehmen Sie sich ein bisschen Zeit und kommen Sie einen Sprung vorbei. Am besten gleich, dann ist die Sache erledigt. Wir haben nur ein paar Fragen.«

In Laras Kopf schlingerten die Gedanken. »Fragen? An mich? Was sollte ich denn wissen, was nicht alle anderen auch gesehen haben?«

Schieder überging ihre Fragen. »Es dauert nicht lange, Frau Klein. Zehn-neunzig Wien, Berggasse dreiundvierzig. Bei mir im Büro.«

»Berggasse dreiundvierzig«, wiederholte Lara und legte auf. Ein leises Gefühl der Angst beschlich sie. Sie fragte sich, ob sie etwas falsch gemacht hatte. Die Polizei beschäftigte sich nicht grundlos mit jemandem.

Sie kickte ihre Laufschuhe, die sie immer noch anhatte, von den Füßen. Der Spaziergang hatte nicht den üblichen Erfolg gebracht, sie war nicht viel frischer als vorher. Sie zog eine weiße Hose und ein schwarzes Top an, frisierte sich kurz die Haare und suchte den Autoschlüssel. Mit einem flauen Gefühl im Magen verließ sie die Wohnung. Irgendwie kam ihr der Tag irreal vor. Sie ging wie durch eine Traumwelt aus Watte.

Lara stieg in ihren roten Toyota Corolla ein, selbst der Autositz fühlte sich nach Watte an. Als sie sich anschnallte, wurde es besser. Starten, losfahren, alles automatisch. Vom dreizehnten Bezirk in den neunten war es ein gutes Stück Weg, auf dem sie in Ruhe nachdenken konnte. Sie ging durch, was gestern alles passiert war. Das würden sie ja vor allem wissen wollen, die Polizisten. War da etwas, das sie übersehen hatte? Ein winziges, unscheinbares Detail? Als sie sich in der Berggasse einparkte, hatte sie nicht das Gefühl, die Dinge im Kopf nennenswert geklärt zu haben.

»Grüß Gott«, sagte Lara zu dem Beamten, »ich habe einen Termin bei Herrn Schieder. Er ist Kommissar.«

»Chefinspektor«, korrigierte der Polizist und sah auf eine Liste. »Erster Stock, Zimmer hundertvier.«

Für Lara war klar, dass das kein Empfang werden würde wie im Park Hyatt. Hier kamen die Leute weder freiwillig noch fröhlich her, das ganze Haus verströmte den Hautgout latenter Bedrohlichkeit. Gleich ums Eck befanden sich die Arrestzellen. Lara schluckte. Sie merkte, wie ihr Herz in einen schnelleren Takt verfiel. Ba-bamm. Ba-bamm. Ba-bamm. Du musst dich beruhigen, sagte sie sich, was soll schon sein. Die Tür zu dem Büro stand offen. Sie lugte hinein. »Hallo?«

»Kommen Sie nur«, sagte ein Mann. Er streckte die Hand nach ihrer aus und schüttelte sie. »Chefinspektor Schieder.« Er deutete auf einen Tisch, hinter dem eine Frau auf einen Computerbildschirm starrte. »Und das ist meine Kollegin, Kommissarin Sandlechner.«

Die Frau nickte, ohne den Kopf zu wenden. Begrüßung war das keine. Lara sah sich um. Der Raum war grau, nicht nur farblich, sondern aus Prinzip. Graue Wände, graue Möbel, graue Ablagen, graue Aktenordner, graue Aussichten. Alles hochgradig nüchtern eingerichtet, funktionell, unpersönlich. Kein privates Foto auf den Arbeitstischen, keine Pflanze, nichts, was darauf hindeutete, dass hier Menschen tätig waren. Wahrscheinlich sollte das so sein, dachte Lara, angenehme oder gar familiäre Gefühle hatten hier nichts verloren.

»Bitte nehmen Sie Platz«, sagte Harald Schieder und wies auf einen grauen Resopaltisch mit drei grauen Stühlen aus Aluminium. Zwei auf einer Seite, ein einzelner gegenüber.

Elisabeth Sandlechner setzte sich neben ihren Kollegen und verschränkte die Arme vor der Brust. »Na, dann wollen wir doch mal.«

Lara bemerkte das Tattoo auf dem rechten Unterarm, ein Wort in Lateinschrift: *Survivor*. Mit solchen Frauen war nicht zu spaßen.

»Wie kann ich Ihnen helfen?«, fragte Lara und räusperte sich, als sie Sandlechners Blick bemerkte, der keinen Zweifel daran ließ, dass der Satz hier total fehl am Platz war.

»Nun«, begann Schieder, »wir hätten gerne von Ihnen gewusst, wie Sie den gestrigen Abend wahrgenommen haben. Vor allem den Schlusstanz Ihrer mittlerweile toten Kollegin.« Er sprach ruhig, nahezu freundlich.

Lara hatte genügend Filme gesehen, in denen man dieses

Good-Cop-Bad-Cop-Ding abzog. Hier waren die Rollen klar verteilt. Sandlechner vermittelte die Gewissheit, dass sie jemanden mit einer Kugelschreibermine umbringen konnte. Der Blick ihrer grünen Augen bohrte sich in Laras Gewissen.

»Wie soll ich sagen«, stammelte sie, »es war ein einziger Horror, alles ging blitzschnell, vielleicht ein paar Sekunden, keine Ahnung, es wusste niemand, was überhaupt los ist. Ich bin mit David, also meinem Tanzpartner, am Rand gestanden und dann ...«

»Ja, genau dieses Dann interessiert mich«, unterbrach sie Elisabeth Sandlechner. »Schon komisch, wie schnell sich so ein Kleid in eine Feuersäule verwandelt, nicht?« Sie tat überrascht, aber da war so ein Unterton in ihrer Stimme.

Lara hatte den Eindruck, als würde sie etwas andeuten wollen, es verunsicherte sie. »Es gibt die Fernsehbilder dazu und ganz genauso haben wir es auch erlebt. Ich weiß nicht, was ich Ihnen noch sagen soll.«

Diese Sandlechner nahm sich zwei, drei Sekunden, in denen sie Lara unter hochgezogenen Augenbrauen entsprechend herablassend ansah. »Ganz einfach, Frau Klein«, sagte sie in einem Ton, als wolle sie ihr das Einmaleins erklären, »Sie könnten uns sagen, warum Sie Ihre Konkurrentin ermordet haben.«

Lara legte den Kopf schief, als habe sie sich verhört. »Wie bitte?«

Jetzt war offenbar der Chefinspektor in seiner Rolle dran. »Wir verstehen schon, dass Sie aufgeregt sind«, beschwichtigte er. »Aber wissen Sie, die Untersuchungen haben gezeigt, dass das Kleid präpariert war, mit einer Substanz, die das Feuer schneller und heißer brennen lässt. Wie Magnesium. Hervorragender Brandbeschleuniger, man erkennt ihn, weil das Feuer mit hellerer Flamme brennt. Kleine grellweiße Stichflammen. Kennen Sie das?«

»Nein.«

Elisabeth Sandlechner schaltete sich wieder ein. »Ach so.

Dann kennen Sie wahrscheinlich auch den Fernzünder nicht, mit dem Sie Ihre kleine Show abgezogen haben.«

»Fernzünder?«

»Der kleine schwarze Würfel, mit dem der Zündfunke am Kleid ausgelöst wurde«, sagte Schieder.

»Und gleichzeitig genau der kleine schwarze Würfel«, fuhr die Sandlechner fort, »auf dem rein zufällig Ihre Fingerabdrücke drauf sind.« Sie ließ die Information sickern, lehnte sich in dem Aluminiumstuhl zurück und breitete die Arme aus. »So ein Zusammentreffen, nicht wahr?«

Lara schnürte es den Atem ab. Sie sah hinüber zum Fenster, draußen schien die Sonne, aber hier war die Luft so grau wie die Einrichtung. »Ich habe nicht den geringsten Schimmer, wovon Sie reden.« Es klang nicht sehr überzeugend.

»Frau Klein«, beschwichtigte Schieder, »wir haben die Fingerabdrücke in Ihrer Garderobe genommen und zwar von Ihrer Haarbürste und Ihrem Handspiegel, kurz nach drei Uhr in der Früh war das. Wir haben sie mit den Abdrücken auf dem Fernzünder verglichen. Und ja, die Übereinstimmung liegt bei achtundneunzig Prozent. Das ist schon ziemlich aussagekräftig, möchte ich meinen.« Er beugte sich ein Stück über den Tisch und sah sie direkt an. »Wollen Sie uns vielleicht etwas sagen?« Er wartete. »Wenn Sie ein Geständnis ablegen, legen wir beim Staatsanwalt ein gutes Wort für Sie ein.«

Laras Achseln waren feucht, sie merkte, wie sie schwitzte. »Das ist doch verrückt. Hören Sie, ich habe keine Ahnung, was Sie da von Fingerabdrücken und Fernzündern faseln. Ich habe mit dem Unfall nichts zu tun.«

»Mord«, korrigierte Elisabeth Sandlechner. »Mit dem *Mord*. Es handelt sich um *Mord*.«

Ja doch, dachte Lara, wie oft noch?

»Wie wir aus Erfahrung wissen, hat jeder Mord ein Motiv. Und Sie haben gleich zwei!« Die Kommissarin wurde laut, ihre Gesichtszüge wirkten granithart. »Erstens: Ihre Konkurrentin galt als Favoritin, aber jetzt, wo sie tot ist, haben Sie Ihren Platz auf dem Siegerpodest eingenommen, nicht?«

»Das habe ich mir nicht ausgesucht.«

»Trotzdem bedeutet es, dass Sie eine eigene Fernsehshow bekommen, richtig? Ich würde einmal sagen, dass das schon als fettes Motiv durchgeht. Aber das allein ist es noch gar nicht, es gibt da noch etwas.«

»Das glauben Sie doch alles selbst nicht!« Laras Stimme kiekste, sie fuhr sich nervös über die Stirn. Sie wollte etwas trinken, fürchtete aber, dass es gegen sie verwendet werden könnte, wenn sie nach einem Glas Wasser fragte. Sie würden denken, ihr Mund wäre ganz trocken, vor Schuld.

»Ich sage nur Christian.« Elisabeth Sandlechner lächelte.

Lara ahnte, worauf sie anspielte.

»Ihr Ex, nicht?«

»Ja. Und?«, fragte Lara. »Was ist mit ihm?«

»Wie wir aus sicherer Quelle erfahren haben, hat Ihnen Evelyn von Hirth den Mann ausgespannt.« Sandlechner ließ die Worte wirken.

Lara reagierte nicht.

Die Kommissarin legte nach: »Christian dürfte sich bei ihr wohler gefühlt haben als bei Ihnen, nicht? Im Bett, meine ich.«

Lara errötete. Zum Teil aus Scham, zum Teil aus Zorn. Aber nicht wegen Christian. Es stimmte, er hatte sie verlassen, ja, mein Gott, aber die Beziehung war schon Monate davor so gut wie aus gewesen. Dass er zum Drüberstreuen ausgerechnet mit ihrer Konkurrentin eine Affäre begonnen hatte, hatte Lara natürlich gewurmt. Aber es hatte sie nicht sonderlich geschmerzt. Und was hätte sie schon tun sollen? Es ihm verbieten? Evelyn war so schön ... Lara hielt inne in ihren Gedanken ... schön gewesen, dachte sie, sie war so schön *gewesen*. »Es ist nicht so, wie Sie denken«, sagte Lara zu Harald Schieder. Ich Depp, dachte sie im selben Moment. Sie hatte Ehrlichkeit vermitteln und Ruhe in dieses Verhör bringen wollen, aber mit dieser blöden Floskel, die jeder ablässt, der in flagranti erwischt wird, machte sie sich wahrscheinlich noch verdächtiger. »Was wollen Sie von mir? Bin ich festgenommen oder so was?« Der Ärger über sich selbst ließ sie aggressiver klingen, als sie beabsichtigt hatte. Kleinlauter setzte sie nach: »Muss ich mir einen Anwalt nehmen?«

»Haben Sie das Gefühl, dass Sie einen brauchen?«, stellte der Kommissar die Gegenfrage.

»Nein, um Himmels willen, ich habe weder mit Evelyn gestritten, noch war ich wegen der Sache mit Christian beleidigt. Die Beziehung war am Ende, ganz einfach. Liebe ist nicht immer von Dauer. Das wird ja ziemlich sicher auch zu Ihnen schon durchgedrungen sein, oder?« Der freche Seitenhieb täuschte, in ihr drinnen sah es anders aus. Ich will hier raus, dachte Lara, lieber Gott mach, dass das aufhört. Mit ihrer Bemerkung dürfte sie allerdings nicht dazu beigetragen haben.

Elisabeth Sandlechner wollte aufspringen, aber Schieder bedeutete ihr, sitzenzubleiben. »Ich frage Sie noch einmal, Frau Klein. Wie erklären Sie sich diese Fingerabdrücke, hm?«

Lara riss sich zusammen und sprach nun ganz ruhig. »Wissen Sie, wie es bei so einer Fernsehproduktion zugeht? Da sind ständig irre viele Leute um einen herum. Dauernd kommt wer, zupft an dir herum, richtet dir das Kleid, die Haare, das Make-up. Eine Assistentin drückt dir was in die Hand, ein Handy, einen Zettel, auf dem der Ablauf der Show erklärt ist, was man sagen soll und was nicht. Das ist ein immenser Trubel. Dutzende Leute in Bewegung. Permanent Stress und immer irgendwelche Probleme. Fernsehen halt, verstehen Sie! Bei Live-Sendungen wie *DancingVIPs* sind alle noch mehr in Aufruhr, alle nervös und jeder furchtbar wichtig. Ich habe alles Mögliche in der Hand gehabt. An so einem Tag vor der Show passieren Millionen Handgriffe. Ich schwöre Ihnen bei allem, was mir heilig ist, ich habe nichts damit zu tun. Ich war Augenzeugin, wie alle Leute in dem Saal und noch mehr vor dem Fernseher.« Jetzt regte sich Lara doch wieder auf. »Bitte! Mir ist das alles zu viel.«

Schieder sah seine Kollegin an und hob die rechte Augenbraue. Sie verdrehte die Augen.

»Also gut, Frau Klein«, sagte der Chefinspektor, »fürs Erste sind wir hier fertig. Sie müssen jederzeit für uns erreichbar sein und dürfen die Stadt nicht verlassen. Haben Sie mich verstanden?«

Laras Blick war wässrig. »Ja. Natürlich. Kann ich jetzt gehen?« Die Sandlechner grinste. »Aber nicht weglaufen. Sonst schicken wir die Hunde los. Die Spürhunde.« Das *Survivor*-Tattoo bewegte sich mit der Muskelanspannung der Kriminalbeamtin. Es sah aus wie eine Drohung. Lara stand auf und ging durch graues Wattemeer zum Ausgang. Auf Wiedersehen wollte sie nicht sagen. Sie wollte diese zwei Ermittler nie wieder sehen.

Punkt drei saß Lara in der Maske. Ihre Lieblingsvisagistin hatte Dienst. Das hatte Lara zwar gehofft, es machte es ihr aber nicht leichter, sich nichts von den Ereignissen des Tages anmerken zu lassen. Vor einer Maskenbildnerin, die sie nicht so gut kannte, hätte sie sich vielleicht sogar besser im Griff gehabt.

»Ist dir nicht gut?«, fragte Gabi prompt, während sie einen Frisierumhang über Lara warf und ihn mit einem Klettverschluss am Nacken fixierte. Lara reagierte schnell. »Wem ist schon gut, wenn Leute vor laufenden Kameras verbrennen.«

»Verbrannt werden«, stellte Gabi richtig. »Was ja noch viel ärger ist.«

»Ja, für dich«, sagte Lara. Und vor allem für mich, dachte sie und erinnerte sich an den Blick der Sandlechner, oder wie das Mannweib hieß, das ihr den Fernzünder mit ihren Fingerabdrücken unterjubeln wollte. Sie ballte die Fäuste unter dem Umhang. »Für Evelyn macht es keinen Unterschied mehr.«

»Auch wieder wahr«, sagte Gabi, »ich habe jedenfalls heute Nacht kaum ein Auge zugemacht. Immer wieder ist sie mir erschienen. Ich habe ihr ja gestern die Haare gemacht, sie wollte sie unbedingt offen tragen.« Sie verdrehte die Augen. »Du hast keine Ahnung, wie aufwändig das ist, im Vergleich zu so Aufsteckfrisuren, wie du sie meistens trägst, bei ihr musste ich jede Strähne einzeln ...«

Lara schaltete ab. Wenn Gabi die Feinheiten ihres Jobs erklärte, war sie in ihrem Element und man konnte die Ohren auf Durchzug stellen. Das war es auch, was sie so an ihr mochte, heute ganz besonders.

Um nicht wieder an ihr Verhör denken zu müssen, fischte Lara sich Alex aus dem Gedächtnis. Sie hatte versucht, ihn auf dem Heimweg von der Berggasse anzurufen, war aber nur auf die Mobilbox gekommen. In ihrer ersten Panik nach den Anschuldigungen der beiden Kommissare hatte sie sich gleich einmal eingeredet, dass das kein Wunder war. Von irgendeinem seiner Kontakte hatte er sicher erfahren, dass sie verdächtigt wurde und wollte nun nichts mehr mit ihr zu tun haben. Erst nach und nach hatte sie sich ihrer kleinlauten Stimmung entledigt und sich dann so über sich geärgert, dass sie daheim sofort ihre Trainingsmusik eingeschaltet und ein Power-Workout hingelegt hatte, das ihr das Hirn durchputzte. Danach sah die Sache schon anders aus. Warum bitte sollte Alex nichts mehr mit ihr zu tun haben wollen? Das war schon deshalb unwahrscheinlich, weil er als Journalist auf jeden Fall weiterhin an ihr interessiert war. Und dass das nicht der einzige Grund war, sagte ihr ihr weiblicher Instinkt, der nun wieder einigermaßen funktionierte. Wenn dieses ganze Inferno nicht gewesen wäre, und sie sich einfach so kennengelernt hätten, wären sie gestern irgendwas essen gegangen und würden in den nächsten Tagen langsam, aber zielsicher auf ihre erste Nacht zusteuern. Vielleicht hätten sie sie auch schon hinter sich, obwohl das eigentlich nicht Laras Art war. Nach einer ganzen Reihe unnötiger One-Night-Stands hatte sie für sich die Achtundvierzig-Stunden-Regel aufgestellt: Sex kam frühestens am dritten Abend infrage. Lange war diese Regel noch nicht in Gebrauch und nötig in letzter Zeit schon gar nicht, vor allem deshalb, weil sie zu viel arbeitete, zusehends wählerischer wurde und immer weniger Typen begegnete, mit denen sie in der Sekunde in die Kiste hüpfen wollte. So viel zu ihrem Liebesleben. Na egal, sie seufzte. Mit der Gymnastik hatte sie sich ihr Selbstvertrauen soweit wieder erarbeitet, dass sie Alex' ausbleibender Rückruf nicht mehr misstrauisch machte. Im Gegenteil, sie empfand wieder diese erstaunliche Vertrautheit, die so schnell zwischen ihnen entstanden war.

»So. Fertig.« Gabi betrachtete ihr Werk. »Eine perfekte halbe Aufsteckfrisur à la Lara Klein. Jetzt siehst du wieder wie du aus. Habe ich dich gut abgelenkt mit meinem Geplapper?«

Das war der zweite Grund, warum Lara sie mochte, sie war gleichzeitig einfühlsam und konnte sich über sich selber lustig machen. Lara nickte und schmunzelte. Abgelenkt war sie, von wem auch immer. Ein paar Nebelschwaden wehten noch ab und zu aus der Berggasse zu ihr, aber sie hatte jetzt das Gefühl, der Generalprobe gewachsen zu sein.

Als Lara sich ins Probestudio aufmachte, rief Alex an. Na bitte, dachte sie und nahm den Anruf an. »Warte kurz«, sagte sie, ohne ihn zu Wort kommen zu lassen, »ich geh schnell ins Freie.« Sie öffnete die nächste Glastür, die auf eine kleine Grünfläche mit einem Holztisch unter einer Linde führte. Es gab ein paar solcher Erholungsinseln auf dem Sendergelände, die hier wurde zum Glück gerade von niemandem genutzt. »Jetzt gehts.«

»Und?«, fragte er, »hast du es gut überstanden?«

»Die Maske oder das Verhör?«, fragte sie. Was immer er meinte, er war gut informiert. Keiner der beiden Termine waren festgestanden, als er sich in der Früh verabschiedet hatte.

»Es war kein Verhör«, korrigierte er sie, »du bist bloß einvernommen worden.«

»Ach so, *bloß* eine Einvernahme, na dann, was reg ich mich auf«, witzelte sie. Danach in ernsterem Ton: »Hör mal, du Oberg'scheiter, das war keine Kleinigkeit, die glauben, ich habe Evelyn abgefackelt, mit diesem ... dieser Fernbedienung, auf der meine Fingerabdrücke ...«

»Ich weiß«, unterbrach er sie. »Aber sie wollen nur einmal Druck machen, verstehst du? Eigentlich haben sie nichts in der Hand und das wissen sie auch.«

»Woher weißt *du* das?«

»Weil das immer so ist.«

»Super Grund«, murmelte Lara.

Es entstand eine kleine Pause. Sie hatte das Gefühl, er hörte jemandem anderen zu.

»Entschuldige«, sagte er gleich darauf, »ich muss weitermachen. Ich wollte nur sagen, mein Auto steht immer noch beim Sender, ich hole es mir am Abend, und da könnte ich ...«

Sie ließ ihn nicht ausreden. »Schön, dann sehen wir uns. Bis dann.« Sie legte auf.

Im Probestudio herrschte der übliche Trubel wie immer vor einem Format, das noch nicht eingespielt war. Technik, Ausstattung, Regie, Aufnahmeleitung, alle bemühten sich seit Wochen darum, sämtliche Stolpersteine, die sich so einer Produktion in den Weg legen konnten, im Vorfeld zu entdecken und wegzurollen.

Als Mitwirkende war man dabei fast zweitrangig. Man wurde herumgeschoben, eingeleuchtet, abgewürgt. Man hatte sich den Ablauf und die Positionen zu merken, das war vorerst genug. Um ihre Performance ging es eigentlich erst heute, bei der Generalprobe. Das Buch war geschrieben, der Text auf die berühmten Kärtchen gedruckt, ohne die Moderatoren nur halbe Menschen sind. Der Rest musste spontan passieren, im Pingpong mit den Gästen.

Oh Gott, die Gäste, dachte Lara, Anna Lorenz, die prominente Virologin und Bert Burghausen, der österreichische David Garret am Klavier, die beiden hatte sie irgendwie verdrängt. Sie hatte sich auf die Crew eingestellt, von denen sie die meisten gut kannte. Sie winkten ihr auch alle zu, schickten ihr Luftküsse quer durch den Raum oder hielten die Daumen hoch. Sie hatten zu tun, man würde nachher quatschen. Dass sie mit einer Ärztin und einem Pianisten hier essen, plaudern und tanzen musste, war offenbar in den Nebelfetzen aus der Berggasse hängengeblieben. Jetzt traten Anna und Bert daraus hervor und begrüßten sie.

Selbst in der kurzen Zeit nach dem Fernsehmord hatte sich so etwas wie ein Katastrophen-Smalltalk eingebürgert. Man schüttelte einander die Hand und begann sofort, sich gegenseitig zu versichern, wie schrecklich das alles sei.

Anna: »Furchtbar, die Geschichte.«

Bert: »Entsetzlich, das Ganze.«

Lara: »So schnell kann es vorbei sein.«

Bert: »Ich kann es noch immer nicht glauben.«

Anna: »Es muss grauenhaft sein für dich.«

Erst dann wurde es persönlicher. Lara hatte die beiden noch nicht oft getroffen, die vorangegangenen Proben waren alle ein bisschen zwischen Tür und Angel abgelaufen. Der eine ging, die andere kam, Gelegenheit, privat zu reden, war kaum gewesen. Trotzdem umarmten sie die beiden auf einmal und schienen ehrlich betroffen. Bis die Virologin sagte: »Gerade noch wart ihr beide auf dem Tanzparkett und jetzt stehen wir hier.« Die Betonung lag auf dem Wir, was so wirkte, als habe sie mit Sicherheit angenommen, dass sie es bei der Sendung nicht mit ihr, sondern mit Evelyn zu tun haben würden. Lara fror ein.

Bert versuchte, die Situation zu retten, plumpste aber gleich ins nächste Fettnäpfchen. »Ganz ehrlich, Lara, ich bin froh, dass du die Show moderierst. Evelyn machte mich mit ihrer selbstbewussten Art immer irgendwie mundtot.«

Keiner der drei atmete. Bert lief dunkelrot an. Anna wurde blass. Laras Lächeln hakte sich an den Mundwinkeln ein und verharrte dort. Der Satz war ein Meisterwerk. Es war Bert gelungen, die Freude, die er darüber ausdrücken wollte, dass Lara die Sendung bekam, gleich mit zwei Vorschlaghämmern zu zertrümmern. Evelyns Selbstsicherheit implizierte, dass Lara ein wesentlich kümmerlicheres Auftreten hatte als ihre schöne Kollegin. Und mundtot war im vorliegenden Zusammenhang so daneben, dass einem die Spucke wegblieb.

»Oh mein Gott«, stammelte Bert, »so hab ich das nicht gemeint, ich bin so ein Rüpel, Lara, bitte, ich wollte natürlich nicht ...« Die Regie kam ihm zu Hilfe, bevor er sich noch einmal in etwas verrannte. »Alles auf Anfang bitte«, rief Norbert Gratzer.

Selbstverständlich hatte der beste Regisseur des Senders auch hier das Sagen. Aus Sicherheitsgründen war zwar entschieden worden, dass *Dinner & Dance* nicht live, sondern als Aufzeichnung über die Bühne gehen würde, aber die Quoten, die man sich erwartete, machten trotzdem großes Kino nötig.

Die Probe lief ab, als hätten alle seit Jahren nichts anderes getan, als diese Sendung herunterzuspulen. Die Gäste waren schlagfertig und originell, sie parlierten amüsant über das Essen, wussten eine Menge übers Kochen und machten sich prächtig bei den Tanzeinlagen. Diesbezüglich hatte Lara einiges befürchtet. Bert war zwar Musiker, aber mit den Gliedmaßen, die er nicht zum Spielen brauchte, war er rhythmisch weniger versiert.

Der Ablauf sah vor, dass sie mit beiden ein paar Schrittsequenzen einstudierte, dann mit dem männlichen Gast tanzte und der männliche Gast am Ende mit dem weiblichen. Wenn Lara führte, würde immer alles gutgehen, das war klar. Aber mit Anna hatte es bei den bisherigen Proben ein paar Hoppalas gegeben. Heute schwebte sie mit Bert in perfekter Harmonie und erstaunlicher Leichtigkeit durchs Studio.

Irgendwer musste mit den beiden trainiert haben, dachte Lara, von allein wurde aus einer Ärztin mit zwei linken Füßen keine Dancing Queen. Aber warum wusste Lara nichts davon? Sie hatte es wiederholt angeboten, seit sie Anna zum ersten Mal tanzen gesehen hatte. Eigentlich war sie überhaupt dafür gewesen, einen anderen weiblichen Gast einzuladen, der nicht schon beim Gehen über die eigenen Füße flog. Aber davon hatte niemand etwas wissen wollen. Virologinnen waren in den Pandemiejahren zuhauf aus ihren Löchern gekrochen und nach wie vor beliebte TV-Gäste, Lara solle sich lieber aus Fragen, die sie nichts angingen, raushalten, hatte man ihr angeraten. Was heißt, nichts angehen, hatte Lara wissen wollen, immerhin könnte es ihre Show werden. An dieser Stelle hatte man sie dann einfach stehenlassen. War vielleicht wirklich schon festgestanden, dass Evelyn die Show übernehmen würde und sie hatte selbst mit ihren Gästen geübt?

Jetzt grübelt sie, dachte Paulus Grün, der unbemerkt von allen halb in den Kulissen mit verschränkten Armen am Show-Herd lehnte. Eigentlich hatte er am Set nichts zu suchen, deshalb hielt er sich im Hintergrund. Die Leute sollten sich vom Sicherheitschef nicht beobachtet fühlen, obwohl ihm das bei Lara durchaus recht gewesen wäre. Sie zu irritieren, konnte der Aufklärung des Falles nicht schaden, dann verhedderte sie sich vielleicht schneller in ihren Aussagen. Seit Grün das schwarze Kästchen in der Garderobe der Tänzerin gefunden hatte, war sie ihm suspekt. Das heißt, suspekt war sie ihm schon vorher gewesen, raffiniertes Früchtchen, das sie war. Mit dem halben Sender in die Kiste hupfen, aber bei ihm auf Zicke spielen.

Es war nicht allzu schwer gewesen, die Polizei auf das

Kästchen aufmerksam zu machen. Er hatte es den Beamten mit einem Achselzucken übergeben, wahrscheinlich wäre das Ding völlig unverdächtig, obwohl man so was durchaus als Zünder benutzen konnte und mit Sicherheit war es Zufall, dass es in Laras Umkleide lag, aber als Sicherheitsmann wäre er praktisch gezwungen, auch die kleinsten Hinweise zu verfolgen, vielleicht würde die Tatortgruppe ja auch Laras Fingerabdrücke aus der Garderobe nehmen wollen, er zeige sie ihnen gern, sicher wäre sicher.

Soweit er erfahren hatte, war Lara heute zu Besuch in der Berggasse gewesen. Sah auch leicht ramponiert aus, die Kleine, wirkte jedenfalls lang nicht so arrogant, wie sie sonst ihm gegenüber tat. Paulus Grün stieß sich mit der Hüfte vom Herd ab und verließ das Studio so unbemerkt, wie er gekommen war.

Lara machte sich gut bei der Probe. Sie beherrschte ihre Rolle, wusste ihre Einsätze, kannte ihr Positionen. Obwohl sie mitgenommen und müde war, stand sie die erste Stunde fehlerfrei durch, diesbezüglich war sie ein Profi. Das breite Publikum kannte sie als Tänzerin, aber sie war auch in Sachen Moderation kein Neuling. Man hatte sie für die unterschiedlichsten Events angefragt, zuerst nur im Tanzumfeld, dann auch für andere Veranstaltungen, einmal hatte sie eine Gartenmesse moderiert, einmal eine Pferdeshow, einmal sogar ein Stand-up-Comedy-Festival. Irgendwann hatte sie es zwischendurch hinbekommen, eine Sprecherausbildung zu machen und war auch für Events im Fernsehen gebucht worden. Sie spulte den Job also durchaus zufriedenstellend ab, besonders mitreißend war sie allerdings nicht.

Norbert Gratzer hatte von Anfang an gesehen, dass sie etwas durch den Wind war. Er hatte deshalb umdisponiert und den Block mit der Kocherei, mit dem sie eigentlich beginnen wollten, nach hinten verschoben. Lara spielte dabei keine Rolle, sie würde früher nach Hause gehen und sich ausruhen können. Seit der Order, dass die Sendung nicht nur aufgezeichnet, sondern auch ohne Publikum abgedreht wurde, machte es im Ablauf ohnehin keinen Unterschied. Als er Lara beiseite genommen und ihr in Aussicht gestellt hatte, dass er nach der Hälfte der Probe mit ihr durch wäre, war sie ihm um den Hals gefallen. »Na, na, na. Wirst sehen, wir machen das mit links«, hatte er versichert.

Eineinhalb Stunden lang hielt Lara sich tapfer. Doch jetzt sah sie müde aus und brauchte öfter eine Auffrischung vom Make-up. Gratzer entschloss sich, sie verschnaufen zu lassen. »Kurze Pause«, rief er und klatschte zweimal in die Hände. »Wer in die Kantine geht, nimmt mir einen ordentlichen Espresso mit, das Geschlabber vom Catering ist ja nicht zu saufen.«

»Mach ich gern«, sagte Lara. Ein Sprung in die Kantine würde ihr guttun und das Geschlabber war tatsächlich nicht zu saufen.

Lara balancierte zwei doppelte Espressi auf einem kleinen Tablett und sah sich nach einem ruhigen Plätzchen um. Sie würde ihren Kaffee hier trinken, das verschaffte ihr ein paar Minuten mehr, in denen niemand etwas von ihr wollte. Allerdings war Stoßzeit im Betrieb. Gegen fünf war die halbe Belegschaft hier, um sich entweder nach einem langen Arbeitstag mit wem zu treffen oder sich für einen noch längeren Arbeitstag zu stärken. Ein einziger Platz an einem Stehtisch war frei, sie steuerte darauf zu. Gleichzeitig mit ihr kam ein Mann dort an, der denselben Plan gehabt hatte. Lara sah ihn erst, als sie beide ihre Kaffees auf dem Tisch abstellten.

»Hi! Arnold.« Ausgerechnet der, dachte sie und bemühte sich um ein Lächeln.

»Oh. Hi. Lara«, äffte er sie nach. »Tanz trifft News. Wie nett.«

Arnold Schafberger war bei *AustriaOne* Nachrichtenmoderator und noch dazu ausgesprochen gutaussehend, was vor ein paar Monaten zu einem One-Night-Stand mit ihm geführt hatte. Einem recht enttäuschenden One-Night-Stand, wie Lara sich leider noch erinnerte, der letztlich den Ausschlag zu ihrer Achtundvierzig-Stunden-Regel gegeben hatte. Hinter seiner feschen Fassade und der Originalität, mit der er sie wirklich zum Lachen gebracht hatte, war sie auf einen Narzissten gestoßen, dessen Eitelkeit größer war als das gesamte Sendegebiet von *AustriaOne*. Eine Fortsetzung des Techtelmechtels war kein Thema gewesen. Arnold war ein Mann, der Bewunderung aus mehr als einer weiblichen Quelle brauchte. Sie waren seither nicht schlecht aufeinander zu sprechen, auch wenn Lara ihm etwas aus dem Weg ging, weil ihr sein Schmäh dann doch nicht mehr so originell vorkam. Eitelkeit tötet selbst den geistreichsten Witz.

»Moderatorin trifft Moderator«, sagte Lara, die wusste, dass er es als Blasphemie empfinden würde, wenn sie sich mit ihm auf dieselbe Stufe stellte. Er war ein Journalist der aufstrebenden Art. Anmerken ließ er sich nichts. Fast nichts, wie Lara bemerkte, sein linkes Augenlid hatte nur einen winzigen Augenblick lang gezuckt. Donnerwetter, der Typ hat sich unter Kontrolle, dachte sie, muss das anstrengend sein.

»Ach ja! Gratuliere«, säuselte Arnold mit seiner ohrenstreichelnden Moderatorenstimme, »du bist ja jetzt bei ... lass mich kurz nachdenken ... Dinner und Dingsbums ... äh ... gelandet ... wenn man das so nennen darf.«

Donnerwetter, dachte Lara noch einmal, wie elegant der einen abkanzeln konnte. Sie trank ihren Espresso auf einen Zug aus und schlug mit der flachen Hand leicht auf den Tisch. »Ich muss, Arnold«, sagte sie, »wünsch dir eine tolle Sendung, wird ja sicher noch um Evelyn gehen, da siehst du einmal, was der Tanz für die News tun kann.«

Sorry, Evelyn, dachte Lara und schaute kurz nach oben, ziemlich geschmacklos, diese Meldung, aber für unseren Arnold gerade richtig, ich hoffe, das war jetzt auch in deinem Sinn. Lara hatte sich einmal mit Evelyn über Arnold unterhalten und zumindest bei dem Thema waren sie einer Meinung gewesen.

Lara hauchte dem Moderator einen Kuss auf die Wange, der ein bisschen gezierter ausfiel, als sie wollte. »Bye, Mister TV«, sagte sie möglichst leichthin.

»Bye, Showgirl«, gab er zurück.

Lara lachte. Lackaffe, dachte sie gleichzeitig. Jetzt war er wieder stolz auf sich, weil er eine Beleidigung anbringen hatte können, die man ihm nicht ankreiden konnte. Sie hörte sie noch genau, seine Belehrungen. »Das nennt man Ironie, Darling, die Worte so zu wählen, dass sie den anderen ins Empfindlichste treffen, man es aber nie beweisen könnte.« Nach dieser Lektion war es endgültig vorbei gewesen mit ihrer Sympathie für das fesche Gesicht der *AustriaOne*-News. Mit dem Espresso für die Regie trippelte sie den Gang entlang. Arnold schaute ihr nach, eine Augenbraue hochgezogen.

Arnold Schafberger schüttelte den Kopf, dann schloss er die Augen und trank in Ruhe seinen Kaffee aus. Er musste sich auf sich selbst konzentrieren. Er war darauf trainiert, sich innerhalb von Minuten zu regenerieren und das war auch nötig jetzt. Er hatte einen stressigen Tag hinter sich. Immer wieder Live-Einstiege im Rahmen mehrerer Sondersendungen.

Das Feuerattentat war nachrichtentechnisch immer noch brandheiß, die Ereignisse überschlugen sich, und da durfte jemand wie er nicht fehlen. *AustriaOne* war in so ziemlich allen wichtigen Medien rund um den Globus erwähnt, die Show, das Supermodel, der Unfall, der sich als Mord herausgestellt hatte. Besser gings nicht. Interviews mit Experten, Kriminologen, Modedesignern, Familienmitgliedern, Bilder von der heutigen Pressekonferenz im Landeskriminalamt, Interviews mit Kollegen, die erklärten, wie eine Liveshow überhaupt ablief, was alles passieren und warum sich niemand erklären konnte, was es mit dem Brandanschlag auf Evelyn von Hirth auf sich hatte.

Ein mörderischer Fall, noch nie dagewesen in der Fernsehgeschichte, ein Präzedenzfall an Grausamkeit und Dramatik, eine herrliche televisionäre Furchtbarkeit. Aus Arnold waren die Formulierungen nur so herausgesprudelt, die televisionäre Furchtbarkeit hatte er sich auf dem Bildschirm allerdings verbissen, wenn auch ungern. Das Narrativ, wie es heute so nervtötend hieß, war auch so einmalig, besser könnte man es nicht erfinden. Das Leben schrieb immer noch die schrecklichsten Geschichten. Und genau die wollten die Leute da draußen sehen, live.

Die asozialen Medien quollen geradezu über vor Bildern und Clips mit Evelyn. Köstlich, die Kommentare der Poster und Hater. Traumhaft. Eine Story, die man sich als Moderator nur wünschen konnte. Immer mit diesem unnahbaren Ausdruck im Gesicht, der seriöse Distanz suggerieren soll, hin und wieder ein leichtes Kopfschütteln, das Betroffenheit ausdrückt. Ja, genau, dieses tanzende Model war für viele junge Frauen da draußen ein Vorbild, eine Ikone. Immer loben, immer einfühlsam fragen, dann doch wieder professionell in die Aufnahme blicken und das schwarze Kameraauge zum Anlass nehmen, um den Zuschauern zu zeigen, wer hier wirklich die Nummer eins war.

Ein Medienmagazin hatte ihn vor zwei Monaten zum Journalisten des Jahres gekürt, und obwohl dieser Titel nur eine Trophäe mehr in seiner lupenreinen Karriere als Berichterstatter, als *Man of the News* war, freute es ihn doch. Und jetzt dieser Dauerbrenner von einem Mord.

Arnold Schafberger kam sich vor wie der Dirigent eines Orchesters, das statt einer Ouvertüre eine Ansage machte. Manches sogar spontan und entgegen allen Regeln der Objektivität, persönlich, subjektiv, wertend. Wer dürfte sich das sonst erlauben außer ihm.

Die Chefredakteurin der *News im Bild* ließ ihm alles durchgehen. Nicht zuletzt deshalb, weil er im Vorjahr mit ihr ein paarmal Dinge gemacht hatte, die offensichtlich noch niemand mit ihr gemacht hatte. Na ja, Sex sells nicht nur. Sex smells und zwar nach Erfolg. Obwohl es im Haus massenhaft Intrigen gab und viele Kollegen sich gegenseitig ein Bajonett in den Rücken stechen wollten, nachdem sie noch kurz zuvor freundlich im Konferenzraum miteinander geplaudert hatten, gab es niemanden, der an *seinem* Sessel sägen konnte. Dazwischen amüsierten sie sich alle kreuz und quer, in stiller Übereinkunft. Er auch, allerdings amüsierte er sich mit den Richtigen, bis auf wenige Ausnahmen, die er sich großzügig verzieh.

Bevor man Arnold Schafberger zu gut kannte, war er ein ungemein sympathischer Typ und bei den Zusehern sehr beliebt. Und er machte seine Arbeit tipptopp, da konnte man nichts sagen, sofern man darüber hinwegsah, dass er die Nachrichten mit seiner Sicht der Dinge spickte und mit seiner eigenen Meinung nicht hinterm Berg hielt. Er machte das so geschickt, dass er beim Publikum als mutig galt. Der traut sich was, hieß es oft in den Kommentaren zu seinen Sendungen. Ha! Das musste man einmal zusammenbringen in dieser verlotterten Medienbranche. Schafberger, ein Musterbeispiel an Korrektheit. Ein Vollprofi im unbefleckten Anzug des seriösen Journalismus, aus dessen Brusttasche die Eitelkeit bloß wie die Spitzen eines Stecktuchs hervorlugte. Nebenbei unterrichtete er an zwei Universitäten, hatte dreihunderttausend Follower auf Twitter und einen eigenen Youtube-Kanal, wo er zeitweise auch seine ganz *private* Seite ins allerbeste Licht rückte. Ein untadeliger Mann von bestem Ruf und noch besserem Aussehen. In Wahrheit hätte er Schauspieler werden sollen, aber manche Lebenswege nahmen andere Abzweigungen. Seiner war ein Boulevard der eigenen Pracht. Rechtschaffenheit hatte ein Gesicht.

Das Abendessen hatte er heute zur Abwechslung in der Kantine eingenommen, weniger, weil er Appetit darauf hatte, mehr, um sich wieder einmal der Kollegenschaft zu zeigen. Normalerweise kam der Fraß, den sie hier servierten, nicht auf seinen Teller. Er ging mittags bei Meetings in Haubenlokale oder ließ sich ein besonderes Menü von einem Spitzenkoch zubereiten und dann liefern. In der Kantine hatte es heute Spaghetti Bolognese gegeben. Arnold hatte sie in *Pasta es Gfrasta* umbenannt, das war ihm kurz vor Laras Abgang eingefallen.

Im Newsroom ließ Arnold sich verkabeln und nahm auf seinem Nachrichtenthron Platz. Noch so ein Ausdruck, den er nie vor anderen verwenden würde. Er straffte sein Jackett, zog es sich unter den Hintern und setzte sich drauf, damit es keine Falten werfen konnte. »Passt so?«, fragte er ins Nichts. Aus dem Regieraum kam sofort die erwartete Antwort. »Alles perfekt, Arnold, wie immer.«

Schafberger tauschte sich gern mit der Regie aus, genauso wie mit den Tontechnikern und was da noch so an einer Sendung beteiligt war.

Noch zwei Minuten, deutete die Assistentin.

Sie hieß Hannah oder so ähnlich. Anna? Anja? Alma? Egal.

Noch eine Minute bis zur Signation.

»Achtung bitte«, tönte es aus der Regie.

Arnold Schafberger war bereit. Der Stuhl neben ihm war unbesetzt. Wo blieb denn das blonde Hascherl? Carola Ferstl war für ihn kein Pendant, nicht einmal eine Moderatorin, schon gar nicht mit einem Co davor. Sie war ein optischer Aufputz, mehr nicht. Aber das war noch keine Entschuldigung für die Ewigkeiten, die sie in der Maske brauchte. Er würde ihr bald einmal ...

Dreißig Sekunden noch.

Die Ferstl rauschte herein und setzte sich.

Arnold tat auf höflich und nickte ihr zu, ganz der Teamplayer, ganz der Gentleman.

»Okay«, sagte er und aktivierte sein innerliches Charisma-Kraftwerk, wie immer zur Begrüßung.

Die Signation ertönte.

Sie waren im Bild.

Arnold Schafberger lächelte, aber nur zwei Sekunden lang. Dann fielen seine Mundwinkel nach unten. Das Thema war ernster als sein Gemütszustand, die Story brauchte Herzblut. »Heute Abend kann ich Sie leider nicht mit einem schönen guten Abend begrüßen«, sagte er, »es ist ein Tag tiefster Trauer.«

Na, bitte. Mit einem eleganten Kopfsprung hinein ins mediale Mitgefühl.

»Neue Erkenntnisse im Feuerdrama um Evelyn von Hirth haben ein neues Ausmaß des Schreckens angenommen. Wie die Polizei heute bekanntgegeben hat, handelt es sich nicht, wie anfangs vermutet, um einen Unfall, sondern um Mord. Einen Anschlag, der an Perfidie kaum mehr zu überbieten ist, wie Sie in unserem Beitrag sehen.«

Die Regie blendete eine Zusammenfassung der Ereignisse ein, bei der zu Beginn darauf hingewiesen wurde, dass die folgenden Szenen nicht für Kinder und Jugendliche geeignet seien. Was natürlich lächerlich war, weil sich der Clip von dem brennenden Supermodel im Netz flächendeckend verbreitet hatte. *Wie ein Lauffeuer*, kommentierte das eine Influencerin und erntete für diese moralisch unpassende Phrase einen Shitstorm. Andere posteten Emojis mit einer Flamme, einem Teufelsgesicht und einem Augenzwinkern. Alle schienen darauf erpicht zu sein, ihren Senf dazuzugeben.

Im Beitrag kamen weitere Experten zu Wort, die viel redeten, aber wenig sagten. Es drehte sich um die Frage, ob der Anschlag politisch oder sonstwie motiviert gewesen sein könnte. Evelyn von Hirth hatte natürlich Feinde und jede Menge Konkurrenz, auf dem Laufsteg, daneben, dahinter, darunter. »Die Ermittlungen laufen zurzeit auf Hochtouren. Die Polizei verhört eine Gruppe von Verdächtigen. Aus ermittlungstechnischen Gründen werden weitere Details geheim gehalten.« Das übliche Blabla.

Arnold Schafberger meldete sich zurück und schloss die Story mit den Worten: »Da wir hier als Mitglieder des Senders *AustriaOne* alle besonders betroffen sind, darf ich ergänzen, dass auch ich fassungslos bin – angesichts dieser Entwicklungen. Möge der Täter seine gerechte Strafe finden, danke.« Auf Social Media würde man es großartig finden, so wertschätzend, so empathisch.

Co-Moderatorin Carola Ferstl durfte jetzt noch ein paar Sätze über die Korruption im Lande in die Kamera sagen.

»Im Korruptionsverfahren um den früheren Familienminister Bernd Schnattel bestätigt eine Zeugin die Übergabe des Geldkoffers an dem besagten Abend.«

Interessiert nur leider heute niemanden, dachte Arnold hinter seinem gespannten Gesichtsausdruck.

Der eingeblendete Beitrag zeigte eine gestellte Szene, in der sich zwei Männer im Anzug unterhalten. Einer stellte eine schwarze Aktentasche in einem Zugabteil ab, stand auf und ging. Der andere Mann schob sie mit dem Fuß zu sich. Eine Staatsanwältin lieferte im Interview die Details. Es ging um den Bau eines Einkaufszentrums am Rande Wiens. Schnabels Frau Elke Schnattel-Weisz hatte den Vorsitz im Gremium, das die Bewilligungen durchgeboxt hatte, obwohl der Waldgrund, auf dem das Shoppingcenter stehen sollte, nie als Bauland gewidmet war. Eine halbe Million Euro später war diese Hürde vom Tisch und die Genehmigung da.

»Über Elke Schnattel-Weisz wurde die U-Haft verhängt«, sagte Arnold und beendete den Beitrag mit einem seiner typisch ironischen Kommentare: »Sie fand das weniger erbaulich.« Leises Lächeln, weiter zur nächsten Meldung.

»In Oslo ist eine Autobombe explodiert. Vier Menschen wurden dabei zum Teil schwer verletzt. Die Behörden gehen von einem islamistischen Attentat aus. Der IS hat sich dazu noch nicht bekannt.«

Der Beitrag zeigte ein Wrack auf einer Straße, überall

Polizei. Zurück ins Studio.

»Im Iran ...«

Lara ging über das betonierte Gelände des Senders. Danke Norbert, dachte sie, du bist der Beste. Sehr viel länger hätte sie heute nicht durchgehalten und es gab nicht viele Regisseure, die darauf Rücksicht genommen hätten. Ich muss mir was ausdenken für ihn als Dankeschön, dachte sie, als sie im Parkhaus auf ihren roten Toyota zuging. Im Näherkommen bemerkte sie einen Zettel auf der Windschutzscheibe, eingeklemmt unter dem Scheibenwischer. War die Parkerlaubnis abgelaufen?, fragte sie sich.

Sämtliche *DancingVIPs* hatten eine Einfahrtsgenehmigung gehabt. Dass die in der ganzen Aufregung wirklich schon zurückgenommen worden war, wäre sehr schnell gegangen. Und wenn schon, dachte sie, dafür habe ich jetzt keinen Nerv. Sie nahm den Zettel, ohne ihn auseinanderzufalten, steckte ihn in die Tasche und stieg in den Wagen. Die paar Hundert Meter zu ihrer Wohnung zu fahren, war klimatechnisch nicht unbedingt lobenswert, aber sie konnte sich einfach nicht aufraffen, zu Fuß nach Hause zu gehen. Sie kuschelte sich regelrecht in den Fahrersitz. Im Sitzen merkte sie so richtig, wie ausgelaugt sie sich fühlte, völlig kaputt. Was sie jetzt brauchte, war ein heißes Bad. Mit viel Schaum und Harry Styles im Hintergrund. Augen zu und alles wegschieben, diese beiden Cops und ihre Fragen und dieses ganze blöde Fernsehen. Bis Alex auftauchen würde, wollte sie nichts anderes als untertauchen.

Lara sah zu, wie das Badewasser in die Wanne einlief. Wobei von Laufen keine Rede war, es quetschte sich durch den Hahn. Die Armatur war verkalkt, es würde wieder ewig dauern bis das Ding voll war. Sie ging in den großen Raum, zog sich aus, faltete alles ordentlich zusammen und legte es über die Seitenlehne des Sofas. Sie mochte es nicht, wenn ihre Sachen vom Dampf des Vollbads feucht wurden. Sie ging wieder ins Bad, nicht einmal zehn Zentimeter Wasser waren drinnen. Ach, das geht schon, dachte sie, gab einen ausgiebigen Schuss Cremebad hinein und stieg in die Wanne. Sie angelte sich ihre Kopfhörer. Die Anlage konnte sie nicht so laut aufdrehen, weil das Haus sehr hellhörig war und sich die oberen Nachbarn gern aufregten. Sie lehnte sich zurück und sah zu, wie der Schaum in Zeitlupe ihre Oberschenkel und ihren Bauch hinaufkroch. Harry Styles hörte sich noch nicht so an, wie sie wollte. »Siri, schalte lauter«, befahl sie ihrem Handy und dann legte Styles so richtig los: »In this world, it's just us, you know it's not the same as it was.«

Arnold Schafberger fühlte sich von einer Sekunde auf die andere seltsam. Ihm wurde speiübel. Ein Bauchkrampf. Höllischer Schmerz. Er krümmte sich leicht und versuchte, seinen Zustand zu verbergen. Ihm war eiskalt. Trotzdem stand ihm der Schweiß auf der Stirn.

Die Assistentin merkte es als Erste und hielt die Hände fragend hoch. Sollte heißen: Alles okay?

Nein, dachte sich Arnold, nichts ist okay. Er würgte und schluckte wiederholt. Trotz allem schaffte er es, keine Miene zu verziehen. Was war los mit ihm? Hatte er was Falsches gegessen? Fisch? Nein, vor der Sendung nur einen kleinen Salat. Wieder dieser Krampf. Es fühlte sich an, als würde jemand einen glühenden Meißel in seine Eingeweide bohren. Ihm wurde schummerig. Das Gesicht verlor an Farbe. Er war bleich, die Hände zitterten. Sein Mund verzog sich im Schmerz. Er konnte nichts dagegen tun. Das Würgen wurde schlimmer. Bitte, sagte er sich, lass das aufhören. Nicht jetzt. Nach der Sendung würde er sofort zur Toilette laufen und alles rauslassen. Irgendetwas kroch seine Speiseröhre hoch. Der Rachen schmerzte. Wieso? Vor ein paar Sekunden ging es ihm doch noch gut. Carola Ferstl übernahm seinen Text des Beitrags über den Iran. Es sah aus, als wäre der Sprecherwechsel so geplant gewesen.

Arnold krümmte sich wieder. Es ging rapide bergab. War das ein Virus? Selbst Fieber brach nicht so schnell aus. Er spürte den Schüttelfrost kommen. Sein ganzer Leib schlotterte. Er fühlte sich wie unter Strom.

Die Ferstl unterdrückte den Impuls, sich zu ihm zu drehen und sprach weiter. Arnolds Würgen wurde lauter. Im Studio horchte man erstmals auf. Aber bevor die Regie die Hauptkamera nur auf die Co-Moderatorin umschwenken lassen konnte, hielt sich Arnold die linke Hand vor den Mund. Aber es half nichts, ein Schwall grüngelber Matsch schoss zwischen den Fingern hindurch und klatschte auf das Moderatorenpult. Carola Ferstl erstarrte vor Schreck.

Gut gemacht, dachte der Regisseur vor seinen Monitoren, wenn sie mir jetzt aus dem Bild gesprungen wäre, hätte ich ein Problem. Er war ein alter Hase im Geschäft und Probleme begannen bei ihm prinzipiell erst, wenn das Studio einstürzte oder ein Moderator starb.

Carola Ferstl moderierte erst seit einem halben Jahr und war weniger abgebrüht. Sie hatte gut reagiert, jetzt half ihr nur, dass sie von der Situation praktisch gelähmt war. Obwohl sich der Mann neben ihr mit einer Heftigkeit erbrach, die ekelerregend war, konnte sie sich nicht bewegen. Sprechen allerdings auch nicht. Das war jetzt aber auch schon egal, hier war nichts mehr zu verbergen. Die Sendung war nicht mehr zu retten.

Arnold Schafberger keuchte, wollte etwas sagen, aber die Laute, die aus ihm herauskamen, klangen nach einem verwundeten Tier. Sein Gesicht verfärbte sich ins Violette. Nun krümmte er sich richtig vor Schmerzen, schrie auf. Die Adern an seinem Hals traten hervor. Er sah aus, als kämpfe er gegen etwas Unbezwingbares. Er strengte sich unglaublich an. Bekam keine Luft. Röchelte. Bäumte sich auf. Er schien zu ersticken.

Bevor die Regie reagieren und auf ein anderes Bild umschalten konnte, knallte sein Kopf auf den Tisch, die Augen offen und glasig, der Blick leer. Er regte sich nicht mehr. Die Assistentin lief vor zum Pult und versuchte, ihn aufzurichten. Es war wie ein Startschuss in dem vor Schreck erstarrten Studio. Sogar der Regisseur erfasste jetzt, dass es sich um ein Problem handelte und stürmte aus dem Regieraum.

Der Kameramann sprang hinter das Pult. »Arnold! Atme! Du musst atmen!«

Carola schrie. »Hilfe!«

Und dann brüllten alle durcheinander.

»Herzmassage.«

»Kann ihn wer beatmen?«

Arnold Schafbergers Gesicht war völlig verdreckt, sein weißes Hemd, die Krawatte, die Hose. Um derlei optische Verfehlungen brauchte er sich keine Gedanken zu machen. Die Assistentin fühlte seinen Puls und sagte drei Wörter: »Er ist tot.«

Die Kamera lief noch und zeichnete das Unfassbare auf. Ein Mensch war gestorben. Live im Fernsehen. Zum zweiten Mal innerhalb von 24 Stunden.

Lara entspannte sich im warmen Wasser, zumindest die Muskeln. Im Kopf surrten die Gedanken weiter, nicht einmal Harry Styles konnte sie übertönen. Auf einmal sah sie die tote Evelyn vor sich, die irgendwo in einem Kühlhaus lag. Sie verscheuchte das Bild, langsam hatte sie genug vom Sterben. Sie befahl Siri, noch ein bisschen lauter zu schalten und konzentrierte sich auf die Musik. Es gelang ihr.

Draußen näherte sich das Jaulen mehrerer Folgetonhörner. Es ist eine österreichische Spezialität, dass man die Signale von Feuerwehr, Rettung und Polizei unterscheiden kann. Diese hier stammten von Rettungs- und Polizeiwagen, die sich vor dem *AustriaOne*-Gebäude einbremsten. Obwohl Laras Wohnung ganz in der Nähe lag, bekam sie nichts mit, sie war unter ihren Kopfhörern eingedöst.

Alex war knapp vor seinem Auto gewesen, als die Einsatz-
fahrzeuge an ihm vorbeirasten. Fast gleichzeitig mit ihnen
kam er beim Sender an. Was wollten die schon wieder hier?,
dachte er und sah sich um, ob er jemanden aus seinem
Netzwerk entdeckte. Es waren auch ein paar Zivilfahrzeuge
angekommen, aus einem davon stieg gerade einer seiner
Hauptinformanten. Er erwischte den Kriminalbeamten gerade noch, bevor er im Gebäude verschwinden konnte.

»Hey, Kurt!«, rief er, »warte, eine Sekunde.«

»Mehr hab ich jetzt auch nicht für dich«, sagte Kurt, blieb
aber doch kurz stehen.

Alex hielt sich nicht mit langen Sätzen auf. »Wer? Was?
Wo?«

»Der Schafberger. Im Newsroom. Offenbar tot. Während
der Livesendung. Wir habens gerade im Auto am Handy
gesehen.«

»Was? Schon wieder ein Mord im Fernsehen?«

»Ob es Mord war, weiß ich nicht. Wenn, dann wars Gift.
Der hat das ganze Studio vollgekotzt. Und wenn ich noch
lang mit dir hier stehe, wissen es alle anderen vor dir.«

»Sagst du mir Bescheid?«

»Du erfährst es zwei Sekunden nach mir, mein Alter. War
das je anders?«

»Danke, Kurt. Ich bleibe die nächsten paar Stunden in
der Nähe.«

Kurt grinste. »Wir haben einen toxischen Schnelltest dabei. Das geht flott. Und jetzt lass mich arbeiten.«

Kurt Lambert verschwand im Foyer des Senders. Der Kriminalbeamte war Alex' wertvollste Quelle. Sie kannten einander ewig, in der Schule waren sie schon Freunde gewesen
und ihre Verbindung war nie abgerissen. Anfangs waren
Kurts Infos noch nicht allzu hilfreich, aber er stieg schnell
auf und wurde jetzt bei jedem interessanten Fall eingesetzt.
Kurt hatte nie etwas anderes werden wollen, die Mordkommission war schon sein Bubentraum gewesen, genauso wie

Alex immer von der Zeitung geträumt hatte. Beide nahmen ihre Jobs so ernst wie ihre Freundschaft, und keiner hätte vom anderen irgendwas verlangt, was gegen die Berufsethik verstieß. Sie tauschten einfach aus, was ihnen gegenseitig nützen konnte. Es war ein Vorteil für beide Seiten.

Alex machte eine schnelle Runde, um abzuchecken, ob sich vor dem Sender noch etwas ausrichten ließe. Aber hier war jetzt einmal warten angesagt. Er machte sich auf den Weg zu Laras Wohnung.

Das Haustor hatte keine Gegensprechanlage, Alex drückte die schwere Tür auf und ging hinauf in den ersten Stock. Laras Wohnungstür war nur angelehnt. Wie leichtsinnig, dachte Alex, da würde er ein Wörtchen mit Madame reden müssen. Er ging ins Vorzimmer.

»Lara!«

Keine Antwort.

»Lara! Wo bist du?«

Alles ruhig.

Dann sah er das Licht aus dem Badezimmer, das ins riesige Wohnzimmer fiel. Er lugte um die Ecke. Lara lag reglos in der Wanne. Sie war so weit hineingerutscht, dass ihre Unterlippe das Wasser berührte. Alex war mit einem Satz bei ihr, nahm sie unter den Achseln und riss sie hoch. Sie stieß einen Schrei aus. Alex war so erleichtert, dass er sie an sich drücken wollte. Aber durch den öligen Film des Cremebads auf ihrer Haut war sie rutschig und glitt ihm aus den Händen. Sie verschwand unterm Schaum, prustete, als sie sich hochrappelte und spuckte Wasser.

»Verrückt geworden?«, gurgelte sie und tastete sofort nach ihren Ohren. Sie erwischte die Kopfhörer gerade noch, bevor sie ihr ganz aus den Ohrmuscheln fielen. Natürlich waren sie beim Untertauchen kurz nass geworden. »So ein Mist«, rief sie, »die waren teurer als ein Paar Tanzschuhe.«

Alex, der vor zwei Sekunden noch gedacht hatte, dass sie tot oder zumindest bewusstlos war, sah sie fassungslos an.

»Was?«, brüllte er. »Die sind mir doch wurscht, deine Kopfhörer! Und wenn du mich fragst, ob ich verrückt geworden bin: Ja, das kannst du einmal annehmen. Verrückt vor Sorge. Ich meine, was glaubst du denn? Da sterben reihenweise Leute und du liegst im Wasser, ohne dich zu bewegen. Ich dachte, jetzt hat es dich erwischt.«

»Was denn erwischt?«, brüllte sie zurück.

»Na, offenbar ist das ja eine Serie, und ich dachte, du warst die Nächste.«

»Was für eine Serie?«

»Zwei Tote sind eine Serie.«

»Aber ich bin ja nicht tot.«

»Ja. Gott sei Dank.«

»Also. Wozu dann die Aufregung?«

Er verstand nicht, sie musste doch den Lärm gehört haben, die Rettung, die Polizei, um die paar Ecken. Dann hörte er die Musik aus den Kopfhörern, die sich wieder von ihrem kurzen Tauchgang erfangen hatten. Waren tatsächlich wasserdicht die Dinger. »Hast du geschlafen?«, fragte er immer noch lauter als nötig.

»Ja.« Sie sagte es mit aufmüpfigem Ton. »Wenn es gestattet ist.«

»Du hast laut Musik gehört und bist dann eingeschlafen?«

»Ja, verdammt. Ich war fertig, die Generalprobe war ...«

Er unterbrach sie. »Du weißt es noch nicht.«

Sie starrte ihn an.

»Arnold Schafberger ist tot.«

»Was?«

»Gestorben mitten in den Nachrichten, nachdem er alles vollgekotzt hatte, vor laufenden Kameras, das halbe Land hat zugeschaut.«

»Wann?«

Alex erzählte, was er wusste. Sie war jetzt ruhig.

»Lara?«

Auf einmal riss sie die Arme aus dem Wasser hoch, hielt

sich die Hände vors Gesicht und stieß ein Geräusch aus, das irgendwo tief aus ihrem Inneren zu kommen schien. Alex setzte sich auf den Rand der Badewanne und nahm sie in die Arme. Zuerst ließ sie es ohne Zutun geschehen, dann spürte er, wie etwas in ihr losließ. Sie schlang die Arme um ihn und drückte ihr Gesicht und ihre nassen Haare an seinen Bauch. Das Geräusch wurde zu einem Schluchzen, das stoßweise aus ihr herauskam. Gut zwanzig Minuten hielt er sie fest. Wann immer er sich nur einen Millimeter bewegte, klammerte sie sich noch mehr an ihn. Das Wasser auf ihr wurde vollständig von seinen Jeans aufgesaugt. Irgendwann ließ sie locker. Sie löste ihre Umarmung und bestaunte die Überschwemmung, die sie angerichtet hatte. »Du bist ganz nass«, sagte sie vorwurfsvoll, als hätte sie nichts damit zu tun.

Er lächelte und küsste sie auf den Scheitel. »Entschuldige.«

»Ist schon gut.« Auch sie lächelte. »Wenn du das nächste Mal so eine Sauerei anrichten willst, dann gehen wir in dein Badezimmer.«

Er fragte sich, ob er sich ihren Ausbruch eingebildet hatte, oder ob sie dieses luftleere Geplänkel jetzt brauchte, um Arnolds Tod irgendwie von sich wegzuschieben. Er tippte auf Variante zwei und spielte weiter mit. »Würde ich nie tun. Bei mir daheim. Ich führe einen sauberen Haushalt.«

»Sauber«, wiederholte sie. »Willst du damit sagen, dass mein Badewasser dreckig ist?«

»Äh ... wenn du mich so fragst ...«

»Kein Problem«, sagte sie, »dann frag ich dich einfach anders.« Sie formte eine Schale mit den Händen, schöpfte Wasser und schüttete es ihm blitzschnell ins Gesicht.

Alex war so verblüfft, dass er den nächsten Angriff nicht kommen sah und bekam noch eine Ladung ab. »Na warte!«

Es war eine filmreife Wasserschlacht, die Alex nur deshalb gewann, weil bald der Schaum abgeschöpft war, und Lara zu tun hatte, um ihre Brüste zu bedecken. Sie angelte sich ein Handtuch, das prompt im Wasser landete. Aber statt es vor sich zu halten, schwang Lara das tropfende Ding in weitem Bogen über Alex' Kopf und nahm ihm damit die Sicht.

Alex hielt inne. Das Wasser rann an ihm herunter ins T-Shirt, er ließ es geschehen. Auch Lara hielt inne. Sie betrachtete, was sie angerichtet hatte. Dann begann sie zu lachen. So richtig. Sie hatte das, was man einen hysterischen Lachanfall nennt. Alex bewegte sich immer noch nicht. Dann drangen die ersten Gluckser unter der nassen Kopfbedeckung hervor. Ihr Lachanfall war ansteckend.

Es dauerte volle zehn Minuten. Sie krümmte sich in der Wanne, er hatte sich, immer noch vermummt, auf den feuchten Badezimmerteppich fallen lassen und wälzte sich darauf hin und her. Es wirkte absolut irre, aber unlogisch war es nicht, für das, was in den vergangenen beiden Tagen alles passiert war. Die Nerven waren strapaziert, der Körper suchte sich ein Ventil, um zu entspannen. Es war ein segensreiches Prinzip. Und es funktionierte, der Tod rückte etwas von ihnen ab.

»Ich liebe den Parasympathikus«, sagte Lara, nachdem sie Alex aus dem Bad gescheucht, sich abgetrocknet und ein Badetuch um sich gewickelt hatte.

Alex hatte das T-Shirt ausgezogen und sich mit nacktem Oberkörper und feuchten Jeans auf der Lehne des Sofas niedergelassen. »Wen?«, fragte er.

»Den Parasympathikus.«

»Kenn ich nicht.«

»Ist der Gegenspieler vom Sympathikus.«

»Kenn ich auch nicht.«

»Sympathikus und Parasympathikus sind im vegetativen Nervensystem für Spannung und Entspannung zuständig«, erklärte Lara mit einem gewissen Ernst. »Der Sympathikus ist der umtriebige, ständig am Tun. Er fuhrwerkt herum wie ein Bulldozer und ist letztlich zuständig für den Stress. Wenn er sich zu sehr gebärdet, greift der Parasympathikus ein und beruhigt alles wieder.«

»Was du nicht sagst«, murmelte Alex mit ehrlichem Desinteresse. Er sah nur Laras nackte Beine, die seinen Sympathikus gerade dazu veranlassten, in seinem Körper ein Dutzend Bulldozer anzuwerfen.

»Gibst du mir mal meine Hose, bitte?«, bat sie und deutete auf den Stapel Gewand auf der Sofalehne.

Ungern, dachte er, reichte ihr aber das Kleidungsstück und sah zu, wie ihre Beine darin verschwanden.

»Hoppla«, sagte er, als ein Zettel aus ihrer Hosentasche fiel. Er beugte sich vor und hob ihn auf. »Wo kommt denn der her?«

»Ach«, sagte Lara, »der steckte unter meinem Scheibenwischer am Auto, keine Ahnung, ich dachte wegen der Parkgenehmigung oder vielleicht auch irgendwas von einem Fan ... lies doch vor.«

Er faltete den Wisch auseinander. Es war ein einziger Satz, in alter Schreibmaschinenschrift:

Nachrichten können tödlich sein.

Der Tod war schlagartig wieder da. Was ging hier vor? Wer konnte den Zettel auf Laras Auto gesteckt haben? Und vor allem warum? Irgendwer wollte ihr Angst machen, so viel war klar.

»Solange wir nicht wissen, ob es überhaupt Mord war, ist es nicht mehr als ein blöder Spruch«, versuchte Alex Lara zu beruhigen.

»Du glaubst an einen natürlichen Tod?«, fragte Lara. »Ernsthaft?«

»Wenn es kein natürlicher Tod war, dann will dich wer verunsichern. Daran ist derzeit aber bloß die Polizei interessiert und die kann es ja schlecht gewesen sein.«

Lara schlug vor, das Papier freiwillig den Ermittlern zu zeigen. »Eigentlich entlastet es mich ja.«

»Kannst du vergessen«, sagte Alex. »Beweist gar nichts. Sie würden behaupten, du hättest es selbst geschrieben.«

»Aber es müssen doch Fingerabdrücke drauf sein.«

Alex lachte kurz auf. »Ja, Deine.«

Sie wälzten Theorien, bis sie so absurd wurden, dass ihnen der Kopf schwirrte. Nebenher lief der Fernseher, *AustriaOne* brachte Sondersendungen im Dauerbetrieb, die allerdings nichts Neues brachten. Immer wieder sah man die Bilder von Arnolds letzter Sendung. Seinen Todeskampf hatte man respektvoll zusammengeschnitten, aus Rücksicht auf den Verstorbenen waren weder ekelige noch würdelose Sequenzen zu sehen.

»Ich habe ihn am Nachmittag noch in der Kantine getroffen«, sagte Lara. »Da war er völlig okay ... oder was man eben okay nennen kann bei ihm. Er war, naja, Arnold halt.«

»Du hast ihn in der Kantine getroffen?« Alex bemühte sich um einen unauffälligen Ton. Er wollte sie nicht beunruhigen.

Lara erzählte von der kurzen Kaffeepause und Arnolds nerviger Arroganz. »Er war so ein ...«, sie versuchte einen angemessenen Ausdruck zu finden, »... so eine schöne leere Hülle.« Jetzt sicher, wollte Alex schon sagen, bremste sich aber rechtzeitig. »Kanntest du ihn besser?« Er warf die Frage leichthin ins Gespräch. Bevor sie antworten konnte, piepste sein Handy. Eine WhatsApp-Nachricht, sie war von Kurt. Er las.

Schnelltest ergab Gift. Also 2. Mord.

Alex hielt Lara das Handy hin. Kaum hatte sie es gelesen, kam eine zweite Meldung. Er drehte das Display zu sich und las wieder. *Obacht mit deiner Kleinen. Heute Kontakt mit Sch in der Kantine.*

Diesmal zeigte er Lara die Nachricht nicht. Er schrieb zurück: *Thx. Weiß ich schon.*

Meine Kleine, dachte er, als er das Handy wegsteckte. Kurt kannte ihn gut. Allerdings brauchte es nicht viel, um sich zusammenzureimen, was er gemeint hatte, als er sagte, er bliebe in der Nähe. Kurt wusste ja, wo Lara wohnte. Plötzlich klickte etwas in Alex' Hirn. In Wahrheit war es etwas weiter unten als in seinem Hirn, aber egal. Kam aufs Selbe heraus. Er wollte, dass sie seine Kleine wäre, das wurde ihm mit kristalliner Sicherheit in dem Augenblick klar. Und zwar nicht auf der Basis eines One-Night-Stands, nicht einmal auf dem einer Affäre. Sondern so richtig. Er wollte sie ganz. Mit allem Drum und Dran. Alex schluckte. Das Gefühl kannte er nicht. Nein, das stimmte nicht, er hatte es bloß verdrängt, damals, nach Paula, seiner ersten großen Liebe. Dass es seine einzige geblieben war bisher, lag daran, dass sie ihn verlassen hatte, und er Zustände, die sich nur so annähernd anfühlten wie das, was er für Paula empfunden hatte, sofort abwürgte. Aber hier, auch das war ihm klar, war nichts mehr abzuwürgen.

Mit einem Seitenblick lugte er zu Lara hinüber. Sie lümmelten in einer Eintracht auf der Couch vor dem Fernseher, als wäre das seit Jahren ihr Hausgebrauch. Kurts Nachricht vom Mord hatte sich rasch gesetzt, Arnold Schafbergers Tod war lange nicht mehr so aufwühlend wie die lebende Fackel Evelyn. Der Mensch gewöhnt sich an alles, hatten sie festgestellt, erschreckend war nur, wie schnell das offenbar ging. Sie hatten es mit einer Mordserie zu tun, so viel war sicher. Beide waren irgendwie darin verwickelt, Lara im Visier der Polizei, Alex als Reporter. Das war die Situation, damit hatten sie es jetzt zu tun. Das Leben ging weiter, halt etwas anders als vorher. Um zweiundzwanzig Uhr kam noch eine Nachricht von Kurt.

Treffen nachher vorm AustriaOne?

Wann?, fragte Alex zurück.

Kurt: *Meld mich.*

Alex: *Ich bleib wach.*

Kurt: *Da bin ich sicher.*

Depp, dachte Alex.

Weil er derzeit nicht mehr tun konnte, schrieb er in Affengeschwindigkeit seine Story und stellte sie online. Er würde sie ergänzen, nachdem er sich mit Kurt getroffen hatte.

Lara las die Geschichte und nickte. »Du schreibst gut«, sagte sie. Und dann küsste sie ihn.

Jetzt?

Typisch Kurt, dachte Alex, nur ja kein überflüssiges Wort. Er schickte ein Daumen-oben-Emoji zurück.

Es war fast elf. Sanft löste er sich von Lara, die dösend auf seiner Brust lag. »Ich geh runter und treffe Kurt«, flüsterte er.

Sie nickte. »Nimm dir den Schlüssel mit«, sagte sie und rollte sich dort, wo er gerade gesessen war, ein.

Jetzt gibt sie mir schon ihren Hausschlüssel, dachte Alex und strich ihr leicht über die Wange. Recht viel mehr als die eine oder andere zärtliche Berührung war nicht passiert seit dem Kuss vorhin. Sie waren beide etwas verlegen gewesen und auf der Couch zwar weiterhin nebeneinander gelümmelt, aber mehr als ihre Fingerspitzen hatten sich nicht berührt. Es schien, als wollten beide nicht, dass das auf eine schnelle Nummer hinauslief.

»Hey, Alter« Kurt klopfte seinem Freund auf die Schulter. Er deutete auf ein Betonmäuerchen vor einem Gartenzaun, der Sender befand sich in einer Villengegend. Kurt setzte sich und klopfte neben sich auf die Mauer. »Ich sags dir ...«

Alex setzte sich. »Wisst ihr schon mehr über das Gift?«

»Nowitschok«, sagte Kurt.

»Das, mit dem sie den Nawalny fast umgebracht haben?«

Alex pfiff leise. »Jetzt wirds schräg.«

Kurt grinste. Es war ein ewiges Spiel zwischen ihnen, so was wie ein permanenter erster April. Wer konnte den anderen öfter reinlegen.

Alex wurde rot. »Okay. Nowitschok, ich Depp. Ein Punkt für dich.«

»Du bist unaufmerksam«, sagte Kurt und deutete mit dem Kinn in die Richtung von Laras Wohnung.

»Kann man so sagen. Und nicht nur deswegen.«

Kurt nickte. »Lara Klein wird schwer belastet. Bei ihrem Plausch in der Kantine hatte sie die Möglichkeit, Schafberger das Gift zu verabreichen, es war übrigens das Gift vom Kugelfisch. Tetrodotoxin. Zeitlich ginge es sich aus, wenn man sich mit der Dosierung auskennt.«

Alex schüttelte den Kopf. »Wie soll sie denn das hingekriegt haben? Sie hat mir von dem Treffen erzählt, es war ein kurzer Kaffee, ganz zufällig, fünf Minuten lang, wenns viel war. Und dabei leert sie ihm Gift in den Espresso und die ganze Kantine schaut zu? Das ist doch nicht euer Ernst? Warum sollte sie das tun?«

»Genau«, sagte Kurt. »Warum sollte sie das tun? Das ist die eigentliche Frage. Ich kann es dir sagen, mein Freund. Deshalb wollte ich dich sehen. Es war übrigens wieder Paulus Grün, der der Polizei den Tipp gegeben hat.« Kurt machte es kurz. »Der Sicherheitschef hat dem Schieder gesteckt, dass Lara und der Schönling von den Nachrichten, wie Grün es ausdrückte, was miteinander hatten. Ich stand in der Nähe, ich habe es mitgehört. Schieder war sogar noch misstrauisch gewesen, weil der Grün ihnen ja auch den Brandauslöser mit Laras Fingerabdrücken zukommen hat lassen. Kam ihm komisch vor. Aber dann hat der Grün ihnen ein Video gezeigt mit dem Quickie vom Schafberger und Lara in ihrer Garderobe. Es stammt von der Überwachungskamera, ich habs überprüft.«

Alex dachte jetzt nur mit seinem Reporterhirn. »Und weil das nicht herauskommen soll, bringt eine Tänzerin einen Nachrichtensprecher des Senders um? Noch dazu vor laufenden Kameras? Das ist doch völlig irre.«

»Klar ist das völlige irre«, gab Kurt zu. »Aber es macht Lara nicht unverdächtiger. Sie hatte die Möglichkeit und die Gelegenheit ...«

»Kurt, bitte. Wir sind hier nicht in einer amerikanischen Gerichtsserie. Du redest wie ein Kieberer.«

»Alex, ich bin ein Kieberer.« Kurt legte die Hand auf den Unterarm seines Freundes. »Von dem, was ich dir hier erzählt habe, darfst du nichts schreiben, sonst bin ich dran.

Aber du wirst es schon selber rauskriegen, am besten über die Überwachung der Garderoben. Kommt mir so vor, als wüssten die Künstler, die sich dort umziehen, oder was immer sie dort treiben, davon nichts. Das wird noch Aufruhr geben. Ich erzähl dir das Ganze privat. Dir und deiner ...«

»... Kleinen«, half Alex aus. Kurt riskiert tatsächlich viel, dachte er. »Danke, mein Freund«, sagte er schließlich, »auch in ihrem Namen.«

»Werde ich sie kennenlernen?«

Alex nickte.

»Das haut mich um«, sagte Kurt.

Alex wusste, dass er an Paula dachte. Kurt hatte die Geschichte nicht nur miterlebt, er hatte mitgelitten.

Alex stand auf. »Tschüss, Alter.«

»Das haut mich um«, sagte Kurt noch einmal.

Lara war wach, als Alex wieder in die Wohnung kam. Sie lag immer noch auf der Couch, lächelte ihn an und zog die Augenbrauen hoch. »Und? Verdächtigen sie mich schon wieder?«

Alex machte ein ausweichendes Geräusch, es klang wie *Njoya*. »Sie haben ...«

Lara legte ihm eine Hand auf den Mund. »Sie haben herausgefunden, dass wir miteinander im Bett waren, Arnold und ich. Stimmts?«

»Bett wars keines«, sagte er.

»Wie bitte?«

»Es gibt ein Video. Quickie in der Garderobe. Man hat euch gefilmt.«

Lara schoss die Röte ins Gesicht. »Oh, mein Gott, bin ich eine blöde Kuh.« Abrupt setzte sie sich auf. »Die Kameras! Die hatte ich völlig vergessen.«

»Du weißt, dass die Garderoben überwacht werden?«

Sie nickte. »Aber, ehrlich gesagt, habe ich nicht geglaubt, dass auch bei Arnold welche installiert sind. Ich dachte, das machen sie nur bei denen, die nicht ständig hier arbeiten.

Bei den Künstlern und allen möglichen Gästen, dabei überwachen sie die eigenen Leute.« Sie strich sich die Haare aus der Stirn. »Jetzt brauch ich ein Glas Wein.« Sie sah ihn an. »Rot?«

Sie hantierte wie jemand, der nicht ganz bei der Sache ist. Automatisch holte sie die Gläser aus der Küche und den Wein aus dem Regal, ohne auch nur einen Blick aufs Etikett zu werfen. Sie reichte Alex die Flasche, er schraubte sie auf und schenkte ein. Sie trank, ohne mit ihm anzustoßen. Eine Weile saßen sie schweigend da.

»Jössas, ist das peinlich«, sagte sie dann. Ihre Gesichtsfarbe war allerdings wieder ganz normal.

»Allzu viel scheint es dir ja nicht auszumachen.« Alex erschrak ein bisschen, der Satz war einen Hauch schärfer herausgekommen, als er gewollt hatte.

Lara hatte ein feines Ohr für Zwischentöne. Sie nahm noch einen Schluck vom Wein. Während der gesamten Zeit von *DancingVIPs* hatte sie nichts getrunken und das waren Monate gewesen. Die Flasche gestern war mehr Medizin als Genuss gewesen, aber jetzt stieg ihr eine leichte Ausgelassenheit zu Kopf. Er ist eifersüchtig, dachte sie, wie schön.

Alex versuchte, sich bewusst zu machen, dass er ein Terrain betreten hatte, das ihn eigentlich nichts anging. Sie konnte Quickies haben, mit wem sie wollte. Sie ist nicht *meine Kleine*, sagte er sich, sie ist eine Story für mich und eine Verdächtige für die Polizei, vielleicht ist sie auch eine Mörderin. Und das letzte, was er je wieder haben wollte, war Eifersucht. Er nahm sein Glas zum Mund und trank langsam.

»Was ist?«, fragte sie.

»Woher wusstest du von den Kameras?« Er bemühte sich um Sachlichkeit.

»Der Sicherheitschef hat es mir einmal gesteckt.«

»Einfach so? Der Grün erzählt dir im Plauderton, dass er den ganzen Verein beobachtet?«

»Er wollte mich schockieren.«

Alex kannte Paulus Grün nicht persönlich, aber er wusste genug von ihm, um ihn für einen affigen Wichtigtuer zu halten, wie ungefähr alle anderen Journalisten des Landes auch. Aber dass ein Security-Boss eines Senders eine Tänzerin schockieren will und über die Sicherheitseinrichtungen plappert, kam ihm mehr als komisch vor. Da steckte irgendetwas anderes dahinter. Er wartete immer noch auf die Vernunft, die sich bei ihm einstellen sollte nach diesem warnenden Stich der Eifersucht. Aber es tat sich nichts. Im Gegenteil, Mörderin oder nicht, es war ihm vollkommen egal. Er wollte sie.

»Ich hatte ihn abblitzen lassen«, erklärte sie in dem Moment.

Und damit war es aus. Alex knallte das Weinglas auf den Tisch und drehte sich zu ihr. Seine Augen schossen Blitze. »Gibts eigentlich irgendeinen Typen in dem Sender, mit dem du nicht ...«

Sie zuckte leicht zusammen, sein Ton war laut gewesen. »Nicht was?«, fragte sie umso leiser, dann zog sie ihn am T-Shirt zu sich. »Meinst du das?«, hauchte sie einen Millimeter vor seinen Lippen. »Oder das?« Sie streifte ihn leicht mit ihren Lippen. »Oder auch das?« Sie legte ihre Hand auf seinen Oberschenkel. »Oder vielleicht sogar das?« Ihre Hand glitt nach oben. »Oder womöglich ...« Und dann war sie am Ziel.

REGIE

Oh ja. Wie heilsam Fernsehen doch sein kann. Schon Paracelsus hat es gewusst: Die Dosis macht das Gift. Fernsehen ist Medizin für die gestresste Menschheit. Seelenbalsam. Glanzlichter für die Augen. Aber nur, wenn man das richtig angeht. Normalerweise sind die Nachrichten so grausig, dass man am liebsten die Sinne ausschalten möchte. Die Leute fürchten sich vor den Unbilden und können nicht mehr schlafen. Die Welt ist schlecht. Man muss hier proaktiv sein, ganz klar. Viel mehr eingreifen und sich um sein Seelenheil kümmern, sonst hält man das alles nicht aus.

Mögt ihr Sofia Coppola? Lost in Translation ist mein Lieblingsfilm, ganz fantastisch dieser Bill Murray, den die Idioten nur aus dem Murmeltiertag-Klamauk kennen. Frauen in der Regie haben eine andere Empathie. Martin Scorsese geht auch noch, aber diese ganzen Mafiapossen öden mich an. Netflix könnte man serientechnisch auch besser erzählen, aber das verstehen sie nicht, weil sie ihr Handwerk nicht beherrschen. Aufregung muss nah sein. Unmittelbar. Nicht gestellt. Extrovertiert.

An dieser Stelle trete ich vor den Vorhang und verbeuge mich. Die Show läuft prächtig. Wir hätten das schon viel früher machen müssen, in unserem Job hätten wir die Möglichkeit gehabt, dann wäre das alles vielleicht gar nicht passiert. Aber jetzt sind wir mittendrin. Voll im Geschehen, in lupenreiner HD-Qualität. Was für eine Vorstellung! Habt ihr dieses Gesicht gesehen? Wie er sich dagegen gewehrt hat? Gegen das Unaufhaltsame? Köstlich! Fernsehen zum Gernsehen. Violettes Gesicht. Ersticken ist ein unguter Tod. Ähnlich dem Ertrinken. Gut, Verbrennen macht noch mehr her, innerlich.

Aber am Gift zu verrecken hat auch was. Es nährt sich nicht äußerlich wie das Feuer, sondern innerlich und frisst einen auf.

Fugu. Der Kugelfisch. Tetrodotoxin ist ein zwitterionisches Alkaloid aus der Imidazolin- und Pyrimidingruppe, für die Chemiker unter uns, jedenfalls in Aceton gut löslich. Ein elegantes Nervengift. Als Goodie für diesen selbstgerechten Dreckskerl, diesen Gecken. Und was war dann mit der Haltung, ha? Eingegangen ist er wie eine Dahlie ohne Wasser. Erstickt. Ganz schnell. Herrliche Schweinerei. Gallenschaum statt Süffisanz. Das muss man einmal zusammenbringen. Gruß an die Regie, Gruß an mich.

Und alles nur wegen meines Vaters. Ihr Dreckschweine werdet euch noch erinnern, was ihr ihm angetan habt. Das Auge der Öffentlichkeit ist rot wie Blut. Mögt ihr Haydn? Die Schöpfung? Nun, ich schon, und jede Schöpfung hat auch eine Entwicklung und ein Ende. Ich frage mal so in die Runde: Wo stehen wir hier gerade? Nach der Schöpfung? Vor dem Ende? Wahrscheinlich mittig. Ausbalanciert. Im Hier und Jetzt, wie sie es alle nennen. Achtsamkeit braucht Unterhaltung für die Seele. Ich bin da. Hurra. Freut euch drauf! Ich kümmere mich darum, dass das Leben nicht in die Bedeutungslosigkeit abrutscht. Jetzt werden sie es verstehen. Was Fernsehen braucht. Was Unterhaltung ist. Und wo der Tod seine Finger im Spiel hat. Das zweite Kapitel geht zu Ende, und die Show läuft prima. Findet ihr nicht? Cut.

III

Montag

Lara und Alex lagen im Bett wie das Kunstwerk eines Bildhauers, der sich auf erotische Motive spezialisiert hat. Das Morgenlicht fiel auf ineinander verschlungene Gliedmaßen und spielte mit dem Hell und Dunkel glatter Haut. Die Nacht hatte jede Distanz zwischen ihnen niedergerissen, sie hatten sich mit aller Konsequenz aufeinander eingelassen. Dabei war es kein sexuelles Erdbeben gewesen. Das Erstaunliche an dieser ersten Nacht war, dass sie sich nicht wie ihre erste angefühlt hatte. So einen tiefen Einklang erleben nur Paare, die lange zusammen sind. Irgendwas hatten Lara und Alex übersprungen, so etwas wie die ersten zehn Jahre ihrer Liebesgeschichte. Es war, als hätten sie die Zeit des Eingewöhnens und Zusammenwachsens schon hinter sich und wussten, dass sie zueinander gehörten.

Es war acht Uhr und sie schliefen immer noch wie zwei Tote.

Die Türklingel arbeitete sich in ihren Ohren wie ein Drillbohrer voran, gleichzeitig vibrierte Alex' Handy. Im Halbschlaf löste er einen Arm aus dem liebevollen Wirrwarr, tastete nach dem Telefon und nahm den Anruf an.

»Endlich!«, rief Kurt, »ihr bekommt Besuch.«

»Ist schon da«, krächzte Alex.

»Ich hörs. Oberste Riege. Viel Glück.«

Obwohl Alex noch zu tun hatte, um wach zu werden, verstand er Kurts marginale Mitteilung. Da draußen standen Schieder und seine rechte Hand und sie kamen nicht, um einen fröhlichen Montagmorgen zu wünschen. Er beugte sich über Lara, die schlief, als wäre nichts los, küsste sie leicht auf die Schläfe und rüttelte sie zart an der Schulter. »Aufwachen, Schatz, da will wer was von dir.«

Alex versuchte, ihr so viel Zeit zu verschaffen wie möglich, ließ die Ermittler ins Haus, aber dann vor der Wohnungstür warten. »Moment!«, rief er immer wieder, während er Hose und T-Shirt zusammensuchte. Kurz blitzte die Nacht vor ihm auf, er lächelte. Er öffnete die Tür nur einen Spalt, aber die Idee, die Mordkommission aufzuhalten, bis Lara etwas am Leib hatte, ging nicht auf. Kaum war die Tür offen, stand Elisabeth Sandlechner schon im Raum. Die nackte Lara, die genau in dem Moment dabei war, ins Bad zu huschen, blieb wie paralysiert stehen.

Sandlechner war mit ein paar Sprüngen bei ihr und packte ihren Arm. »Wohin denn so schnell?«

Lara wusste nicht, was sie zuerst tun sollte, der Beamtin den Arm zu entwinden oder sich zu bedecken. Sandlechner ließ nicht locker.

»Frau Kollegin!« Die Stimme des Chefinspektors klang schroff.

Sandlechner ließ Lara los. Alex kam ihr zu Hilfe und stellte sich schützend vor sie.

»Entschuldigen Sie, Frau Klein«, sagte Schieder halb von ihr abgewandt, »ziehen Sie sich bitte etwas über, wir warten.«

Lara ging ins Badezimmer und musste sich erst einmal auf den Rand der Wanne setzen. Diese Sandlechner schüchterte sie ein, die Angst schickte ihr Adrenalinwellen durch den Körper. Nur nicht die Nerven verlieren, dachte sie und atmete ein paarmal tief durch, stell dir vor, es ist ein Auftritt. Der Trick ließ sie niemals im Stich, nach ein paar Atemzügen zog sich die Angst zurück. Lara sah sich im Bad um. Oh nein, ihre Sachen lagen noch draußen, rund um die Couch verstreut, wo Alex sie aus diesen herausgeschält hatte, als wollte er einem Schmetterling ans Licht helfen. Der Gedanke beruhigte sie noch mehr. Alex war da, es würde schon alles gut werden.

Sie angelte sich den Deckel ihres Wäschekorbs und zog ein gebrauchtes T-Shirt und eine Jogginghose heraus. Das musste reichen. Sie fand einen Haargummi auf dem Waschtisch und band sich einen Pferdeschwanz. Vor der Tür atmete sie noch einmal durch, dann trat sie in den großen Raum.

Alex hatte den Ermittlern Kaffee angeboten. Sandlechner hatte brüsk abgelehnt, Schieder dankend akzeptiert. Je normaler das jetzt hier abging, desto besser. Alex reichte auch Lara eine Tasse.

»Bitte«, sagte der Chefinspektor und deutete auf einen Sessel beim Tisch, »setzen Sie sich doch.«

»Danke«, sagte Lara kühl, »es ist meine Wohnung, ich weiß, dass ich mich setzen kann.« Sie blieb stehen.

Was für eine Frau, dachte Alex. Schieder nahm es ungerührt. Sandlechner schnaufte. Lara bot ihnen keinen Platz an, sie blieben ebenfalls stehen.

»Frau Klein«, hob Schieder an, »ich nehme an, Sie sind auf dem Laufenden«. Er warf Alex einen Blick zu.

»Arnold Schafberger ist tot. Er wurde vergiftet, das hat unser Schnelltest ergeben. Sie haben mit ihm Kaffee getrunken, am Nachmittag, in der Kantine.«

Lara nickte.

»Wann?«

»So um fünf.«

»Also etwa zweieinhalb Stunden vor seinem Tod.«

»Wahrscheinlich.«

Sandlechner trat einen Schritt vor. »Sie könnten ihm das Gift im Kaffee verabreicht haben.«

»Vor den Augen aller Gäste?«, fragte Lara, »die Kantine war voll.«

»In dem Lokal herrscht Selbstbedienung, sie mussten die Getränke vom Buffet holen. Auf dem Weg zum Tisch wäre Zeit genug gewesen.«

»Ich hatte das Tablett in der rechten Hand, mit zwei Espressi, ich sollte unserem Regisseur auch einen mitnehmen. Ich bin Rechtshänderin, hätte also mit der Linken unbemerkt Gift in eine Espressotasse geben sollen. Sie trauen mir ganz schön was zu.«

Sandlechner grinste vielsagend. »Ganz recht, ich traue Ihnen ganz schön was zu.« Harald Schieder legte eine Hand auf den Arm seiner Kollegin. »Dürfen wir einen Blick in Ihren Apothekerschrank werfen?«

»Durchsuchungsbefehl?«, fragte Alex knapp.

Schieder schüttelte den Kopf.

»Leider«, sagte Lara und setzte sich nun doch. »Da ist Ihr Besuch wohl beendet.«

»Fast«, sagte Sandlechner auf einmal fast zärtlich. »Ich würde Ihnen gern noch was zeigen.«

Sie zog ihr Handy aus ihrer Jacke und drückte kurz darauf herum. Noch bevor sie das Display zu Lara drehte, hörte man die Geräusche. Die Kommissarin ließ sie wirken. »Werden etwa dieselben sein wie hier heute Nacht«, sagte sie süffisant.

Und dann setzten die Stimmen ein.

Schafberger: »So ists gut, gibs mir.«

Lara: »Und das stellst du dir jetzt vor um halb acht. Im Studio. Vor der Kamera. Primetime.«

Lara schoss ein saftiges Karminrot ins Gesicht.

»Was soll das?«, fuhr Alex dazwischen.

Sandlechner ignorierte ihn. »Sie erinnern sich?«

Lara hatte sich wieder gefasst. »Ich war dabei«, sagte sie lapidar.

»Das könnte Ihr Motiv sein«, sagte der Chefinspektor. »Was, wenn das Video jemand zu sehen bekommen hätte?«

Alex wollte für Lara antworten, aber sie kam ihm zuvor.

»Sie meinen so wie Sie jetzt?«

Boah, ist die gut, dachte Alex.

»Sie wussten von den Kameras«, sagte Schieder, »Paulus Grün hat Ihnen von der Überwachung der Garderoben erzählt.«

»Daran habe ich in dem Moment wirklich nicht gedacht«, sagte Lara wahrheitsgemäß.

»Eben«, sagte Sandlechner, »und als es Ihnen wieder einfiel, wollten Sie verhindern, dass sich ihr Quickie verbreitet. Noch dazu mit einem, der keine Gelegenheit auf Sex im Sender auslässt.« Sie machte eine Pause. »Aber das ist vielleicht auch egal, ist ja bei Ihnen nicht anders.«

Lara zuckte, als hätte man sie geohrfeigt. Alex' Körper spannte sich, als wäre er auf dem Sprung.

Schieder legte wieder die Hand auf den Arm seiner Kollegin. »Jetzt ist unser Besuch beendet«, sagte Sandlechner und machte erstaunlich grazil am Stand kehrt.

»Halten Sie sich bitte zur Verfügung«, sagte Schieder, »ich denke, wir sehen uns bald.«

Kaum war die Tür im Schloss, knickte Lara ein.

Alex nahm sie in die Arme. »Nichts passiert«, murmelte er, »es ist nichts passiert. Alles ist gut.«

»Nichts ist gut«, schluchzte Lara in seine Brust. »Ich bin eine Mörderin. Eine Doppelmörderin. Und völlig allein gegen sie.«

Alex schob sie etwas von sich weg und hob ihr Kinn, damit sie ihn ansehen musste. »Du magst eine Doppelmörderin sein, aber allein bist du nicht mehr.«

Im Sender war alles voll mit Polizei. Es sah aus wie am Ende eines alten Blockbusters mit Bruce Willis. Obwohl da kein Held war, nur Unverständnis und professionelle Einsatzkraft. Kriminalbeamte befragten Dutzende Mitarbeiter, Tatortspezialisten sicherten wie auch gestern schon mögliche weitere Spuren, Uniformierte standen in den Gängen und warteten auf Befehle ihrer Vorgesetzten. Der Polizeiapparat hatte die Kontrolle über die Geschehnisse übernommen. Die News-Abteilung war hermetisch abgeriegelt.

Die Nachricht von Arnolds Tod, der in Wahrheit ein Giftmord gewesen war, hatte sich flächendeckend verbreitet. Bei *AustriaOne* gab es kein anderes Thema, Social Media quoll über vor Kommentaren. Irgendwer hatte den Sender zynischerweise TV Tod genannt.

Erst das Feuerattentat, jetzt ein erstickter Nachrichtensprecher. Was war da los? Gab es einen Verdächtigen? Mehrere? Die Mitarbeiter waren verunsichert. Sollte man weiterhin arbeiten gehen, oder musste man womöglich selbst

Angst haben? Zeichneten sich Neuigkeiten ab? Was sagte der Flurfunk?

Während im gesamten Haus die Nervosität schweißnass zu riechen war, versammelten sich die Bosse im siebten Stock, abseits des Getümmels und fern jeder Ermittlung. Was es jetzt brauchte, war ökonomische Besonnenheit. Wie hieß es so schön: In jeder Krise steckte auch eine Chance und die galt es zu nutzen. Man konnte es auch mit einem einzigen Wort sagen: Quoten.

Der Konferenzraum A war der Chefetage vorbehalten. Der Sendungsverantwortliche, der Sicherheitschef, der Personalchef und seine Exzellenz der Generaldirektor hatten sich eingefunden. Dass hier nur Männer in der Oberliga spielten, hatte schon für allerhand Kritik von den *woken* Medien gesorgt. Deshalb hatte man ein paar klingende neue Posten erfunden und sie mit Frauen besetzt. *Channel-Controllerin*, was im Humor der Machopartie aus den obersten Etagen insgeheim so viel bedeutete wie Kanalräumerin. Oder CIN, Chief in Network, eine Chiffre für Plaudertasche. Oder *Corporate-Chain-Directrice*, ein hochtrabender Titel für eine Betriebsnudel. Dann die *Chefredakteurin für Climate Agenda*. Und ein schwuler *Development Director*, der weiterhin tat, was er vorher getan hatte, nur mit einem neuen Schild an der Tür. Ja, sollten die Ladys nur schön ihre neuen Visitenkarten verteilen und die Steuerzahler für das Drittel mehr Gehalt für sie aufkommen. Ende der Diskussion. Ein bisschen kreative Personalpolitik, damit es nicht so offensichtlich war, wer hier die Strippen zog.

Aus dem Grund sollte jetzt auch nicht die große Runde tagen, für die *genderneutralen Overheads* war das Thema zu brisant. Bevor sich die Politik einmischen würde mit ihren Aufsichtsräten und den anderen Kasperln, was sicher in den nächsten Stunden geschehen würde, musste man einmal untereinander zu einer klaren Linie finden. Erst dann würden sie die anderen Anzugträger (in Blau) und die Kostümtanten (in Beige) dazu holen, um ihnen das Gefühl zu geben, mitreden zu können und dem Spruch des Senders gerecht zu werden: Wir sind Familie.

Alles happy. Alles Familie. Wir sind Familie.

Da passte es nicht dazu, wenn eine aus der Verwandtschaft verbrennt und der andere erstickt und das an zwei aufeinanderfolgenden Tagen. Das erschreckt auch die beste aller Familien.

»Okay«, begann Constantin Liebmann und strich sich mit der rechten Hand über seine graue Schläfe, »unter uns Betschwestern: Wie gehen wir mit dem ganzen Wahnsinn hier um?«

Seit vier Jahren war er CEO von *AustriaOne* und als Meister des gehobenen Managements bekannt. Er kannte die Politik, er kannte das Haus und er hatte zwei Ehen und zwei parallel laufende Liaisons mit Geliebten aus seinem Vorzimmer hinter sich. Er wusste, wie man seinen eigenen Sessel schützt und hatte dafür gesorgt, dass ja kein Spinner auf die Idee kam, ihm den Thron abspenstig zu machen. Bei Paulus Grün war er sich trotzdem nicht so sicher. Der Typ war aus Teflon geformt, eine menschliche Pfanne, unfähig zu lächeln und in jeder Betriebstemperatur ohne sehenswerte Regung. Constantin Liebmann dachte, wenn man den Sicherheitschef aufschnitt, läge man nur Drähte, Dioden und Batterien frei. Er grinste in sich hinein. Mit solchen Automaten konnte er gut umgehen. An der Spitze gab es keinen Platz für Gefühlsduseleien und Streitigkeiten. Er war auch keiner, der das Kuscheln erfunden hatte. Aber er galt als Versteher, das hatte die Marketingabteilung, deren Aufgabe es war, ihn medial zu platzieren, gut hinbekommen. Man sah in ihm einen Zuhörer. Einen Menschen. Jemanden, der anderen half.

Die Schlangengrube zischelte ganz woanders. Das Zerfleischen sollten die Vollpfosten eine Etage unter ihm machen. Wie hieß es so schön: Konkurrenz belebt das Geschäft.

Aber: Wir sind Familie.

»Ich habe ein paar Neuigkeiten«, sagte Paulus Grün und nahm einen Schluck von seinem Volvic-Wasser. Der Spleen kostete ein bisschen mehr als ein herkömmliches Mineralwasser, verlieh ihm aber die Note des Exklusiven. Niemand kannte diese Marke.

Paulus Grün setzte die Flasche ab, als wäre es ein Dom Pérignon von 2003. Er nickte bedächtig und probierte eine Geste, die ein humanes Lächeln darstellen sollte. Der Versuch missglückte. »Es gibt eine Verdächtige.«

Er liebte es, Sätze zu inszenieren. Paulus Grün war der Regisseur des Moments, der Großmeister der Sicherheit. »Lara Klein.«

»Lara wer?«, fragte Constantin Liebmann.

Grün verdrehte die Augen, das machte Liebmann nur, um ihm die Show zu vermasseln. »*DancingVIPs*, unsere Silber-Lady, die jetzt doch gewonnen hat.«

»Reg dich nicht so auf, Paulus, war ein Scherz. Du willst uns jetzt aber nicht erklären, dass die *Tänzerin* hinter den Morden steckt, oder?«

Personalchef August Greiner wollte etwas sagen, aber Grün stoppte ihn ab. »Meine Quellen haben mir berichtet, dass das LKA sie einvernommen hat, ja, zweimal.«

Der Senderverantwortliche, Hans Schnellhorn, sagte: »Ach. Interessant.«

»Nicht gut für uns«, meinte Constantin Liebmann, »gar nicht gut für uns.«

»Oh doch«, korrigierte Grün. »Besser gehts nicht. Die Leute mögen Klein. Nicht so sehr wie die Blonde, die jetzt nicht mehr blond ist –«

Alle schmunzelten.

»Aber sie ist herzeigbar. Klein, ha, wie der Name, hübsches Gesicht, ordentlicher Balkon, gutes Gestell und jetzt auch noch gefährlich irgendwie. Verstehst du, Constantin, was das bedeutet? Wir haben hier einen eiskalten Engel an der Hand.

Eine schwarze Witwe, die aus der Reihe tanzt. Das dürfen wir uns nicht entgehen lassen.«

Die Herren überlegten. Schnellhorn kramte in seinen Unterlagen. Der Personalchef nippte an seiner Kaffeetasse. Normalerweise war jede Wortmeldung eine Aufforderung zur Gegenrede, einer wusste immer alles besser oder wenigstens zu relativieren. Und niemand durfte übrigbleiben mit einer Idee, die Erfolg versprach.

Liebmann nickte wider Erwarten. »Du meinst, sie –«

»Ich *meine* nicht – ich bin mir sicher, dass sie durch die Decke geht«, sagte Paulus Grün. »Die Kleine ist ein Quotenbringer, das schwör ich euch.«

Hans Schnellhorn ergriff das Wort. »Normalerweise sind der gute Paul und ich nicht einer Meinung, wie ihr wisst. Aber in dem Fall muss ich ihm leider Recht geben. Die neue Show wird ein Hit, davon gehen wir jetzt schon aus. Die Buchungslage für die Werbung ist fantastisch. Wir werden sogar zwischendurch Pausen machen, um alle Spots unterzubringen. Plus jede Menge Productplacements. Beim Kochen ist das leichter als beim Tanzen.« Er kicherte über seine Bemerkung, sonst lachte niemand.

Constantin Liebmann faltete die Hände wie ein Priester. »Können wir gut gebrauchen, das Gerstl. Das Minus im Budget ist ...« Er dachte nach und schüttelte den Kopf. »Seit drei Jahren gehen die Zahlen zurück, die Einnahmen sind in der ganzen Branche im Keller, schaut euch einmal diese Printmedien an, kein Geld mehr hinten und vorne. Corona, Ukraine und die Inflation waren für die Konzerne die besten Ausreden, um weniger Budgets locker zu machen. Die Gelder fehlen uns und zwar merklich. Wenn wir bei der Politik da nicht mehr Unterstützung durchboxen, können wir den Laden in vier Jahren zusperren.«

Zurzeit ging es um ein Minus von zweihundert Millionen Euro. Der Sender beschäftigte mehr als dreitausend Leute, machte rund eine Milliarde Umsatz, trotzdem fehlte es an

Gewinnen. Die Politik sollte das irgendwie bügeln. Es hieß nicht ohne Grund: Wir sind Familie.

»Mit dem Koch-und-Tanz-Format könnten wir die finanziellen Kalamitäten eindämmen, womöglich sogar à la longue. Ein solcher Quotenhit zieht andere an.«

Paulus Grün runzelte die Stirn. »Wir können noch mehr machen, um die Sache zu pushen«, sagte er und ließ die Pause wirken. »Es gibt da möglicherweise ein Video.«

August Greiner sah ihn skeptisch an. »Was für ein Video?«

»Eines für Erwachsene. Kennst du sicher, das Genre. In dem Clip sieht man, wie die Tanzmaus mit dem Arnold, Gott hab ihn selig, zugange ist. Ziemlich hitzig das Ganze. Nur drei Minuten, aber gut. In der Umkleidekabine.« Paulus Grün lächelte.

»Wie ist das zustande gekommen?«, fragte Schnellhorn.

»Die Beste hat vergessen, dass wir überall Kameras –« Grün stoppte sich im letzten Moment. Wenn das wer mitbekommen hatte, müsste er erklären, woher die Tänzerin von der Überwachung gewusst haben sollte. Er sah in die Runde. Aber niemand hatte was bemerkt. »Na ja. Ist keine Hochglanzproduktion, aber man kriegt schon mit, was da passiert. Bunga-Bunga. Ich denke, wir sollten den kleinen Porno übers Internet verbreiten. Dann explodieren die Quoten bei *Dinner&Dance* ganz von selber. Inside Lara Klein, heiß. Soll ich's euch schicken?«

Constantin Liebmann hob eine Augenbraue. »Besser nicht. Die Chats, du weißt.« Dann deutete er mit dem Finger auf den Sicherheitschef. »Okay, du machst, wie du glaubst. Der Datenschutz, ha! –« Er machte eine wischende Geste. »Aber kein Wort zu niemandem, ja?«

Die Herren nickten.

»Dann sind wir uns einig«, sagte der Generaldirektor und erhob sich, alle anderen taten es ihm gleich. Im Gehen wandte sich Paulus Grün noch einmal um und sagte: »Wir sind ein Mördersender.« Sein künstlicher Lacher dröhnte durch das Konferenzzimmer.

»Der war gut«, sagte Liebmann und dröhnte mit.

Der Sicherheitschef verließ den Raum als Letzter. Die leere Volvicflasche ließ er auf dem Tisch stehen.

Es war wie ein Déjà-vu, schon wieder saß Lara in der Maske. Schon wieder Gabi, schon wieder die halbe Aufsteckfrisur, schon wieder dasselbe Entsetzen über den Tod in ihrer unmittelbaren Nähe. Nur dass es nicht mehr bloß um Evelyn von Hirth ging, sondern auch um Arnold Schafberger.

»Einer von uns, trotz allem«, wie Gabi nicht müde wurde zu wiederholen.

Sie hatten Zeit. Lara war viel zu früh gekommen, die Aufzeichnung von *Dinner&Dance* würde nicht vor elf beginnen. Nach dem morgendlichen Überraschungsbesuch der Mordkommission war Alex in die Redaktion gefahren und sie wollte nicht allein daheimsitzen. Eigentlich hatte sie vorgehabt, noch in der Kantine vorbeizugehen und sich einen doppelten Espresso zu holen, aber dann kurz davor Halt gemacht und es sich anders überlegt. Sie wollte niemanden treffen, mit dem sie nicht unbedingt reden musste. Maske und Showcrew, das war genug. Der Auftritt der Bullen bei ihr zu Hause hatte sie nervös gemacht, wenn auch lange nicht so wie die Einvernahme im Sicherheitsbüro. What a difference a night makes, dachte sie.

Mit Alex an ihrer Seite hatte sie das Gefühl, sie könne alles durchstehen, auch ohne Espresso. Genau als sie vor der Kantine kehrt gemacht hatte, um Richtung Studio zu gehen, war einer der Jungs vom Küchenpersonal um die Ecke geschossen, der ein Tablett mit sauberem Geschirr trug. Er reagierte geschickt. Obwohl die Tellerstapel schon ins Rutschen kamen, ging nichts zu Bruch.

»Wow. Toll –« Lara kannte ihn, sie hatte sich ein, zwei Mal kurz mit ihm unterhalten, wenn er die Tische abräumte. Er hatte sich mindestens schon viermal bei ihr vorgestellt und kein einziges Mal hatte sie seinen Namen behalten, auch jetzt nicht.

»Sorry. Markus?«

»Lukas«, korrigierte er.

»Oh nein, es tut mir wirklich leid.«

Er grinste. »Langsam bin ich's gewöhnt.«

Nettes Lachen, dachte Lara, warum erwischt es immer die Sympathischen, während man sich die Namen der Idioten auf Anhieb merkt. Sie griff sich an die Stirn. »Ich werde mich bessern. Versprochen.«

»Du bist gut genug«, sagte er und setzte seinen Weg mit dem vollbeladenen Tablett fort. »Tschüss, und toi, toi, toi!«

»Danke«, sagte sie.

»Für einen Kantinentypen war der gut informiert«, sagte Lara jetzt zu Gabi.

»Die Leute interessieren sich halt für dich, das sag ich dir immer und jetzt erst recht – halt einmal still, ist ja heute nicht zu arbeiten mit dir.«

»Yes. Sir.« Lara verdrehte innerlich die Augen. »Immer wenn wir keine Eile haben, wirst du hektisch.«

Es war erst halb zehn und sie waren schon halb fertig.

»Ich weiß«, gab Gabi zu. »Ich finds nur brutal, dass du da heute raus musst«, sagte die Visagistin, »so knapp nach dem ganzen Irrsinn.«

»Fernsehen ist brutal«, sagte Lara.

»Ich habe gewettet, dass sie die Sendung absagen.« Gabi angelte sich den Fön. »Allein schon aus Solidarität zu dir.«

»Was ist denn das für eine Solidarität, mir eine Sendungs-absage zu wünschen? Und was meinst du mit gewettet?«

Gabi sah Lara im Spiegel an. »Na, die TV-Tod-Wette! Sag nicht, du weißt nichts davon. Alle haben mitgemacht und die meisten auch gewonnen. Welcher Sender sagt schon so eine Quotenbank ab? Ich sag ja, ich hab nur wegen dir dagegen gehalten. Gibt aber schon wieder eine neue Wette: Wer ist als nächster tot?«

»Sagt einmal, spinnt ihr? Auf der einen Seite heulst du mir hier was vor, weil einer von uns gestorben ist, auf der anderen wettest du, wer der nächste sein wird? Gehts noch?«

Lara wusste zwar, dass im ganzen Sender ständig auf irgendwas gewettet wurde, hatte das aber für eine Marotte von Leuten gehalten, die alle möglichen Marotten haben. Irgendwie war es wohl auch ein Ventil. Angefangen hatte es mit unpopulären Entscheidungen im Sender. Was ungerecht, hirnrissig oder skandalös empfunden wurde, kam in den Wettentopf. Es war eine verquere Art von Mitstimmen und es schaute was heraus, wenn man richtig lag. Mit der Zeit wettete man auf alles und jedes. Die Sache war super organisiert, ein paar Techniker hatten sich etwas über das Intranet des Senders einfallen lassen. Lara hatte es unglaublich gefunden, was Menschen für einen Aufwand auf sich nahmen, um irgendwo ihren Senf dazuzugeben. Naja, Social Media funktionierte auch. Wahrscheinlich fragt man sich dort dasselbe: Wer stirbt als nächster? TV-Tod, dachte Lara, geschmackloser gehts nimmer.

Als Gabi ihr die letzte Haarsträhne mit Bühnentaft festgesprüht hatte, war es knapp halb elf. Lara betrachtete sich noch einmal von oben bis unten im Spiegel. Manchmal konnte sie es nicht fassen, wen sie dort sah. Heute war es eine elegante und doch unkapriziöse Frau, in schicklich gedeckten und doch nicht langweiligen Farben, mit gefinkelter und doch lässiger Frisur. Wenn sie aus sich eine Moderatorin machen hätte müssen, dann genau so. Gabi und ihre Kolleginnen waren genial. Nur die Highheels waren zu hoch. Die konnte sie im Sitzen dekorativ ins Bild halten und zur Not auch darin stehen. Aber zum Tanzen musste sie andere anziehen.

Lara hatte kein Lampenfieber. Sie war generell selten aufgeregt vor der Kamera und heute fand sie den Platz im Scheinwerferlicht geradezu sicher. Hier würde keine Mordkommission hereinplatzen, hier wusste sie, was sie zu sagen hatte, hier war sie in der geschützten Werkstätte.

Die Aufzeichnung verlief ohne jegliche Schnitzer. Egal, ob es um Musik, Viren, Tanzschritte oder Essen ging, die Gäste und ihre Gastgeberin waren auf jedem Gebiet trittsicher. Anna Lorenz und Bert Burghausen waren fantastisch, die Moderatorin von erfrischender Natürlichkeit. Die Show kam rüber, als erwischte man die drei privat. Sie rissen sich gegenseitig mit, kümmerten sich nur noch grob um die vorgegebenen Texte und wirkten, als hätten sie die Kameras um sich herum völlig vergessen. Mitunter war es auch so. Und wahrscheinlich war dieses Abschotten auch das Geheimnis. Würden sie den Tod, der über dem Sender schwebte, mehr an sich heranlassen, gliche die Dinnershow der Zehrung bei einem Begräbnis.

Um sich nicht aus dem Flow schubsen zu lassen, blieb das Trio auch in den Pausen unter sich. Sie waren so in ihrer Blase versunken, dass sie nicht merkten, wie sich die Stimmung im Studio veränderte. Es wurde leiser, aber es war keine angenehme Ruhe. Sie hatte etwas Heimliches, Unterdrücktes an sich. Handydisplays leuchteten auf, fast jeder war auf einmal mit seinem Smartphone beschäftigt. Ab und zu stach ein spitzer Laut heraus, ein Lachen, das nichts Fröhliches hatte. Nach genau drei Minuten steckte jeder das Telefon wieder weg. Dann war der Quickie von Lara Klein und Arnold Schafberger vorbei.

Im Netz ging es umso wilder her. Ein paar Minuten, nachdem Paulus Grün das Video auf YouTube gestellt hatte, war es viral gegangen. Die Nation schaute Lara nun zu, wie sie mit dem Mann vom Fernsehen zugange war.

Das allein wäre schon sehenswert gewesen. Aber dass der Mann in diesem unfreiwilligen Porno noch nicht einmal seit vierundzwanzig Stunden tot war, erhöhte die Geilheit des Publikums.

Die Kommentare waren so geschmacklos wie fehlerhaft.

Schade, dass er hienüber ist, den hätt ich mir auch gern reingezogen.

Schön, dass es bei AutriaOne auch das wirkliche Leben giebt.

Hett ich nich von ihr gedach, da is wol die falsche verbrannt.

Muss man siich so was anschauen müssen? Ich werde nie wieder Nachrichten schauen können.

hochdas Bein treten Sie ein – wie günstig, wenn man tänzerisch begabt is

Danke für dieses Video. Ich dachte ich krieg die Kotzerei nie wieder aus dem Sinn. Jetzt behalten ich den Schönling in bester Erinnerung.

Ein paar internationale Medien kommentierten die Sache ebenfalls. Nach Evelyns Tod hatte sich die Berichterstattung erschüttert gezeigt, jetzt änderte sich der Ton. Vor allem die Yellowpress warf sich auf einen Sender, bei dem es offenbar ziemlich zuging.

Lara und ihre Gäste waren die einzigen im Land, die nichts davon mitbekamen. Norbert Gratzer war unauffällig durchs Studio geschlendert und hatte Order ausgegeben, die Sache nicht aufkommen zu lassen und alle waren seiner Meinung. Wenn Lara davon Wind bekam, dass sie sich vor großem Auditorium durchs Internet stöhnte, konnte man die Aufzeichnung vergessen. Die Mitarbeiter hatten sich erstaunlich gut im Griff. Niemandem entkam eine blöde Bemerkung, keiner benahm sich auffällig. Die Sendung hielt sie alle in ihrem Bann, als drehten sie unter einer Glaskuppel, abgetrennt von der Außenwelt. Eine einzige heikle halbe Stunde kam auf sie mit der Pause vor dem Finale zu, in dem die Tänze stattfanden.

»Kinder, es läuft so grandios«, rief Norbert Gratzer kurz davor, »lasst uns zügig weitermachen, fünfzehn Minuten genügen auch zum Luftholen.« Und in Richtung Anna, Bert und Lara: »Dreamteam! Raus mit euch! Das mit dem Luftholen war wörtlich gemeint.«

Folgsam bewegten sich die drei nach draußen. Eine Hintertür des Studios führte direkt auf eine der Grüninseln, die sonst von nirgendwo anders zu erreichen war. Pornosicher, dachte Nobert und hoffte das Beste. Er ließ die Tür einen Spalt offen, um Lara und ihre Gäste im Auge behalten zu können und schlürfte mit Todesverachtung eine Tasse von dem Catering-Kaffee, der nicht zum Saufen war, statt sich wie üblich einen Espresso aus der Kantine kommen zu lassen. Wer weiß, was dann wieder passierte. Als Lara ihr Handy aus der Handtasche zog, fluchte er leise. Warum hatte er sie ihre Tasche mit nach draußen nehmen lassen? Sie tippte einmal auf das Display und hielt sich dann das Telefon ans Ohr. Ein Anruf. Norbert hielt die Luft an.

»Hallo, Mama!«, rief Lara.

Der Regisseur atmete auf. Die eigene Mutter würde der Tochter vermutlich nicht am Telefon mitteilen, dass sie gemeinsam mit hunderttausend anderen an ihrem Liebesleben teilhaben durfte.

»Nein, du störst gar nicht«, sagte Lara, »ich kann nur nicht lange, wir sind mitten im Dreh. Gleich kommt die Tanzeinlage.«

Gutes Thema, dachte Norbert Gratzer. Soviel er wusste, hatten Laras Eltern eine Tanzschule, das Thema war also unverfänglich und würde sie womöglich noch anspornen.

»Wieso Sorgen?«, fragte Lara.

Nein, bitte nicht, dachte Gratzer und ging ein paar Schritte auf die kleine Gruppe zu. Eigentlich nur, um besser mithören zu können.

»Warte«, sagte Lara, »mein Regisseur kommt gerade auf mich zu, er kann dir das mit den Sicherheitsvorkehrungen ganz genau erklären.«

Sie hielt Norbert Gratzer das Handy hin und er nahm es bereitwillig. »Guten Tag, Frau Klein, wie schön, Sie kennenzulernen, wenn auch nur übers Ohr. Wie kann ich Ihnen helfen?«

»Erklär ihr bitte alles, was hier unternommen wurde, damit wir alle das Studio lebend verlassen können.« Lara lachte. »Ich kümmere mich derweil um meine Gäste.«

Fünf Minuten später standen wieder alle auf ihren Positionen am Set.

»Auf gehts, Bert«, sagte Lara zu dem Pianisten und streckte ihm ihre Hand hin. »Jetzt wird getanzt.«

Sie waren zu dritt in einer Sitzgarnitur gesessen, die sie im Fundus entdeckt hatten. Eine Bank und ein Fauteuil, beides riesig, mit unendlich weichen Pölstern, in die man so richtig einsank. An sich ein fernsehtechnisches No-go, und nicht nur wegen des herrschenden spartanischen Designstils, aus einem solchen Monstrum würde auch niemand einigermaßen anmutig aufstehen können. Trotzdem hatten sie es alle genau richtig gefunden. Es war einmal etwas anderes, und damit hatte das Ensemble genau den Charme, der zur Sendung passte. Es sollte einmal ganz etwas anderes sein. Im letzten Moment hatte die Ausstattung noch eine alte Stehlampe und einen richtig fetten Luster gefunden. Sitzgarnitur und Lampen sahen aus wie Zwillinge bei der Geburt getrennt.

Bert nahm Laras Hand und ließ sich aus den Tiefen der Pölster hieven. Mit einer lässigen Drehung brachte er sich vor Lara in Grundstellung. Die Musik spielte *Iko Iko* von Justin Wellington, einen fröhlichen Sommerhit.

My grand-ma and your grand-ma were sittin' by the fire. My grand-ma told your grand-ma: I'm gonna set your flag on fire. Talkin' 'bout, Hey now! Hey now! I-ko, I-ko, unday …

Lara und Bert begannen mit dem Grundschritt, rechtes Bein vor, dann die Synkope, links-rechts, tam, ta-tam, gefolgt von beeindruckend harmonischen Samba-Rollen, bei denen sich ihre Oberkörper geschmeidig ineinander verschlangen und wie verschmolzen vor und zurück bogen, während sie übers Parkett fegten.

He's not a man, he's a lovin' machine Jocka-mo fee nané. Talkin' 'bout, hey now! Hey now! I-ko, I-ko, unday Jocka-mo fee-no ai na-né, jocka-mo fee na-né.

Am Ende legte Lara noch eine fünffache Pirouette hin und stand mit ausgestreckten Armen da wie eine Göttin aus der griechischen Mythologie.

Der von der Regie eingespielte Applaus wäre gar nicht nötig gewesen, alle im Studio klatschten Beifall. Bert konnte selber nicht fassen, was er da für eine Sohle hingelegt hatte. Um ihm ihre Bewunderung zu zeigen, machte Lara einen tiefen Knicks vor ihm.

Es war ein Lichtwechsel vorgesehen, aber Gratzer wollte den Fluss nicht stören. »Kein Talk, gleich weiter, Licht bleibt«, sagte er und stoppte die Lichtleute, die schon am Gerüst auf dem Weg nach oben waren, um die schweren Scheinwerfer in ihrer Aufhängung zu verrücken.

Lara eilte zu Anna, hievte auch sie aus den Pölstern hoch und übergab Bert ihre Hand, wie ein Vater, der seine Tochter zum Altar führt und sie dem Bräutigam übergibt. Die Musik begann. Aufgeheizt vom ersten Tanz legte sich Bert nun erst recht ins Zeug. Leonhard Cohen sang aus den Boxen, *Take This Waltz*, und der Dreivierteltakt setzte ein.

Now in Vienna ... ten pretty women ...

Die Kamera zoomte auf die Beine, rechts-zwo-drei, rechts-zwo-drei, sauber geschlossen. Anna und Bert hatten die erhabene Haltung von Paaren, die sich nicht davor scheuen, im Rampenlicht zu stehen. Sie wechselten in den Linkswalzer. *Take this waltz, Take this waltz with the clamp of its jaws.*

Sämtliche Mitarbeiter, die gerade nicht aktiv an den Dreharbeiten beteiligt waren, sammelten sich am Rand des Sets und swingten mit. Gratzer hob die Arme, klatschte über dem Kopf und deutete der Crew mitzumachen.

Je mehr Anna und Bert angefeuert wurden, desto mehr drehten sie auf. Anna bewegte sich wie eine Feder, Bert drehte und wirbelte sie herum, sie folgte jeder seiner wortlosen Anweisungen. Der Bretterboden, den man über den Studio-Estrich gelegt hatte, schwang im Rhythmus. Die Wände, die rund um die Sitzgarnitur aufgestellt worden waren, damit der Dinner- und Tanzraum nicht in den dunklen Tiefen des Studios absoff, schwankten. Um Platz für die Tanzeinlagen zu machen, war die Garnitur auf Schienen nach hinten gefahren worden. Der Luster an seinem Gestänge blieb an seinem Platz und tanzte über Anna und Bert mit. Gratzer beobachtete die ausgelassenen Tänzer mit feuchten Augen. Es hätte auch ganz anders kommen können bei dieser Sendung.

Ein kleiner Ruck ging durch den Luster, als sich die Schraube löste. Eine Stange aus seiner Aufhängung ragte aus der symmetrischen Ordnung heraus. Ein Lichttechniker bemerkte es und startete aufs Gerüst los. Bevor er es noch erreichte, donnerte es, als hätte ein Geschoss eingeschlagen. Und irgendwie stimmte das auch. Es war genau in dem Moment, als sich Bert und Anna Handfläche an Handfläche voneinander abstießen und sich jeder mit drei Pirouetten an den Rand der Tanzfläche drehte. Es waren die Schlussschritte der Nummer. Sie sollten in sehnsüchtiger Pose stehen bleiben. Er auf einem Bein kniend mit nach ihr ausgestreckten Armen, sie die Hände vor der Brust gefaltet. So posierten sie auch, als zwischen ihnen einer der schweren Scheinwerfer herunterkrachte. Zwei Sekunden, nachdem sie sich unter ihm weggedreht hatten.

Alle am Set waren wie erstarrt. Es war gespenstisch. Im gesamten Studio stand die Zeit still, nur die Lautsprecher plärrten die letzten Takte von *Take this Waltz*. Der Dielenboden war durchgebrochen, der Scheinwerfer lag auf der Seite wie ein verletztes Tier aus Vorzeiten mit einem zylindrischen Leib unter einem schwarzen Panzer. Dann riss die Musik ab, es war vollkommen still. Nur an der Decke knarrte etwas. Der Luster schwang leicht hin und her. Er hing immer noch schief in seinem Gestänge, aber er hing.

Schlagartig kam Bewegung in die Leute. Man begriff noch nicht so richtig, was da gerade passiert war. Komischerweise war aber allen klar, dass niemand zu Schaden gekommen war. Sie fielen einander in die Arme, ein paar brachen in erleichtertes Schluchzen aus.

Lara lief zu Anna, die nach wie vor mit gefalteten Armen vor der Brust dastand, völlig reglos, nur von den Wangen rollten ihr Tränen herunter. »Alles gut«, tröstete Lara sie, »alles vorbei, alles gut.«

Bert war mit zwei Sätzen bei ihnen und umarmte Anna. »Ein anderer Schluss und wir wären jetzt –«

Lara stieß ihn mit dem Ellbogen in die Rippen. »Alles gut, alles vorbei«, wiederholte sie. Sie kümmerte sich um ihre Gäste, als wäre sie selbst nicht auch betroffen.

Ganz schön abgebrüht, dachte Paulus Grün, der auf einmal mitten am Set stand und die Szene beobachtete. Wieso war die so ruhig? Er hatte sein Handy am Ohr und schien jemanden anzubrüllen. »Ja! ... Jetzt, den Moment! ... Nein, aber das ist ein Wunder ... Lara Kleins neue Sendung ... ist da, ja ... dafür sorge ich schon ... beeilt euch!«

Als die Polizei und die Mordkommission eintrafen, waren Constantin Liebmann und Hans Schnellhorn gerade auf dem Weg zum Studio. Konnte nicht schaden, wenn sich die Chefpartie bei den Katastrophen im Haus auch einmal sehen ließ. Am Aufzug trafen sie sich.

»Servus, mein Freund«, sagte der Generalintendant, grinste seinen Sendungsverantwortlichen an und klopfte ihm auf die Schulter. »Super Idee. Und die Kleine ist auch wieder verwickelt. Genial. Wer von euch war das?«

REGIE

Beflissenheit. Frequenzen. Überall Speichelfäden von Aufregung. Exzellente Zustände. Seelenfeuer im Nichts.

Wäre das nicht ein guter Moment für Selbstreflexion? Willkommen in der Selbsthilfegruppe für Showpeople. Ich bin ein Glanzlicht im Schatten. Ein lichtweißer Gegensatz. Vorne gleißend wie eine sterbende Sonne. Hinten die Andeutung einer wächsernen Kerze. Schimmere ich für euch durch den Nebel? Könnt ihr mich sehen, im Zwielicht der Erhabenheit? Die Regie ist immer namenlos, erst am Ende des Films zeigt sie sich. Die Größe. Die Meisterklasse. Das Alles. Und das Nichts. Im Abspann. Wenn manchmal Fehler beim Dreh gezeigt werden, als Revue wie ein Dessert. Nun, im fernen Sehen können Pannen passieren, das gehört dazu. Unwägbarkeiten sind Teil des großen Ganzen und würzen das Fleisch des guten Geschmacks mit Lorbeer. Ehrlich gesagt, war nicht klar, wie das Geschenk von oben ausfallen sollte. Schwerkraft. Fallhöhe. Wumm! Es war extrem zufällig. Zeitlos. Im allerbesten Fall hätte der Scheinwerfer ihre Fontanelle erwischt und den Schädel zertrümmert.

O-kay! Ich glaube nicht, dass ihr der liebe Gott dabei geholfen hat, es war ein spontanes Halleluja, ja, es gibt doch noch so etwas wie Glück für die Virenfrau und Pech für die Zuschauer. Stimmen wir ab: Wer will sehen, wie die alte Hexe zermatscht wird? Drückt ja oder nein. Alles klar. Ich weiß, neun von zehn denken wie ich. Merci. Umarmung. Zwei Hände machen das Herzzeichen. Das nährt mich, es ist Energie für meine Arbeit. Ich danke es meinem Publikum. Euch! Ihr, nur ihr wisst, was Unterhaltung bedeutet. Fernsehen braucht den Tod. Das Leben spielt sich vor dem Bildschirm ab und ist nicht echt.

Alles ist Fadenschein.

Was das TV anbelangt: Die Leute glauben immer, das geht alles so leicht. Filme und Serien, einfach da, und fertig. Dabei braucht es jahrelange Vorbereitung, viel Geld für Equipment, beim Dreh stehen dann alle herum und warten. Dabei ist die Idee das Ausschlaggebende. Die Idee ist das Wichtigste. Da gibt es wenige, die die Fähigkeit haben, sich so was auszudenken. Dafür ist man auserwählt. Genies sind rar, insbesondere bei uns. Die meisten haben keine Visionen und auch keine Welterfolge.

Sie stehlen, diese Parasiten, sie bedienen sich anderer Geistesblitze, wie wir nur zu gut wissen. Es braucht die richtigen Zutaten, Requisiten, kleine Einfälle für große Szenen, die man sich dann merkt. Die weltweit Aufsehen erregen, genau wie heute.

Ich glaube, ihr liebt mich jetzt schon ein bisschen. Soll ich mich ausziehen? Einfach so? Die Quantenphysik sagt, dass man Dinge erst versteht, wenn man auf sie draufschaut. Gilt das auch, wenn ich nackt im Hintergrund bleibe? Wahrscheinlich. Bin ich real, wenn ihr auf mich seht? Der Gedanke reizt mich. Ich verwende Körpercremes, die Kurkuma enthalten. Sie machen mich schön. Innerlich. Alles kommt von innen und braucht ein Auge, das es einfasst. Eine Kamera. Mein Vater wusste das. Er ist heute noch da, in meinem Kopf. Er hilft. Er spricht zu mir. Diese Ratschläge! Hört ihr sie? Papa kennt sich aus. Er weiß vom Ende, mehr als wir alle. Vom Drüben.

Wenn ich aus dem Fenster sehe, verstehe ich das Wetter nicht. Es ist unbotmäßig. Regnet es wegen mir? Überall Zeichen und Symptome, ja! Waghalsigkeiten, immer von oben. Ich weiß sie zu deuten und filmisch umzusetzen. Sie sind Drehbücher. Anweisungen. Gesetze. Alles flüstert, wenn man genau zuhört.

Die Königin der Nacht singt heute so leise.

Mozart ist müde.

Noten sind wie Nachspeisen, sie offenbaren sich unauffällig.

Der Hintergrund schimmert, seht ihr das, hört ihr das?

Weißes Rauschen. Qualm, den niemand mitbekommt.

Ein gelber Ton im Kopf, wie ein rohes Frühstücksei.

Dieses Wispern ist das Leben und die Lust und die Weitsicht. Es deutet darauf hin, dass es mehr gibt, ein Danach. Einen zweiten Teil und einen dritten Teil und einen zweitausendsten Teil, überhaupt eine unendliche Serie von mir. Das gibt Zuversicht. Doubletten. Ruhe. Die Gewissheit auf Fortbestand. Ich weiß, dass ich noch da bin, selbst wenn es dieses Fernsehen nicht mehr gibt. Filmemacher sind zeitlose Künstler. Eigene Parallelwelten in sich.

Verdichtet wie die Zeit in einem schwarzen Loch.

Bald werde ich euch die ganze Geschichte verraten.

Die Show läuft, meine Lieben. Ich atme. Endlich. Morgen wird alles noch besser, ich schwöre es. Wir sind knapp über der Mitte und noch weit vor dem Ende, wenn alle applaudieren. Alle werden applaudieren, das weiß ich. Alle.

Ich bin dran.

Cut.

IV

Dienstag

Alex bahnte sich seinen Weg durch die Warteschlange. Einsatzkräfte kontrollierten alle Mitarbeiter und Besucher. Wer rein und raus ging, musste sich registrieren. Alex winkte, er kannte den Polizisten vom Sehen, Rudi Soundso, er ließ ihn passieren.

Sein Plan für heute sah vor, Recherchen zu den internen Abläufen des Senders anzugehen. Er würde eine Reportage aus dem Herzen des *Todessenders* schreiben, wie die Presse *AustriaOne* mittlerweile ziemlich einhellig nannte. Er hatte das Gefühl, es brauchte jetzt ein atmosphärisches Bild ohne Pathos. Zwei Menschen waren tot, eine dritte Tragödie war nur dem Zufall einer Choreografie zu danken, irgendwer sollte den TV-Tod-Schlagzeilen, die die Titelmacher der Boulevardpresse täglich hinausschleuderten, etwas ehrlichen, bodenständigen Journalismus entgegensetzen. Und Bodenständiges kam immer von den ganz normalen Menschen rund um einen Tatort, das hatte er im Laufe seiner Arbeit als Lokalreporter gelernt.

Am Entrée saßen zwei hübsche Damen, eine telefonierte, die andere starrte angestrengt auf einen Bildschirm. Als Alex zum Empfangspult kam, telefonierte die eine weiter, die andere starrte noch angestrengter auf ihren Bildschirm. Die lassen mich warten, dachte Alex. Trotzdem lächelte er, er konnte Paulus Grün direkt hören, der den Mädels die Anweisung gegeben haben musste: »Ihr braucht nicht spuren, wenn die Journaille antanzt, die glauben jetzt, sie wären unentbehrlich, aber da irren sie sich, die Herrschaften von den Medien.«

Nach einer halben Minute hielt es die PC-Frau nicht länger durch. »Ja, bitte?«

Alex stellte sich vor, zeigte seinen Presseausweis und sagte, er hätte eine Erlaubnis der Pressestelle, sich hier frei zu bewegen. Die Frau am Telefon musterte ihn, als hätte er sich seit zwei Wochen nicht gewaschen. Die am Computer nickte. Wenn er gehofft hatte, dass er hier irgendwas erfahren würde, dann hatte er sich geirrt. Er probierte es erst gar nicht. Alex hatte einen sechsten Sinn für Leute, die reden wollten, und solche, die eine Mauer aus Granit um sich hatten. Das war das Interessante an seinem Job, die Psychologie des Miteinanders, die stille Kommunikation. Apropos still, dachte er, als er durch die leeren Gänge Richtung Cheftrakt ging. Hier war auch schon einmal mehr los gewesen. Bei seinen diversen Besuchen hatte es im Sendergebäude gesummt wie in einem Wespennest. So hatte er es auch in einer Story vor ein paar Jahren geschildert, das war ihm treffender erschienen als der Vergleich mit den guten Bienen.

Kurz dachte er an Lara, immer wieder schob sich ihr Lachen vor sein geistiges Auge. Wie schnell sich die Dinge ändern können. Vorgestern war er noch ein glücklicher Single gewesen, der gerade wunderbar mit seinem Job zusammenlebte und jetzt bekam er eine Frau nicht aus dem Sinn, von der die Polizei glaubte, sie habe zwei Leute umgebracht. Seitdem war er ständig hin- und hergerissen. Verrannte er sich, wie Kurt befürchtete? Konkret sagte er zwar nichts, aber er musste schon von Berufs wegen misstrauisch sein. Oder war er endlich angekommen? Würde er vernünftig drüber nachdenken, müsste er sofort die Finger von ihr lassen.

Dass sie nichts mit den Morden zu tun hatte, gründete sich ausschließlich darauf, dass er es sich einfach nicht vorstellen konnte. Sich von diesem Gefühlen leiten zu lassen, war das Blödeste, was er tun sollte. So was ging selten gut aus. Und doch war ihm die Vernunft nicht einfach nur in die Hose gerutscht. Es war mehr als ein bloßes Denken mit dem Unterleib. Es war mehr mit Lara. Es fühlte sich so richtig an. Bevor er als nächstes darüber nachdenken musste, ob es Liebe sein könnte, verspürte er den gnädigen Drang zu pinkeln.

Er suchte eine Toilette und erleichterte sich. Nachdem er sich die Hände gewaschen hatte, prüfte er sein Spiegelbild.

Er sah müde aus, aber eindeutig auch glücklich. Na klar, dachte er, es ist Liebe und grinste sich an.

Als er die Tür zum Gang öffnen wollte, kam ihm eine Putzfrau entgegen, die den Blick auf den Boden gerichtet hatte. Alex grüßte sie und fragte, ob sie kurz mit ihm reden wollte.

Die junge Frau in dem hellblauen Arbeitsdress wurde stutzig, so höflich sprach normal niemand mit einer Reinigungskraft. Sie ließ den Rollwagen stehen und sah ihn prüfend an. »Maria«, sagte sie dann und streckte ihm die Hand hin.

»Alex, sehr erfreut.« Er erfuhr, dass sie aus Bukarest stammte und seit drei Jahren in Österreich lebte, ihr Mann war mit dem bisschen Ersparten verschwunden. Sie konnte sehr gut Deutsch, schon von der Schule her, außerdem hatte sie einen Sohn, dem zuliebe sie sich Mühe gab mit der Sprache, er sollte sich schnell eingewöhnen.

Langsam lenkte Alex das Gespräch auf die Vorkommnisse bei *AustriaOne*. Was ihn interessierte, war die Stimmung im Haus. Neugier? Angst? Gerede?

»Von allem etwas«, sagte Maria. Sie bekomme einiges mit, schnappe immer wieder Gesprächsfetzen auf. Als Putzfrau war sie wie aus Zellophan für die anderen. Selbst bei internen Sitzungen ganz oben hörten die Leute nicht zu reden auf, wenn sie einen Raum betrat und mit dem Mopp den Boden aufwischte.

»Ist das dein Revier? Ganz oben?«

»Meistens.«

Mensch, was für ein Glück, dachte Alex, gleich die Erste hatte ihr Ohr am Allerheiligsten.

Maria musterte Alex noch einmal eingehender und entschied, dass er vertrauenswürdig war. »Ich habe was gehört, das vielleicht für deine Geschichte hilft«, sagte sie. »Die Chefs sind extrem nervös, manche schreien sich sogar an, und das nicht nur, seit diese schrecklichen Sachen hier passiert sind. Es geht um irgendwelche Millionen.« Maria zuckte mit den Schultern, mit so viel Geld konnte sie nichts anfangen. »Mir kommt vor, da ist jeder gegen jeden, und am Schlimmsten von der ganzen Truppe ist dieser Grün. Der Chef der Security. Er glaubt, er ist der liebe Gott und kann alle kommandieren. Und eines noch: Ich habe gesehen, wie er Frauen angreift. Er macht das, wie sagt man, ungeniert. Welche sich das nicht gefallen lässt, ist seine Feindin. Ein entsetzlicher Mensch, kann ich dir sagen.«

»Ist dir das auch passiert?«, fragte Alex.

Maria schüttelte den Kopf. »War eine Kollegin. Aber Putze ist nicht sein liebste Beute. Er treibt sich bei den Gästen rum, so wie in letzter Zeit bei den *DancingVIPs*.«

»Ja?« Alex horchte auf. »Bei wem genau? Weißt du Näheres? Hast du was gesehen?«

»Nein. Nur gehört. Schreierei aus der Garderobe.« Sie stockte.

Alex sah sie an, drängte sie aber nicht. Man muss den Leuten Zeit lassen.

»Es war die Umkleide von der, die mit dem Fußballer getanzt hat.«

»Lara? Lara Klein?«

»Die Kleine, ja. Grün hat gebrüllt, sie ist ja sonst nicht so.«

Alex verstand nicht. »Sie ist ja sonst nicht so?«, wiederholte er.

Maria wedelte mit der Hand vor ihrem Mund. »Sie *wäre* ja sonst nicht so, entschuldige, Konjunktiv ist korrekt. Und sie hat gebrüllt: Lass das oder ich bring dich um. Und dann war Krach.«

»Was für ein Krach?«

»Ich dachte, irgendwas ist umgefallen. Und ich hatte recht, das habe ich aber erst später gesehen. Vor lauter Schreck bin ich in die nächstbeste Garderobe rein. Gott sei Dank, weil der Grün ist an mir vorbei und hat den Wagen gegen die Wand gedonnert. Wenn ich draußen gestanden wäre, hätte er mich gedonnert.«

»Und was war mit Lara?«

»Ich wollte nach ihr schauen, aber sie war schon weg. Nur der Kleiderständer lag quer im Zimmer.«

Alex wusste, dass der Security-Boss Lara nachgestiegen war und sie ihn abblitzen hatte lassen. Dass er sie in ihrer Garderobe bedrängt hatte, wusste er nicht. Wieso nicht? fragte er sich unsicher. Wann hätte sie mir das erzählen sollen? beruhigte er sich. »Wann war das ungefähr?«, fragte er Maria.

»Gleich am Anfang von der Staffel«, sagte sie, »das weiß ich noch, weil kurz darauf hat mir meine Kollegin von der Sache mit dem Grün erzählt.«

Die Unsicherheit verzog sich wieder. Alex drückte sein Verständnis aus für Marias Kollegin und bot Hilfe an, er habe gute Kontakte zur Polizei. Maria dankte, darüber mache man als Ausländerin drei Kreuze und fertig.

Er fragte, was Maria persönlich von den zwei Morden hielt. Ein Model, ein Moderator, wie passte das zusammen? Was dachten die Menschen im Haus? »Ich habe viele Leute reden gehört«, sagte sie, »und sie waren sich alle sicher, dass es ein und derselbe Killer sein muss. Ein Insider, haben sie gemeint, jemand, der hier im Sender arbeitet, Mann oder auch Frau, weil Gift ist Frauensache. Aber was die Opfer miteinander zu tun haben können, wusste niemand.«

Alex bedankte sich und streckte der Frau die Hand hin. Sie zog ihren Putzwagen zu sich und winkte ihm zum Abschied. Dann verschwand sie wieder in der Bedeutungslosigkeit des Alltags. Alex sah ihr nach und machte ein paar Schwarzweißbilder, wie sie den Gang entlangschlurfte, nur von hinten und Details wie ihre Hand am Wagen. Fotografen waren zurzeit hier nicht erwünscht, aber irgendwie musste man eine Reportage ja illustrieren. Ihm schwebte so eine Bildebene von einem Sender der Angst vor.

Er ging in Richtung Kantine, weil er annahm, dass dort die Gerüchteküche immer am effektivsten brodelte. Das Lokal bestand aus einem Buffetteil, mehreren Holztischen und Kojen, wo sich die Leute auch ein wenig ungestört unterhalten konnten. Alles hell. Es war Mittag, und so leer die Gänge im Haus waren, so voll war das Restaurant. Das warf sein Konzept mit dem Sender der Angst leicht über den Haufen. Vielleicht Neugier versus Angst. Jedenfalls wollte sich hier niemand entgehen lassen, was wer dachte und was wer wusste. Wen hatte die Polizei befragt? Gab es endlich einen Verdächtigen? Oder eine Verdächtige? Stimmte es, dass die Polizei Lara Klein verhört hatte? Ein TV-Sender als Tatort? Eine Tänzerin verhört?

»Einmal Gemüseauflauf und ein Cola«, sagte Alex zu der Frau an der Buffetkassa.

Sie tippte etwas auf einen Bildschirm ein und deutete mit dem Kinn auf das Bezahlgerät. Alex hielt seine Kreditkarte hin, aber die Transaktion wurde abgelehnt.

»Gehts noch Patscherter?«, murmelte die Kassiererin.

»Nur, wenn ich mich sehr anstrenge«, sagte Alex.

Die Frau schaute erschrocken auf, ihr war nicht bewusst gewesen, dass er sie gehört haben könnte. »Bitte vielmals um Entschuldigung.«

Alex winkte ab. »Bin auch nicht jeden Tag gut drauf.« Er schenkte ihr ein Lächeln.

»Ich war gut drauf heute Morgen, aber die Stimmung hier ...« Sie zuckte die Schultern.

Alex legte Messer und Gabel auf das Tablett und sah sich nach einem Tisch um.

»Dort drüben ist noch was frei«, sagte die Kassiererin. »Geh, Lukas, trag dem Herrn sein Tablett hin.«

Die schwarzen Jeans und das weiße Hemd eines Hilfskellners schossen auf Alex zu. »Darf ich?«

Alex ließ sein Tablett los. »Sehr freundlich von Ihnen, vielen Dank«, sagte er und überlegte, wem der Typ ähnlich sah. Obwohl er wie er gegen die Vierzig gehen musste, fiel Alex der junge Gerard Butler ein. Etwas alt für einen, der in der

Kantine offenbar Mädchen für alles ist, dachte er und folgte ihm zu dem freien Tisch.

»Um Mittag herum ist der Laden ein Ameisenhaufen«, sagte der Hilfskellner, als könnte er was dafür. »Überhaupt jetzt.«

»Sie arbeiten hier?«, fragte Alex und machte mit dem Zeigefinger eine kreisende Bewegung.

»Ja.« Er schien Alex' fragenden Gesichtsausdruck zu bemerken. »Ich bin einer von den Kreativen, die von ihrer Kunst nicht leben können. Da ist mir der Job zusätzlich ganz recht.« Er wedelte mit seinem Hangerl ein paar unsichtbare Brösel von der Tischplatte. »Aber Sie sind neu oder?«

»Ja und nein. Ich treibe mich immer wieder hier herum, aber eigentlich bin ich von der *Jetzt* und mache eine Reportage über die Geschehnisse im Haus.«

»Von der Presse, ah. Wollen Sie schreiben, wie gut unser Gemüseauflauf ist?«

»Nein.« Alex lachte. »Ich will schreiben, wie die Leute im Sender das alles verkraften. Was sie denken. Was sie vermuten.«

»Da sind Sie in der Kantine ganz richtig.«

»Wollen Sie sich vielleicht kurz zu mir setzen?«, fragte Alex. »Ich heiße Artner. Alex Artner.«

»Ach, Sie sind das«, sagte der Mann. »Ich lese Ihre Artikel sehr gerne, ich bin der Lukas, Lukas Wagner, kannst ruhig du sagen, freut mich, dich kennenzulernen. Aber hinsetzen darf ich mich nicht. Die hauen mich sofort raus. Zurzeit ist die Stimmung ... nun, ziemlich aufgekocht.«

»Wen wunderts.«

»Ist schon normalerweise ein Irrenhaus hier, aber momentan sind alle im Schock. So was kennt man doch nur aus Netflix, nicht?«

Alex nickte. »Mittlerweile berichtet die ganze Welt von den zwei Morden.«

»Angeblich wäre es fast zu einem dritten gekommen«,

sagte Lukas, »gestern, bei der Aufzeichnung von dieser neuen Show.«

»Hab davon gehört.« Lara hatte Alex alles haarklein erzählt. Eigentlich hatte er gestern daheim schlafen wollen, und sie hatte ihm versichert, dass sie sehr gut allein zurechtkäme, aber dann war er doch zu ihr gefahren. Wurde langsam etwas viel für ihre Nerven. »Ein Scheinwerfer ist heruntergekracht, oder?«

»Ja. Er hat sich von der Decke gelöst und ist neben eine Frau, ich glaube, sie ist Ärztin oder so, auf den Boden geknallt.«

»Tatsächlich?« Alex kramte seinen Notizblock aus der Tasche. »Die Virologin, die sie als Gast angekündigt haben?«

»Genau. Ich habe heute Frühdienst und bin seit sieben da, es gibt kein anderes Gesprächsthema bis jetzt. Eine Partie aus der Requisite war zum Frühstück hier. Die einen haben gesagt, es war ein blöder Zufall, die anderen reden von Sabotage. Ich meine, wenn die Frau einen halben Meter weit rechts gestanden wäre, wärs das gewesen für sie.«

»Hat man wen im Verdacht?«

»Am ehesten noch diese Lara. Aber ich weiß nicht. Ich hab sie im Vorbeigehen kennengelernt, sie ist nett. Andererseits, was weiß man über jemanden, den man vom Hallo sagen kennt. Ach ja, die Oberbonzen haben heute den VIP-Raum gebucht zu einem Lunch, die sind sich ja zu fein, um Mittagessen zu sagen. Die haben auch über Lara gesprochen, aber da gings eher um Quoten. Ich hab nur ein paar Teller abgeräumt.«

»Was ist deine Theorie?«

»Ich habe mir abgewöhnt, Theorien zu haben.«

Seltsame Antwort, dachte Alex.

»Du bist von der Zeitung, und ich will wirklich niemanden eintunken mit irgendwas, wovon ich keine Ahnung habe.«

Ach so, dachte Alex.

»Die Kassiererin schaut schon. Magst noch einen Kaffee,

den kann ich dir bringen, wenn du willst. Ansonsten muss ich was tun.«

»Danke, ich muss ohnehin weiter.«

»Wenn du mehr wissen willst – die da drüben sind vielleicht interessant. Die Kathi ist Visagistin und redet mehr als ein Chatbot. Der neben ihr ist der André von der Requisite. Und der andere Typ heißt Martin, er ist Cutter und ein bisserl ein Aufschneider. Wissen aber immer alles über jeden, irgendwelche Details wirst schon brauchen können. Sag, du kommst von mir. Viel Glück.«

Sympathischer Kerl, dachte Alex. Es war ein journalistisches Naturgesetz, dass man bei jeder Geschichte einen fand, der einem weiterhalf und die nächsten Türen öffnete. Passierte nur nicht immer so schnell. Er nahm seinen Rucksack, ging zu dem angegebenen Tisch und stellte sich vor. »Lukas sagt, ihr könnt mir bei meiner Reportage helfen. Ich verspreche euch, dass es in der Geschichte keine Namen gibt.«

Kathi nahm ihre riesenhafte Handtasche vom Sessel neben sich. »Setz dich«, sagte sie. Sie war ungeschminkt und wirkte elektrisch. »Das ist der André, der Meister der Requisiten. Wenn du einen gelben Elefanten oder einen afrikanischen Speer brauchst, frag ihn. Und das ist Martin, er schneidet die Beiträge.« Sie sah ihn von der Seite an.

Lustige Runde, dachte Alex. Kathi bunt und flattrig wie eine übrig gebliebene Hippiebraut; Martin, der so perfekt gestylt war, dass er selbst dann nicht als Hetero durchgehen würde, wenn man ihn mit zwei Frauen in einem Bett erwischen würde; und André, der Normalo der Runde, wenn man davon absah, dass er zwei verschiedenfarbige Socken anhatte. »Ich habe gehört, dass da gestern was vorgefallen ist.« Alex stellte sich ahnungslos.

»So kann man das auch nennen«, sagte André. »Der Beleuchter ist mein Lebensabschnittspartner, und der schwört bei seinem Leben, dass er die Lampen fest montiert hat. Er selbst. Da kann nichts runterfallen. Völlig unmöglich. Das hat jemand gemacht. Absichtlich. Anders gehts nicht.«

»Ehrlich gesagt, haben wir alle ein mulmiges Gefühl«, sagte Martin. »Mir im Schnitt, vor dem Computer, kann nichts passieren, aber wenn das jetzt weitergeht mit irgendwelchen Sabotageakten, ich mein, die Kathi hat auch schon Angst.« Sie machte mit der Hand eine beschwichtigende Geste. »So panisch sind wir auch wieder nicht drauf.«

»Wie kann man einen Scheinwerfer runterstürzen lassen?«, fragte Alex.

»Ganz einfach«, antwortete André. »Du kletterst mit deinem Adonishintern in einem unbemerkten Moment auf das Gerüst, schraubst die Halterung auf, und ... wamm!« Er knallte die flache Hand auf den Tisch, dass andere Kantinengäste von ihren Tischen aufschreckten. Jedes lautere Geräusch ließ einen hier zusammenzucken. »Und wenn alle aufgeregt hinrennen, dort, wo das Trumm runtergefallen ist, machst du dich leise vom Acker.«

»Warum sollte das jemand tun?«, fragte Alex.

»Gegenfrage: Warum grillt jemand eine Blondine? Oder warum lässt jemand den Nachrichtenstar seine Galle rauswürgen? Und dazwischen vertreibt man sich ein bisschen die Zeit in den Garderoben. Willkommen beim Fernsehen. Bis auf die Morde an sich gar nicht so übel.«

Kathi war anscheinend jemand, der sich kein Blatt vor den Mund nahm. Alex konnte sich vorstellen, dass sie eine gewisse Anziehung auf Männer hatte, und sie machte umgekehrt keinerlei Hehl daraus, dass ihr das gefiel.

»In Wahrheit«, fuhr sie fort, »sind sie doch alle scharf drauf, dass jetzt die Quoten durch die Decke gehen. Der Sender war ja nicht gerade für seine Beliebtheit bekannt. Lauter Wiederholungen, alte Filme, gefällige Berichte für die Politik. Ich meine. Und jetzt macht ein Mörder die allerbeste PR, die man sich vorstellen kann. Das wissen alle hier. Fragt sich nur, wer dieses Genie ist.«

Sie dachte kurz nach. »Was ist eigentlich die weibliche Form von Genie? Genierin? Ha! Schreib das vielleicht in der *Jetzt*. Gendern ist Mord an der Sprache.«

Diese Visagistin war wirklich nicht das, was man ein Mauerblümchen nannte.

»Die nächste Runde geht auf mich«, sagte Alex, »ihr habt mir sehr geholfen.« Er bedankte sich bei den Dreien und versicherte ihnen noch einmal, Hand aufs Herz, dass dieses Gespräch vertraulich bleiben würde. Jetzt hatte er das Herzstück beisammen. Ein paar gute Sager vielleicht noch zum Drüberstreuen, dann würde sich die Story ganz von allein schreiben: Mordversuch bei *Dinner&Dance*. Ein Exklusivbericht von Alex Artner.

Auf dem Weg zum Ausgang kam ihm ein älterer Mann mit Anzug und Brille entgegen. In der Hand trug er eine Mineralwasserflasche. Als er Alex sah, legte er einen Gang zu. Vor ihm blieb er stehen und fragte forsch: »Wer sind Sie?«

Oje, der Grün im roten Bereich, dachte Alex, dann streckte er die Hand aus. »Ich heiße Alex Artner und arbeite für die *Jetzt*.«

Paulus Grün ignorierte die Grußhand. »Wer hat Ihnen gestattet, hier herumzulaufen?« Es klang mehr wie ein Kommando als eine Frage.

»Die Pressestelle. Ich habe die Erlaubnis, eine Reportage zu machen.«

»Nicht von mir. Raus hier. Sofort.« Mit der Mineralwasserflasche deutete der Mann knapp vor Alex Gesicht auf die Glastür, bei der jetzt zwei Polizisten standen. Volvic las Alex auf dem Flaschenetikett, nie gehört. »Ich wusste nicht …«

»Ich wiederhole. Raus!« Paulus Grün fletschte seine gelben Zähne.

Alex wollte sich nicht auf eine Diskussion einlassen und ließ die Sache damit bewenden. Er hatte seine Geschichte auch jetzt schon zusammen und die nächste würde ein Porträt über diesen Sicherheitchef sein. Was glaubte der, wer er ist, the Godfather? Er würde ihn später einmal ordentlich googeln, bei seinem halbseidenen Ruf, könnte schon was zutage kommen. Das Internet vergaß nichts.

Paulus Grün setzte sich vor sein MacBook Pro, aktivierte es mit seinem Fingerabdruck und wählte das Icon der Videoschnittsoftware. Ein paar Mausklicks und die Sache war erledigt. Von der Aufzeichnung der Sendung nahm er die Takes heraus, die zeigen, wie der Scheinwerfer neben der Virologin auf dem Boden zerschellte. Sie stand da mit ihren vor der Brust verschränkten Armen, während alle anderen panisch auseinanderstoben. Nur Lara Klein stand ebenfalls wie eingefroren. Das Video dauerte elf Sekunden. Mehr brauchte es nicht, um das Internet zu füttern. Der Clip würde abheben wie eine Silvesterrakete.

Außerdem würde er ein paar Fakeprofile anlegen und die Debatte um die Klein anheizen. Warum war gerade diese Tänzerin jedes Mal in der Nähe des Tatorts? Die Schlinge um ihren Hals würde sich mehr und mehr zuziehen. Was er so von seinen ehemaligen Kollegen bei der Polizei hörte, war sie zurzeit auch dort die Hauptverdächtige. Allerdings gab es keinen einzigen Beweis, der sie überführen würde. Naja, da konnte er nachhelfen und seinen ehemaligen Kollegen zeigen, wie man das macht, wenn man sich was traut.

Er, Paulus Grün hatte sich beigebracht, sich was zu trauen, schon als Kind. Seine Gedanken schweiften ab, zurück in die enge Gemeindebauwohnung, in der er aufgewachsen war. Zu seinem Vater, der so gerne den Gürtel aus den Schlaufen zog und ihn, wie er sagte, Mores lehrte. Manieren müssen weh tun, hatte er gemeint, die kann man einem Rotzbuben wie dir nur mit Prügel vermitteln. Er soff wie ein Loch, stank aus dem Mund und war auch sonst nicht das, was ein Gendarm aus Purkersdorf darstellen sollte.

Kein Freund und Helfer, sondern ein Mistkerl erster Güte. Dass er eines Winterabends auf dem Heimweg dank einer

Eisplatte ausgerutscht und mit dem Kopf auf die Gehsteigkante aufgeschlagen war, machte der Sache ein Ende. Paulus dankte dem lieben Gott für diese Hilfe, denn sonst hätte er das selbst in die Hand nehmen müssen. Seine Mutter vergoss beim Begräbnis keine Träne. Es kamen nur drei Leute, die er nicht kannte.

Glaubte man den Gesetzen der Epigenetik, konnten sich Wesenszüge über Generationen hinweg vererben. Der Hass, diese tiefe Empfindung, dürfte den Altvorderen der Familie Grün eine Lebensgrundlage gewesen sein. Paulus entwickelte ihn dann so richtig nach dem Bundesheer und bei seiner Zeit als Streifenpolizist. Einmal schlug er einen türkischen Taxifahrer krankenhausreif und behauptete, der Mann, bei dem ein-komma-zwei Promille gemessen worden waren, habe ihn mit einem Messer attackiert. Es war ganz leicht, ihm den Feitl zuzustecken. Ein andermal musste eine Professionelle dran glauben. Die kleine Thai hatte es verdient und nicht einmal Anzeige erstattet, weil sie erst ganz frisch und ohne Aufenthaltsgenehmigung im Land war. Paulus grinste. Im Leben gab es zwei Sorten von Menschen. Schafe und Wölfe. Er war noch unter den Wölfen etwas Besonderes, ein Alphawolf, einsam und unerbittlich und das war gut so.

Den Generaldirektor würde er früher oder später auch noch zu Fall bringen. Zu jedem Menschen in einer Führungsposition hier im Haus führte er ein Dossier. Was nämlich niemand wusste außer ihm: Constantin Liebmann hatte eine Schwäche für junge Buben aus Afrika. Seine Frau und seine beiden Töchter würden die Fotos aus der Hütte im Wienerwald, die Paulus seit vorgestern in der Mappe archiviert hatte, vermutlich nicht ins Familienalbum kleben. Man sollte sich halt nicht an dunkelhäutigen Kindern vergehen und sich dabei filmen lassen.

Dass er, Paulus Grün, den Vorsitz im Sender übernehmen würde, war eine logische Konsequenz. So turbulent, wie es jetzt zuging, mit diesen astronomisch guten Quoten, ja, die anderen Wichtigtuer im Vorstand waren von seinem Schlag, die verstanden schon, dass man da und dort bei den Dingen ein wenig nachhelfen musste.

Der Clip mit dem Scheinwerfer als Wurfgeschoß war nur ein weiterer Mosaikstein, der ihn letzten Endes auf den Thron hieven würde. Ein bisschen musste er sich freilich noch gedulden.

Paulus Grün nahm einen Schluck Mineralwasser und fragte sich, wohin er heute Abend essen gehen würde, vor allem mit wem. Es gab da eine Polizistin, die ihm nicht spitzenmäßig, aber doch ganz gut gefiel. Man könnte es als Dienstbesprechung in Sicherheitsfragen bezeichnen. Ja, das gefiel ihm. Wenn Sicherheitsfragen auftauchten, gab es nur einen, auf den Verlass war. Er fuhr sich durch die grauen Haare und stand auf. Die Arbeit war für heute erledigt.

Sie trafen sich fast gleichzeitig vor seiner Haustür. Es war Punkt vier. Alex hatte Lara erzählt, dass er heute unbedingt einmal wieder daheim vorbeigehen musste, Post anschauen, Sachen wechseln, was man halt so tut, wenn man ständig auswärts übernachtet. Danach würde er geschnäuzt, gekampelt und in frischem Outfit bei ihr erscheinen. Käme gar nicht infrage, hatte sie gesagt, sie komme mit und helfe ihm beim Schnäuzen, Kampeln und Umziehen und dann könnten sie gemeinsam heimfahren.

Heimfahren, hatte er gedacht, ging das alles nicht doch ein bisschen schnell? Und warum wollte sie so dringend sehen, wie er wohnte?

Junggesellenbuden waren das, was der Name schon sagt, etwas für Junggesellen. Mädels hatten dort nichts zu suchen. Er war schon im Begriff, sich aufzuregen, bis ihm auffiel, dass er erstens kein Junggeselle mehr war und dass er ihr zweitens seine Wohnung ganz gern zeigen würde. Es hatte ihn schlimmer erwischt, als er gedachte hatte.

So sehr sie sein Zuhause sehen hatte wollen, so beiläufig ging sie jetzt darüber hinweg. »Mir war bloß langweilig«, sagte sie.

»Verstehe. Gab ja immerhin noch keinen Mord heute, da ist das Leben schon ein bisserl öd.«

»Irgendwie hatte ich das Gefühl, bei dir ist heute mehr los.«

Wie aufs Stichwort klingelte es an der Haustür.

Alex warf ihr einen Blick zu. »Hexe«, sagte er zu ihr und ging zur Gegensprechanlage. »Hey«, hörte Lara ihn rufen, »na klar, komm rauf.« Und zu ihr gewandt: »Kurt ist da.«

Alex stellte die beiden vor. Sie gaben sich etwas reserviert die Hand.

Kurt schien sich nicht ganz wohlzufühlen. »Betrachtet meinen Besuch als vollkommen privat, besser noch, vergesst einfach, dass ich da bin.«

»Meint er das ernst?«, fragte Lara und rieb sich, um der Stimmung den Hautgout eines Polizeieinsatzes zu nehmen, in einer Parodie anstößiger Bewegungen an Alex.

»So ernst auch wieder nicht«, sagte Kurt.

Alex wies auf den Tisch, den er zum Arbeiten und zum Essen verwendete. Lara und Kurt setzten sich.

»Wollt ihr ein Bier?«, fragte Alex, »ich fürchte, was anderes habe ich nicht.«

»Bin im Dienst«, sagte Kurt.

Auch Lara schüttelte ablehnend den Kopf.

Alex machte sich ein Bier auf. »Wie kommts eigentlich, dass du mich ausgerechnet in den fünf Minuten hier erwischst, die ich in den letzten paar Tagen zuhause bin? Noch dazu, wenn du im Dienst bist? Lasst ihr Lara überwachen?«

»Sie nicht. Aber dich.« Kurt lachte etwas steif. »Nein. Scherz. Ich bin zufällig vorbeigefahren und habe dein Auto gesehen, da habe ich es einfach versucht. Und Glück gehabt!« Er sah Lara an. »Doppelt Glück. Schön, dass wir uns kennenlernen.«

Langsam wurde die Atmosphäre amikaler. Die Männer ließen ein paar Insiderschmähs ab, denen Lara nicht folgen konnte. Sie lachte trotzdem. Dann piepste etwas in Kurts Jacke. Er holte das Handy heraus und klickte drauf. »Da schau her.«

Lara und Alex beugten sich in dem Augenblick zu ihm, als im Video ein Scheinwerfer auf den Boden krachte. Lara zuckte zusammen.

»Da war aber wieder wer superschnell.« Kurt warf das Handy auf den Tisch. »Möchte wissen, wer immer so blitzartig diese Clips ins Netz stellt.«

»Muss irgendwer vom Sender sein«, sagte Alex.

»Kann eigentlich nur der Paulus Grün sein«, sagte Lara. »Wer sonst? Er hat die Überwachungskameras installieren lassen. Er hat die Möglichkeit, einen der Schneidecomputer zu benutzen. Und er hat auch das technische Wissen.«

»Ist allerdings keine Wissenschaft, ein paar Takes aus einer Digitalkamera herauszuschneiden und ins Internet zu stellen«, sagte Kurt. »Kann heute jeder Zwölfjährige.«

»Ich meine nur«, sagte Lara, »dass es nicht extra einen Techniker oder Cutter dazu gebraucht hat. Ich wüsste auch nicht, was für ein Interesse die daran hätten.«

Kurt sah auf. »Was genau willst du damit sagen?«

Lara räusperte sich. »Es ist jetzt das dritte Video, das kursiert. Der Brand mit Evelyn, Arnolds Gekotze und die Scheinwerfersequenz. Zwei davon sind von Grüns Kameras aufgenommen, obwohl es sowohl bei Evelyns Tod als auch bei der Aufzeichnung von *Dinner&Dance* Studiokameras gab.«

»Ja«, sagte Kurt.

»Und?«, fragte Alex.

»Bei Evelyns Clip und dem Scheinwerfervideo bin ich ziemlich gut im Bild. Bei Arnold war ich nicht dabei.« Sie machte eine Pause. »Ich glaube, dass es Grün drauf ankam, mich im Netz herumzureichen. Den Ausschnitt aus *News im Bild* hat wer anderer lanciert. Ich trau mich wetten, dass sich das über die Kamerawinkel überprüfen lässt.«

»Gar nicht so blöd«, sagte Kurt.

Alex pfiff durch die Zähne. »Aber was heißt das, wenns stimmt?«

Kurt zuckte die Schultern. »Dass Grün ein Interesse hat, Lara anzuschwärzen. Bloß warum?«

»Sie hat ihn abblitzen lassen«, sagte Alex.

»Das allein ...« Kurt ließ den Satz unvollendet.

»Ich habe heute über Grün recherchiert. Vor ein paar Jahren gab es einen Skandal, weil er den Betriebsrat verwanzt hat. Hatte ich schon wieder ganz vergessen, die Presse nannte es damals Paulusgate, aber er musste weder zurücktreten noch hat man ihn gefeuert.«

»Auch komisch«, sagte Lara.

»Werden uns den Herrn einmal vorknöpfen«, sagte Kurt, »ich geb das weiter an den Harry und die Liesl. Der Grün kann sich einiges erlauben, weil er früher bei der Truppe war und unsere Leute ihn deshalb immer decken würden.« Er zuckte mit den Schultern. »Ist so bei der Polizei.« Kurt steckte sein Handy ein und sah dabei die Uhrzeit. »Höchste Zeit. Ich muss.«

Nachdem er gegangen war, sah Alex die Post durch und zog sich um.

»Nimm doch gleich ein paar Sachen mit«, schlug Lara vor.

Sie hat recht, dachte Alex und holte eine kleine Tasche aus dem Kasten. Er warf sein Waschzeug hinein, zusätzliche Jeans, Flipflops. T-Shirts hatte er genug in der Redaktion. »So. Das reicht fürs Erste.«

Im Auto piepste Alex' Handy. Eine WhatsApp von Kurt, nur ein Wort: *geschickt*

Alex antwortete mit einem Grübel-Emoji.

Von Kurt kam: *deine kleine. gib acht*

Harald Schieder und Elisabeth Sandlechner fuhren mit ihrem staubigen Volvo zur Einfahrt des grauschwarzen Gebäudes am Schottenring. Ein Polizist in Uniform salutierte. Der Schranken hob sich, der Wagen rollte weiter. Schieder nahm den ersten Parkplatz im Hof. Jedes Mal, wenn er hier ankam, hatte er ein ungutes Gefühl. Er und seine Kollegin mussten zum Polizeipräsidenten. Otto Weißgerber empfing sie, deshalb hatte Schieder ein Sakko angezogen. Es war braunkariert und an den Ellbogen abgewetzt. Sogar er selbst fand es geschmacklos. Dressman war er keiner. Seine Kollegin Sandlechner trug ein Kurzarmshirt mit dem Logo der Rolling Stones. Auch keine Stilikone, die gute Elisabeth. Sie wollte, dass man ihr *Survivor*-Tattoo am rechten Unterarm sah.

Die Sonne schien, es war lau. Der Termin war als Rapport tituliert worden, hatte aber eine weitaus tiefere Bedeutung. Normalerweise mischte sich die Bundespolizeidirektion nicht in die Angelegenheiten des Landeskriminalamts ein. In diesem Fall schon. Die Öffentlichkeit schrie nach Aufklärung. Aus dem Maul des Boulevards troff Speichel. Die Medien hatten die Mordserie als aufregendsten Fall in der Geschichte der Zweiten Republik hochstilisiert, zwei grauenvolle Taten waren begangen worden, jetzt offenbar ein dritter Versuch. Gab es einen Zusammenhang?

Alle spekulierten, Taxifahrer redeten von der brennenden Blonden im Fernsehen. In den Schulen plapperten Kinder Schauergeschichten nach, ihre Eltern hätten eine muslimische Flagge bei dem Brand hinter Evelyn von Hirth gesehen. In den Schanigärten machte man Witze und schloss Wetten ab, was als nächstes kommen mochte. Wenn es ab nun auch korrupte Politiker oder Banker träfe, könne man das getrost als gute Tat abtun.

Seit die Leiche von Arnold Schafberger abtransportiert worden war, holten die noblen Hietzinger Mütter ihre Töchter jeden Tag von den Schulen ab, damit sie auf dem Heimweg nicht in den Dunstkreis des TV-Senders kamen. Wer weiß, vielleicht sprengte morgen wer den ganzen Sender in die Luft. Der feine Bezirk war ein gefährliches Pflaster geworden, eine Mordsgegend. Ganz Wien schimpfte auf die Polizei und wollte Verdächtige sehen, wollte, dass es endlich eine Ahnung gab, wer die Täter sein könnten, wenigstens mutmaßliche, wenn schon sonst nichts. Man munkelte von einem Serienmörder, das sei ja wohl eindeutig, und suchte Fäden, die sich verknoten ließen, was im Ansatz schon seine Richtigkeit hatte, die Ermittlungen aber in jeder Hinsicht behinderte. Schieder und Sandlechner samt Team konnten nicht arbeiten wie sonst. Sie mussten ihre Vorgangsweise modular abklären, wie das hieß, zu ihrer eigenen Sicherheit, so lautete die Sprachregelung des Innenministers, des Bürgermeisters und des Polizeipräsidenten. In Wahrheit wollten sie nur dabei sein und ihre Gesichter in die Kameras halten. Letzten Endes ging es immer um die Eitelkeit. Und jetzt sicher auch.

Harald Schieder und Elisabeth Sandlechner fuhren mit dem Lift in den vierten Stock, gingen den Gang bis ans Ende und klopften an die Tür. Ohne die Antwort abzuwarten, traten sie ein. Die Sekretärin sah aus wie eine Mumie. Sie nickte seitlich, was bedeutete, sie dürften passieren.

Das Büro des Polizeipräsidenten war in diesem Jahrtausend nicht verändert worden, langsam bekam es einen Retro-Chic. Die schwarze Couch, der Glastisch, die künstlichen Grünpflanzen, der mächtige Tisch, das war die Aura der Exekutive und sie roch nach Möbelpolitur. Links am großen Konferenztisch saßen zwei Leute, mit denen die Ermittler nicht gerechnet hatten. Astrid LaGarde und Lothar Kluge. Die leitende Staatsanwältin und der Bürgermeister.

»Ah, Inspektor Schieder, Frau Kollegin, danke, dass Sie sich Zeit genommen haben.« Otto Weißgerber nickte ihnen zu.

Seine Augen waren Sehschlitze und seine Lippen so schmal, dass man nur Striche sah. Wenn man das Strafgesetzbuch illustrieren müsste, sähe der Polizeipräsident genau so aus. Hager, steif, knochig. Ganz im Gegensatz zum Bürgermeister, in dessen massigen Körper er mehr als zweimal hineinpassen würde.

Die elegante Erscheinung der Staatsanwältin passte dazwischen wie eine Grande Dame in einen Klamaukfilm.

»Die beiden Herrschaften kennen Sie ja.« Weißgerber deutete zum Konferenztisch.

Schieder gab beiden die Hand, dem Bürgermeister sichtlich nur, weil er musste. Er konnte Lothar Kluge nicht leiden. Er war ein Machtmensch durch und durch und sein politischer Zickzackkurs diente ausschließlich dem Erhalt dieser Macht. Er war der Herrscher über Wien und so sollte es die nächsten hundert Jahre auch bleiben.

Elisabeth Sandlechner nickte nur. Sie musterte schon die Zeitungen, Magazine und Ausdrucke von Online-Artikeln, die den Konferenztisch bedeckten.

»Nur zu, schauen Sie«, sagte Otto Weißgerber. Sein breites Grinsen sollte seine Leute aufmuntern.

Der Aufmacher des Chronikblogs *Reporter* war blutrot mit Tropfen an der Seite und riesigen weißen Lettern: *Serienkiller wütet im TV!* Darunter: *Polizei steht vor dem größten Rätsel der Kriminalgeschichte.* Edi Weiland vom Boulevardblatt *Alles Österreich* hatte einen sechzehnseitigen Sonderteil mit dem Titel *Mörderisches Wien* geschrieben. Darin wurden nochmals alle Screenshots der Morde gezeigt und die Ratlosigkeit der Ermittlungen hervorgehoben.

»Können wir schon ein paar Hausdurchsuchungen oder einen Haftbefehl unterschreiben?« Die Staatsanwältin war in einer Art edler Eiseskälte freundlich. Obwohl sie kleiner war als alle anderen, lächelte sie von oben herab und hatte Freude daran, Schieder wie einen Handlanger zu behandeln. Ihr Kostüm war cremefarben und sah teuer aus.

Bürgermeister Kluge trug einen dunkelblauen Maßanzug mit roter Krawatte. Aus dem Hemdkragen quoll ein Teil seines Halses heraus. Er hielt Harald Schieder und Elisabeth

Sandlechner deutsche Zeitungen hin. *Wiener Blut. TV-Mord-Serie im Nachbarland.* Die britische *Sun*, die *Washington Post* und sogar ein australisches Online-Magazin brachten etwas darüber.

Serial TV-Killer!

Die hard in Vienna!

Austria's Next Top-Killer!

Das sah nicht gut aus, gar nicht gut.

»Was haben wir?«, fragte der Polizeipräsident. Es klang wie eine Feststellung. Trotz seiner hageren Statur war er eine natürliche Autorität, er hätte auch Verteidigungsminister oder Sicherheitsberater eines Waffenkonzerns sein können. Das Polizeipräsidium hatte man ihm aus politischen Gründen übergeben. Er war bekannt als exzellenter Taktiker.

Die zwei Ermittler kamen sich vor wie bei einem Tribunal.

»Wir wissen nicht, ob es sich um einen Täter oder eine Täterin handelt,«, sagte Schieder, »ich ...«

»Sie glauben, das ist Zufall«, unterbrach Astrid LaGarde, ganz die Staatsanwältin bei der Anklage.

»Ich würde gerne ausreden.« Harald Schieders Miene blieb steinern.

»Der Fall Evelyn von Hirth und der Fall Arnold Schafberger sind sowohl einzeln als auch in ihrer Gesamtheit zu betrachten. Dazu der offenbar versuchte Anschlag auf die Ärztin Dr. Anna Lorenz. Es gibt verschiedene Überlegungen. Einzeltäter, mehrere, alles ist möglich. Wir haben bei allen dreien das Umfeld durchleuchtet, nichts deutet darauf hin, dass auch nur zwei von ihnen irgendwie Kontakt hatten.«

»Ein verbranntes Supermodel, ein selbstverliebter Moderator und eine Virologin, die in der Pandemie so was wie ein Corona-Star geworden ist. Wie geht das zusammen, Schieder?« Der Bürgermeister hatte seine politische Korrektheit nicht mehr ganz im Griff. Elisabeth Sandlechner biss sich auf die Lippe, es war besser, wenn sie schwieg.

Astrid LaGarde sah Kluge bewundernd an. Es hieß, sie tat mehr für ihn als seine Frau, was man sich bei ihrer kalten Extravaganz und seiner speckigen Leutseligkeit kaum vorstellen mochte. Der Polizeipräsident kontrollierte seine knochigen, aber sorgfältig manikürten Finger.

»Wie das zusammengeht?«, wiederholte Schieder die Frage, »aus heutiger Sicht – gar nicht. Die Tatorte geben nur insofern Aufschluss, dass es sich eben um eine bestimmte Örtlichkeit handelt. Es gibt Hinweise, denen wir nachgehen und wir tun unser Bestes, aber ...«

»Die Wahlen stehen an, Sie wissen.« Lothar Kluge machte Wischbewegungen mit der rechten Hand, als wollte er den Tisch säubern. Er hatte das in Seminaren gelernt. »Wir wollen Wien sicher haben. In dieser Stadt soll man nachts wieder durch die Stadt gehen können, angstfrei. Dafür stehe ich mit meinem Namen. Die Kampagne haben Sie vielleicht gesehen, sie hängt ja überall. Wien ist dein Daheim. Wie ist Ihr Daheim denn so, Schieder? Werden bei Ihnen zu Hause Menschen verbrannt? Mit Gift bekocht? Fliegen bei Ihnen Scheinwerfer durchs Wohnzimmer? Ist das so? Ist das Leben eine Fernsehshow?«

»Wir tun alles, was in unserer Macht steht«, meint Kommissarin Elisabeth Sandlechner. Sie bemühte sich um einen professionellen Ton.

»Das heißt, Sie haben nichts«, sagte Präsident Weißgeber und kratzte sich am linken Ohr. »Wir müssen den Medien zeigen, dass wir in der Lage sind, mit solchen Sachen umzugehen. Schnell und professionell.«

»Trauen Sie sich das überhaupt zu?«, fragte Astrid LaGarde in vernichtendem Tonfall. »Ich meine, fachlich. Wenn Ihnen das ein paar Nummern zu groß sein sollte, können wir auch Hilfe beantragen. Überhaupt kein Problem. Von externer Seite. Ich halte das für durchaus vernünftig.«

Sie sah den Bürgermeister an. Der Bürgermeister sah den Polizeipräsidenten an.

»Das wirft ein schlechtes Bild auf die ganze Polizei«, sagte Weißgerber und sah Schieder in die Augen. »Der Innenminister sitzt mir im Nacken, der Bundeskanzler will eine Pressekonferenz abhalten. Ich meine, wir reden hier von Politik, verstehen Sie etwas von Politik? Von politischem Druck? Ihre junge Kollegin mag talentiert sein, aber in so einem Fall?«

Er sprach über Elisabeth Sandlechner, als wäre sie nicht da.

»Wir haben schon eine Verdächtige einvernommen«, sagte sie und bemerkte zu spät, wie dürftig es klang.

Die Staatsanwältin entließ etwas Luft durch die Nase. »Ihre Tänzerin, ja? Die live dabei war bei dem Finale und das beste Alibi auf der Welt hat?« Sie legte den Kopf leicht schief und zog die Augenbrauen hoch. »Kompliment.«

Schieder redete weiter: »Wir führen hier Ermittlungen in zwei Mordfällen und einem versuchten Mord. Die Wiener Polizei geht mit Spuren sehr genau und besonnen um. Diese Dinge dauern. Ich würde meinen ... drei Wochen. Bis dahin haben wir Ergebnisse, da bin ich mir hundertprozentig sicher –«

»Drei Tage, maximal«, unterbrach ihn der Bürgermeister.

Die Staatsanwältin trug den Stichtag in ihrem Notebook ein. »Von mir aus. Drei Tage. Wenn dann nichts am Tisch liegt, sind der Herr mit dem schönen Sakko und seine Kollegin mit dem reizenden Tattoo aus dem Rennen.«

»Das wars«, sagte der Polizeipräsident, »wir müssen noch den Mediaplan besprechen. Die Imagekampagne für die junge Polizei.«

Für Schieder und Sandlechner hieß das auf gut Deutsch: Abmarsch, jetzt reden die Erwachsenen.

»Sushi oder Pizza, Schatz?« Alex wischte auf seinem Handy herum, er hatte Hunger. »Oder vielleicht Nudeln. Oder gleich McDonalds? Ich hab so einen Hunger, dass ich mich nicht entscheiden kann.«

Lara fegte noch ein paar Brösel von der Arbeitsfläche, die ihre Putzaktion am Vormittag überlebt hatten. Heute war der erste Tag gewesen, an dem sie ein paar Stunden am Stück daheim war und sie hatte sie genutzt, um endlich ihr Zeug aufzuräumen und die Wirtschaft in der Küche in den Griff zu kriegen, die sich angesammelt hatte, seit Alex die Nächte bei ihr verbrachte. Putzen lenkte sie ab. Wenn sie Sorgen hatte, sah ihre Wohnung picobello aus, das war schon immer so. »Ich würde ja lieber was Gesundes essen«, sagte sie.

»Aha. Gesund.« Es klang nicht sehr begeistert. Alex hatte zwar den halben Tag in der Kantine recherchiert, aber selbst nichts dort gegessen. Dann war er in die Redaktion gefahren und hatte seine Reportage heruntergeklopft. Er hatte einen super Lauf gehabt, die Story war wirklich gut geworden. Zu essen gab es im *Jetzt* höchstens uralte Grissinis und abgelaufene Sardinen in Öl. Bei ihm daheim war noch weniger Essbares zu finden gewesen. Nun meldete sich sein leerer Magen, dem es weniger auf gesund als auf viel und fettig ankam. »Ja, gern auch gesund«, sagte er.

»Ich könnte was kochen.« Lara öffnete den Eiskasten und schaute in ein weißes Nichts. »Ich könnte schnell runterlaufen und ...«

»Ganz sicher nicht. Solange hier um die Ecke Leute umgebracht werden, läufst du überhaupt nirgends mehr hin.«

Lara schmiegte sich an ihn. »Aber, Schatz, ich bin doch die Mörderin.«

Mitunter hat sie einen recht gewöhnungsbedürftigen Humor, dachte er.

»Dann eine Bowl«, sagte sie und hatte schon den Lieferservice ihres Lieblingslokals am Handy offen. »Ich stell dir was Feines zusammen.«

Alex verabschiedete sich von seinem XXL-Mäci-Menü und der Schnitzelsemmel, die vor ihm schon einen kulinarischen Schleiertanz aufgeführt hatten. Genau in dem Moment begann Lara, ihre Bestellung mit einer Art Befruchtungstanz zu unterlegen. Mit dem Telefon als Partner tänzelte sie durch Raum und begleitete sich selbst mit einem Zutaten-Rap. Es war sehenswert. Alex zückte sein Handy und filmte mit. Als die Bestellung durch war, lief Lara zu ihm und setzte sich auf seinen Schoß. »Lass sehen.«

»Voilà, dein erster Film.« Alex drückte auf Play.

»Ach herrje«, rief Lara und schlug die Hände vors Gesicht. »Für meinen ersten Film wäre es nicht schlecht. Ist er nur leider nicht.«

»Es gibt schon einen Film von dir?« Er sah sie erstaunt an. »So einen nach dem Motto, ich war jung und brauchte das Geld?«

Sie lachte. »Nein, gar nicht. Ich war so jung, dass ich mir um Geld keine Sorgen zu machen brauchte.« Sie sprang auf und verbeugte sich vor ihm. »Ich bin Lara Klein, und ich war ein Kinderstar.«

»Echt?« Sie überraschte ihn immer wieder. »Wie bist du denn dazu gekommen?«

»Durch meinen Vater.« Sie setzte sich wieder auf seinen Schoß.

»Ich dachte, er war Tanzlehrer.«

»Ja, schon. Aber nicht nur. Wir hatten ja auch eine eigene Tanzschule. Über die gab es Anfragen für filmische Tanzeinlagen. Und irgendwie wurde das immer mehr. Ich war noch nicht in der Volksschule damals und fast den ganzen Tag im Tanzstudio, ich war die kleine Tanzmaus von der Tanzwerkstatt Klein. Deswegen haben sie mich gern mitgebucht.«

»Kann ich mir vorstellen, eine süße Puppe wie du ...«

»Ich war tatsächlich einmal eine Puppe. Mir sagte man, es sei ein Kinderfilm, aber es dürfte ein ziemlich perverser Krimi gewesen sein. Mir war dieses Puppenkostüm unheimlich. Brrrr.« Ein Schütteln ging durch Laras Körper, als würde ihr vor irgendwas grausen. »Ich mochte Puppen noch nie.«

»Seltsam für ein kleines Mädchen ... ich meine, es können ja auch Buben mit Puppen...«

»Ja, immer brav gendern«, sagte Lara und lachte, »Aber ernsthaft, war schon eigenartig, meine Puppenphobie. Puppen waren so was wie falsche Menschen für mich. Mein Vater hat mir eine geschenkt, sie hatte echte Haare, braune wie meine Mutter. Das sei sehr selten, hat er gesagt, also das Echthaar, nicht das Braun. Ich habe sie in eine Schublade gelegt. Papa sagte ich, das wäre ihr Bett. Aber dort ist sie liegengeblieben, bis ich sie irgendwann entsorgt habe.«

»Schräg.« Alex sah unauffällig auf die Uhr. Wie lange konnte ein Lieferdienst denn brauchen? »Kann man deine Frühwerke noch irgendwo sehen?«, fragte er.

»Es waren keine internationalen Produktionen, obwohl mir ab und zu auch heute noch wer schreibt, er habe mich im Film gesehen. Waren eher österreichische Serien, meistens fürs Fernsehen.«

Es läutete an der Tür.

»Endlich!« Alex bugsierte Lara von seinem Schoß, machte auf und nahm das Essen entgegen.

Drei Minuten später saßen sie vor ihren Bowls. Sie tippte mit dem Zeigefinger auf seine Zutaten und kommentierte die Nährwerte von Sojabohnen, Shakshuka Sauce und Dukkah Crumble.

»Und hier unten«, sie bohrte den Finger durch bis zum Reis, »ist klebriger japanischer Rundkorn.«

»Gehst weg mit den Fingern.« Er lachte, fing ihren Zeigefinger und leckte ihn ab.

Damit war das mit dem Essen gelaufen. Zwei Stunden später stand es nach wie vor unberührt auf dem Tisch. Lara und Alex hatten Besseres zu tun.

REGIE

Seit Kurzem sehe ich Blitze.

Ich schließe die Augen und die Sterne erwachen zum Leben, ganz von selbst. Kennt ihr das, diese astralen Botschaften? Genau. Es sind Nachrichten aus einer Zeit vor sechs Millionen Jahren. Die Sterne, die zu mir gesprochen haben, existieren schon lange nicht mehr. Ich danke ihnen für ihr Wissen, das jetzt mir gehört. Ich werde es mit euch teilen.

Gestern dachte ich, mein Gehirn schwimmt in Hyaluronsäure. Weil sich die Gedanken so straff angefühlt haben. Geliftet. Als würde man Ideen auseinanderziehen, bis sie ganz glatt sind. Die Klarheit meiner Darstellung zeigt sich nicht so verschwommen wie die Seerosen von Claude Monet, diesem Stümper. Meine Bilder tragen die Wahrheit in sich, das Äußerste. Pixelhaft rein.

Ich, auserwählt, darf es verraten: Ich habe die Weltformel entschlüsselt, den Code des Universums geknackt. Es sind sieben Regeln, die sich in einem elfdimensionalen Raum abbilden, in dem sich acht davon an anderen Dimensionen aufwickeln. Ja, die Stringtheorie aus der theoretischen Physik stimmt nicht, ich habe sie widerlegt, das nur nebenbei.

Alle Zahlen gehen von eins bis fünfundvierzig. Dafür brauchen wir keinen Gott. Wer das versteht, braucht keinen Glauben. Das Wissen schiebt den Glauben in einen rechten Winkel.

Exegese. Die Auslegung der Bibel. Habt ihr das Buch gelesen? Altes Testament? Neues Testament? Lachhaft. Am ehesten geht noch die Offenbarung des Johannes ...

... die Gott ihm gegeben hat, damit er seinen Knechten zeigt, was bald geschehen muss; und er hat es durch seinen Engel, den er sandte, seinem Knecht Johannes gezeigt.

Ich bin das Alpha und das Omega, spricht Gott, der Herr, der ist und der war und der kommt, der Herrscher über die ganze Schöpfung.

Das bin ich!

Am Tag des Herrn wurde ich vom Geist ergriffen und hörte hinter mir eine Stimme, laut wie eine Posaune.

Sie sprach: Schreib das, was du siehst, in ein Buch und schick es an die sieben Gemeinden: nach Ephesus, nach Smyrna, nach Pergamon, nach Thyatira, nach Sardes, nach Philadelphia und nach Laodizea.

Da wandte ich mich um, weil ich sehen wollte, wer zu mir sprach. Als ich mich umwandte, sah ich sieben goldene Leuchter. Und mitten unter den Leuchtern einen, der wie ein Mensch aussah; er war bekleidet mit einem Gewand, das bis auf die Füße reichte, und um die Brust trug er einen Gürtel aus Gold. Sein Haupt und seine Haare waren weiß wie weiße Wolle, leuchtend weiß wie Schnee, und seine Augen wie Feuerflammen; seine Beine glänzten wie Golderz, das im Schmelzofen glüht, und seine Stimme war wie das Rauschen von Wassermassen. In seiner Rechten hielt er sieben Sterne und aus seinem Mund kam ein scharfes, zweischneidiges Schwert, und sein Gesicht leuchtete wie die machtvoll strahlende Sonne.

Als ich ihn sah, fiel ich wie tot vor seinen Füßen nieder. Er aber legte seine rechte Hand auf mich und sagte: Fürchte dich nicht! Ich bin der Erste und der Letzte.

Mein Vater spricht zu mir.

Nicht nur im Traum, auch jetzt.

Wie in der Apokalypse.

Wer liest heutzutage schon noch ein Buch? Die Aufmerksamkeit schwindet, der Fokus oszilliert. Bilder dominieren, Bilder. Ich wusste das immer schon. Mein Vater hat es mich gelehrt. Schritt für Schritt.

Ich bin das Auge, die Kamera, die gesamte Produktion.

Das Alpha und das Omega.

Die Regie.

Ich sehe das Verborgene und mache es für die Welt sichtbar. Ich bin der Lichtbringer, Luzifers Kameramann, der Bilderbote. Alles an mir ist Gerechtigkeit. Ich trage in mir den Schmerz und die Kraft und die Ewigkeit, Amen. Ha! Hört sich das nicht ein bisschen wie ein Gebet an? So soll es sein. Das Filmgeschäft besteht ausschließlich aus Anbetung. Alle knien in Demut nieder und falten die Hände vor der Regie, vor mir. Ich erteile ihnen keine Absolution. Das Absolute manifestiert sich in meinem Schaffen.

Mein Werk, an euch gerichtet, ist jetzt schon eine cineastische Ikone. Anbetungswürdig in Wort und Bild wie das Vaterunser.

Apropos. So oft denke ich an ihn. Mein Vater, ach. Seine Augenbrauen. Die Knöchel seiner linken Hand. Das Muttermal am Rücken. Die braunen Schuhe. Sein Gürtel aus Gold. Was würde er heute sagen, denken, tun?

Damals in der Filmproduktion. Der Oscar schon im Geiste sichtbar. Zum Greifen nah wie ein Pokal aus Feuerflammen. Das letzte Lob für eine Idee, die nie eure war, nie. Sie haben sie uns genommen. Sie haben uns alles genommen. Mein Vater und der Strick. Sein lotrechter Abschied. Dieser Anblick, unvergesslich nah wie eine Totale.

Am Ende verlässt uns die Schönheit, die Kraft und die Weisheit. Ist es nicht so? Ich weiß, dass ihr mich versteht. Wer sonst könnte mit mir fühlen, wenn die Show losgeht, das große Theater. Ihr habt die Plätze ganz vorne in der Mitte. Nach der Pause geht es weiter. Der bordeauxrote Vorhang gleitet zur Seite, geht auf und zeigt die Zahlen in der Kugel. Jemand gewinnt – nicht. So ist das Leben. So ist das Universum. So ist alles.

Urknall.

Papa, du wärst stolz auf mich.

Cut.

Cut!

CUT!

V

Mittwoch

Wirst stolz auf mich sein, Papa, dachte Lara, legte ihr Handy weg und atmete tief durch. Sie hatte es tatsächlich getan.

Ich war immer stolz auf dich, hallte es in ihrem Kopf nach. Genau das hätte ihr Papa jetzt gesagt. Es war so etwas wie ein Ritual zwischen ihnen, bei ihnen ging es immer ums Stolzsein. Sie wollte, dass er gut fand, was sie tat: Er versicherte ihr, dass er ohnehin alles, was sie tat, gut fand.

Die Meinung ihres Vaters war Lara immer wichtig gewesen. Es hatte kein Alter gegeben, in dem sie gegen ihn rebelliert hätte. Wozu auch. Man lehnt sich nicht auf gegen den Menschen, der einen am meisten weiterbracht hatte. Alles, was sie über Film, Tanzen, das Leben wusste, hatte sie in irgendeiner Form von ihm. Ach, Papa, seufzte Lara, wie gern hätte sie ihn jetzt hier.

Der Podcast, den sie sich gerade angehört hatte, war ziemlich anspruchsvoll gewesen. Trotzdem hatte sie das Anfrageformular für das Fernstudium abgeschickt. Es war noch keine verbindliche Anmeldung gewesen, aber der erste Schritt war getan. Die Ausbildung würde hart werden, darauf konnte sie sich schon einmal einstellen. Trotzdem war sie sicher, dass das der richtige Weg für sie ist.

Die *Dinner&Dance*-Moderation, die ihr so tragisch in den Schoß gefallen war, war gut und schön, aber die Zukunft war das für sie nicht. Ebenso wenig wie der Tanz. Den würde sie nie aufgeben, das ließe schon ihr Körper nicht zu, aber jünger wurde sie auch nicht und ewig konnte man davon nicht leben.

Mit dem Gedanken, ihrer Laufbahn eine andere Richtung zu geben, spielte sie schon lange, aber bis jetzt hatte sie nicht genau gewusst, welche Abzweigung sie nehmen sollte. Wobei das nicht die ganze Wahrheit ist. Wenn sie ehrlich mit sich war, musste sie zugeben, dass sie sich einfach nicht hatte aufraffen können. Für alles im Leben gibt es den richtigen Zeitpunkt, hatte sie sich beruhigt. Vor dieser *DancingVIPs*-Staffel schien er dann da zu sein.

Ihr Interesse war nach und nach klarer in Richtung Gesundheit gegangen. Wie der Organismus funktioniert und wie man ihn ohne pharmazeutisches Bombardement in Schuss hält, das war das, womit sie sich beschäftigen wollte. Deshalb stöberte sie, wann immer Zeit war, im Internet nach alternativen und nachhaltigen Methoden, mit denen man den Menschen helfen könnte. Neuerdings hatte sich die Suche zugespitzt. Die Kinesiologie faszinierte sie, diese Zusammenhänge von körperlichen, emotionalen und biochemischen Vorgängen. Vor allem die Biochemie nötigte ihr dabei ordentlich Respekt ab. Mit dem Podcast, den sie eben gehört hatte, war sie weiter in die Materie eingetaucht. Wenn sie das hinbekam, konnte Papa wirklich stolz sein.

»Fertig?«, fragte Alex und sah von seinem Laptop auf.

»Schön wärs«, sagte sie, »wenn ich damit einmal fertig bin, sag ich Sie zu mir.«

»Ich sage jetzt schon Sie, Frau Klein. Sie wissen, ich bin sicher, dass Sie es schaffen.«

»Das Formular ist jedenfalls einmal draußen«, sagte sie.

Alex wusste von ihren Plänen. Obwohl sie sich erst ein paar Tage kannten, hatten sie mehr Ahnung voneinander als manche anderen Paare nach Jahren. In einem ihrer Gespräche in den vergangenen Nächten hatte sie in aller Kürze geschildert, was ihr vorschwebte und auch ihre Ängste offenbart. Er kannte ihre Zweifel und hatte versucht, sie ihr zu nehmen. Er freute sich, dass er offenbar Erfolg damit gehabt hatte.

Sie trat hinter ihn und sah ihm über die Schulter. »Was machst du?«

Er versuchte, die Website, auf der er surfte, unauffällig wegzuklicken, war aber nicht schnell genug. »Arbeiten«, sagte er plötzlich recht kurz angebunden. »Ich recherchiere.«

Saublöde Erklärung, dachte Lara. Auf einmal kippte die Stimmung ein bisschen. »Danke, das hätte ich mir jetzt nicht denken können«, sagte sie spitz. »Ich frage mich nur, was du über Trackingapps recherchieren musst.« Sie sah ihn provokant an. »Willst du mich überwachen?«

Hundert Punkte, dachte Alex, genau das hatte er vorgehabt. »Wie kommst du denn da drauf?«, fragte er lahm.

»Weil ein paar Menschen umgebracht wurden. Weil mich die Polizei verdächtigt. Weil ich bei allen Morden irgendwie in der Nähe war. Weil du mich noch nicht so lange kennst und befürchtest, deine Libido könnte dir den Blick auf die Wirklichkeit verstellen. Weil dein Freund Kurt befürchtet, dass deine Libido dir den Blick auf die Wirklichkeit verstellt.« Sie sah ihn noch provokanter an. »Und weil du die beste Story deines Lebens hast, wenn sich das alles als wahr herausstellt.«

Alex war total perplex. Es stimmte schon, das waren alles Dinge, über die er natürlich nachgedacht, die er aber nicht weiter verfolgt hatte. Er hatte zwei Möglichkeiten: Entweder er wollte mit ihr zusammen sein oder er misstraute ihr. Er hatte sich für das Entweder entschieden, beides gleichzeitig ging nicht. Kurt hatte ihn auf seine minimalistische Art gewarnt, aber mehr auch nicht. Dass sie ihn jetzt so beschuldigte, ärgerte ihn. »Schönen Dank für deine Einschätzung«, sagte er. »Ich habe mir die Trackingapp zu deinem Schutz überlegt, wenn du's genau wissen willst«, sagte er und knallte den Laptop zu.

»Warum dann die Heimlichkeit?«

»Weil ich vermutetet habe, dass dir das unangenehm wäre und ich die Infos über diese Apps zusammen haben wollte, bevor ich es dir vorschlage. Du bist heikel in deiner Eigenständigkeit, so viel habe ich schon begriffen. Hätte jedenfalls nicht gedacht, dass du glaubst, ich würde dich verdächtigen. Ich Depp.«

In der Sekunde tat Lara ihr Ausbruch auch schon wieder leid. Wie hatte sie ihn so beschuldigen können? Sie stand immer noch hinter ihm und schlang ihm so abrupt die Arme um den Hals, dass sie ihn fast würgte. »Entschuldige,

Schatz, der Depp bin ich.« Sie küsste sich von seinem Nacken seitlich über den Hals hinauf bis zu seinem Ohr. »Ich weiß ... nicht, was ... in mich gefahren ... ist. Es ist alles so ... undurchsichtig und ... verwirrend ... man kann gar nicht mehr ... klar denken ... bitte vergiss das sofort wieder.«

Das tat er auch. Als sie sich bis zu seinem Mund vorgearbeitet hatte, war sein Ärger weggeküsst.

Chefinspektor Harald Schieder legte die Füße auf den Tisch und schoss mit kleinen Papierkügelchen, die er aus den bunten Post-its auf seinem Schreibtisch zusammenknüllte auf einen Papierkorb. »Weißt du, wer mir zusehends suspekter wird?«

Elisabeth Sandlechner antwortete nicht gleich. Sie saß an den Berichten, mit denen sie den Ereignissen kaum noch hinterherkamen und wollte sich nicht stören lassen. Wenn sie schon die ganze Arbeit machen musste, dann möglichst schnell und ohne Unterbrechung.

Schieder schien ihre Konzentration nicht weiter zu kümmern. Er knüllte ein rosa Post-it zusammen und dachte weiter laut vor sich hin. »Dieser Grün. Ich sag dir, der ist nicht koscher. Exkollege hin oder her, mit dem stimmt was nicht.«

Ein grünes Post-it ging daneben.

»Ich habe ihn hier nicht persönlich erlebt, war ja schon bei der Mordkommission und er ist über den normalen Polizeidienst nicht hinausgekommen. Ich habe nur von ihm gehört, scharfer Hund, hat es immer geheißen, was aber noch nicht bedeutet, dass er ein Guter war. Könnt mich nicht erinnern, dass den jemals wer als Freund bezeichnet hat.«

Sandlechner seufzte und gab auf. So wurde das nichts mit den Berichten, wenn ihr Chef ständig vor sich hin brabbelte. Außerdem interessierte sie das Thema, der Grün war auch ihr nicht geheuer. »Ich habe mich bei den Kollegen schon umgehört«, sagte sie. Schieder ließ ihr etwas Zeit und warf noch ein gelbes und ein blaues Zettelchen, Abwechslung muss sein. Aber Elisabeth wollte gebeten werden. Er tat ihr den Gefallen. »Und?«, fragte er.

»Ich halte dieses halbamikale Getue für bloße Show. Du weißt doch, wie die Kollegen da ticken: Nach außen halten wir zusammen, da braucht uns niemand blöd kommen. Aber intern mag ihn keiner.«

Schieder sah auf. »Das haben sie so gesagt?«

»Nein«, gab sie zu, »aber darauf läuft es hinaus.«

Er beließ es dabei. Trotz ihrer spröden Art hatte seine Mitarbeiterin guten Kontakt zu den Beamten und ein erstaunlich intaktes Gefühl für Menschen.

»Laden wir ihn vor?«, fragte sie.

Ein rosa Post-it flog durch die Luft.

»War das ein Nein?«, fragte Sandlechner.

»Fein erkannt«, sagte der Chefinspektor.

»Sondern?«

»Wir sollten ihn nicht so offiziell auf unsere Skepsis aufmerksam machen. Was immer man über den Grün sagen kann, er ist schlau. Wenn er weiß, dass wir ihm auf die Finger schauen, hält er sich zurück. Wenn er Dreck am Stecken hat, dann möchte ich den sehen, bevor er ihn herunterkratzt.«

»Was mir nicht ganz klar ist, ist sein Motiv.«

Grünes Post-it.

»Das ist bei dem klassisch. Der ist ein Machtmensch. Und er will mehr sein als Sicherheitschef.«

»Und deshalb räumt er ein Model, einen Nachrichtensprecher und fast auch noch einen Talkshow-Gast aus dem Weg?«

Sandlechner schüttelte den Kopf. »Das ergibt doch überhaupt keinen Sinn.«

Blaues Post-it.

»So direkt darf man das auch nicht sehen. Vielleicht will er beweisen, dass er Quote machen kann. Vielleicht will er wen von den oberen Etagen erpressen. Vielleicht hat er Gründe, von denen wir überhaupt noch nichts wissen.«

Gelbes Post-it.

»Sicher ist, dass er Lara Klein schaden möchte.«

Sandlechner nickte. »Also keine Vorladung.«

»Lass das Kurt erledigen, der ist gut in solchen Sachen. Wir bleiben an der Klein dran.«

Ein leichtes Trommeln setzte ein. Ein fröhlicher Frühlingsregen begann ans Fenster zu prasseln.

»Bist du heute mit dem Rad da?«, fragte Harald Schieder.

»Ja, verdammt«, sagte sie.

»Blöd aber auch«, sagte er. »Wobei.«

Sie sah ihn fragend an.

»Dann kannst du eigentlich in aller Ruhe die Berichte fertig machen.«

Rosa Post-it.

Josef Gollinger ging zum Kühlschrank und holte sich ein Gösser Bier. Es war heute erst das zweite Bier und der Abend noch jung.

Seine Frau Gerda kam zur Türe herein, zog sich die Schuhe aus und stand im Wohnzimmer. »Schau dir an, Pepi, was der mit mir gemacht hat und so was nennt sich Friseur.« Sie deutete auf ihre Haare, die in einem bläulichen Schwarz glänzten. »Ich hab ihm gesagt, ich möchte was Neues probieren. Und was macht er? Der schneidet mir die Hälfte ab und färbt sie mit einem Ton, den er Mitternachtsschimmer genannt hat. Stell dir vor. So schimmerts nie und nimmer zu Mitternacht. Ich schau aus, als hätt man ein paar Raben zerhäckselt und mir da oben einmassiert.«

»Aber geh. Reg dich nicht so auf, Hasi«, sagte Josef. »Schaut doch gut aus. Modern. Im Gegensatz zu mir ...«

Er fuhr über seinen grauen Haarkranz. Die Glatze oben hatte er als Geschenk vom lieben Gott zu seinem Fünfziger bekommen. Gerda beruhigte ihn und machte klar, dass ein

Toupet, das auf Wienerisch Pepi hieß, so wie er, keinesfalls infrage käme.

Josef war vor einem Jahr in Frühpension gegangen, bei den Österreichischen Bundesbahnen war das leicht, nur acht Prozent absolvierten den Dienst bis zum Ende. Seitdem fühlte er sich frei, aber irgendwie auch leer. Vierundzwanzig Jahre lang hatte er Fahrkarten kontrolliert, war mit der Bahn Tausende Male quer durch Österreich gerollt. Er mochte die Menschen im Zug. Nur selten kam es vor, dass jemand versuchte, als blinder Passagier durchzukommen. Aber nicht mit ihm! Josef kannte alle Tricks, jeden Kniff. Wie sie sich in der Toilette einsperrten und glaubten, niemand käme ihnen auf die Schliche. Oder wenn sie das Abteil wechselten und so taten, als seien sie auf der Suche nach einem Reisenden, den es nicht gab. Die Unschuldslämmer. Er hatte sie alle bloßgestellt.

»Wie war dein Tag, Pepi?« Gerda schaute sich in den Spiegel und schüttelte den Kopf. Sie war fuchsteufelswild.

»Ich habe vier Nonnen aus einem brennenden Auto gerettet, einen Spion enttarnt, eine Verfolgungsjagd mit einem Aston Martin gewonnen und war dann noch Bungeejumpen. Also ziemlich ruhig.«

Er sah sie genervt an. »Na, was glaubst du? Ich war eine halbe Stunde spazieren und das wars. Der Walter und die anderen wollten, dass ich mitkomme zum Kegeln, aber ehrlich, die sind mir zu primitiv.«

Und was bist du? Konrad Lorenz?, dachte Gerda. Sie hatte gestern in *Austria History* eine Doku über den österreichischen Nobelpreisträger und seine Graugänse gesehen und war ziemlich beeindruckt gewesen.

Laut sagte sie: »Geh, Josef, du musst dich schon ein bissel bewegen, ein halbes Leben hast du dich auf den Ruhestand gefreut und jetzt ist er halt da. Wie du noch gearbeitet hast, wärst gern öfter Kegelscheiben gegangen. Außerdem machen wir eh bald Urlaub.«

Sie wollten im Sommer nach Lignano, einfach raus aus diesem Gemeindebau im Bezirk Meidling und ein bisschen die Zehen im gelben Sand vergraben. Sie hatten achthundert Euro gespart, das reichte für eine billige Pension, aber Gerda wünschte sich ein Hotel mit Pool und bunten Liegen.

In der Wohnung, in der sie lebten, hatte sich seit zwanzig Jahren nichts verändert. Zweiundfünfzig Quadratmeter für Couch, Einbaukasten mit Fernseher, Esstisch, alles ordentlich auf einem Spannteppich und brav aufgereiht an der Wand.

»Hast du den Tipp gekauft?«, fragte er.

»Natürlich.« Gerda öffnete ihre Geldbörse und holte den Lottoschein heraus.

Josef angelte sich die Fernbedienung. Auf dem Bildschirm lief ein Werbeblock, er schaltete den Ton ab. Ein Möbelhaus hatte irgendwelche Rabattwochen, aber von dort konnten sie sich eh nichts leisten.

»Vielleicht räumen wir ja heute ab«, sagte Gerda. »Dreifachjackpot. Dreieinhalb Millionen. Kannst du dir vorstellen, wie viel das ist?« Sie lachte auf.

»Ehrlich gesagt, nein. Was würdest du machen mit so viel Geld, hm?«

Gerda grübelte. »Puh. Wir könnten uns einen neuen Skoda zulegen. Oder so ein Elektroauto.«

»Wie willst du denn das laden? Hier an der Steckdose?« Er zeigte auf die Stehlampe.

»Wir könnten eine größere Reise machen. Australien! Zu den Kängurus.«

»Weißt du nicht, wie viele Schlangen die dort haben?«

»Auch wieder wahr.« Gerda hatte eine ausgeprägte Reptilienphobie. Schon bei dem Gedanken an eine Blindschleiche blieb ihr Herz stehen. »Griechenland ist wahrscheinlich besser. Wir könnten uns mit dem Geld sogar eine andere Wohnung leisten. Vielleicht etwas größer oder ein Haus mit Garten. Stell dir vor. Selber Paradeiser anbauen und alle

Kräuter. Basilikum, Rosmarin und ganz was Verwegenes, Liebstöckl.« Sie lachte wieder. »Und wir könnten uns einen Hund nehmen. Einen Golden Retriever, weißt, ich würde ihn Max nennen. Das wär' doch was, Pepi, was meinst? Nie wieder Geldsorgen. Wie diese Millionäre in Hollywood oder diese Olignacker.«

Josef lachte pflichtschuldig, ihr Scherz war nicht neu.

Er kontrollierte den Schein. Gerda hatte alles angekreuzt wie sonst auch. Seit fünf Jahren spielten sie zweimal die Woche einen Tipp als Zahlenkombination. Ihre beiden Geburtstage und ihre Lieblingszahlen: 3, 9, 15, 21, 33 und 44.

Im Fernsehen ertönte die Signation der Lottoziehung und Josef drehte automatisch lauter. »Glück auf«, sagte er. »Auf das Haus im Grünen und Griechenland und das neue Auto.«

»Und die Kräuter und den Hund«, ergänzte Gerda.

Das Insert auf dem Bildschirm zeigte den Namen der Lottofee. Christina Krachberg. Aus irgendeinem Grund, den Josef Gollinger nicht verstand, wechselten sie die Moderatorinnen regelmäßig. Die hier war jung, lockige braune Haare, roter Lippenstift, wenig Make-up. Sie trug ein silbernes Paillettenkleid, was anscheinend die Feierlichkeit des Augenblicks untermalen sollte. Christina Krachberg sah aus wie die menschliche Version einer Discokugel. Josef überlegte, wann er das letzte Mal auf einer Tanzfläche war und zu *I will survive* von Gloria Gaynor getanzt hatte. Allein bei dem Gedanken an einen Boogie tat ihm sein Rücken weh.

Die Ziehung begann um 18.47 Uhr. Die Moderatorin scharwenzelte um die neue Ziehungstrommel, ein zylinderförmiger, oben abgeschrägter Sockel aus Acrylglas. Die 45 Kugeln waren neuerdings größer, anscheinend um die Spannung besser greifen zu können, wenn eine Kugel nach der anderen die Gewinnzahlen aus sechs Kombinationen aneinanderreihte.

»Ich wünsche Ihnen daheim und allen Menschen, die

Lotto gespielt haben, alles Gute«, sagte die nette Brünette. Sie breitete die Arme aus, als Einladung.

»Ich fang jetzt einmal an, die Nudeln zu machen, ja, Pepi?«

Für heute hatte er sich Spaghetti mit Rind und Sugo gewünscht. Gerda würde einen bunten Salat essen, um die Figur nicht in Unordnung zu bringen. Er stand auf und holte sich noch ein Bier aus dem Kühlschrank.

»Fünfzehn«, sagte Christina Krachberg im Fernsehen und wies auf die erste Kugel. »Die Fünfzehn«, wiederholte sie.

Josef horchte auf.

»Dreiunddreißig«, sagte die Moderatorin und hielt die Kugel wie eine Hostie in die Kamera. »Dreiunddreißig.«

»Pepi, möchtest du nicht ein Glas haben?«, fragte Gerda. »Es gehört sich nicht, das Bier aus der Flasche zu trinken. Das machen nur die Proleten.«

»Prost«, sagte er, »auf die Proleten.«

»Du bist so stur in letzter Zeit.«

»Ich bin nicht stur, ich bin authentisch.«

»Wo hast denn das Wort wieder her?«, fragte Gerda. In letzter Zeit versuchte ihr Mann, Fremdwörter in seine Aussagen einzubauen. Das musste damit zu tun haben, dass er hin und wieder in die Bücherei ging und sich einen Klassiker ausborgte. »Oberg'scheit kann ich auch sein.«

Allerdings war Josef sehr versucht, die Olignacker zu erwähnen, da kam ihm die TV-Moderatorin dazwischen.

»Drei«, sagte sie und lächelte mit Zähnen, die so weiß waren, dass sie im Kameralicht blendeten.

»Hasi, wir haben einen Dreier!«, rief er.

»Was?«, rief Gerda aus der Küche.

»Ich mein, im Lotto. Drei, fünfzehn, dreiunddreißig. Da sind die Kosten für den Tipp schon drin.«

»Ach so, ich dachte schon, du hast von der neuen Nachbarin geträumt. Hast du gesehen, was die anhat. Das war kein

Minirock, das war ein Gürtel. Hinten der Hintern unten fast frei. Ich frag mich schon, warum diese jungen Leute heute alle ausschauen wie Professionelle.«

»Die Nachbarin hat eine Freundin, glaube ich. Meinst, ist sie lesbisch?«

»Die jungen Leute heutzutage machen endlich, was sie wollen«, sagte Gerda. »Wir waren ja auch einmal jung, wenn du dich erinnern kannst.«

»Ja, ist schon ein paar Wochen her.« Er kicherte und kratzte sich an seinem Haarkranz.

»Einundzwanzig«, sagte die Moderatorin und streckte ihren Rücken durch, damit man sah, was sie hatte. »Einundzwanzig.«

Josef runzelte die Stirn. »Du, Gerda, ich glaub, wir haben einen Vierer. Was kriegt man dafür, wenn die so einen Dreifachjackpot haben? Fünfzig Euro vielleicht? Ich lad dich morgen zum Essen ein, Hasi.«

»Klingt großartig. Bitte schau nach, ob du dich eh nicht geirrt hast.«

Er kontrollierte den Schein. Ja, vier Richtige. In der Pizzeria ums Eck würden sie zwei Pizzen bestellen und zwei Gläser Wein, den guten. Vielleicht ging sich eine Nachspeise aus. Bisher hatten sie nie mehr als drei Richtige gehabt.

Die Kugeln wirbelten in dem Trichter, eine kam aus dem Kanal heraus und Christina Krachberg hielt sie in die Kamera. »Vierundvierzig«, sagte sie und strahlte wie eine ganze Flutlichtanlage. »Vierundvierzig.«

»Ich packs nicht!«, rief Josef. »Gerda, komm her, jetzt. Schau! Wir haben einen Fünfer!«

Sie kam aus der Küche gerannt, setzte sich neben ihn aufs Sofa und starrte gebannt auf die Zahlen. »Drei. Fünfzehn. Einundzwanzig. Dreiunddreißig. Vierundvierzig. Das gibts doch nicht. Fünf Richtige, wirklich. Stell dir vor, Pepi, die ziehen jetzt noch die Neun. Wir brauchen nur mehr eine Zahl. Ich glaubs nicht.«

Beide saßen wortlos vor dem Fernseher und warteten, bis die Moderatorin den Start der letzten Kugel verkündete. Ihr Paillettenkleid glitzerte im Scheinwerferlicht. Sie sah wirklich sexy aus.

Die Kugeln wirbelten wie Schwebeteilchen im Trichter.

Josef biss sich in die geballte Faust. Konnten sie nicht einmal im Leben Glück haben? Er hatte keine Ahnung von Mathematik, aber unter 45 Möglichkeiten brauchten sie nur mehr eine. Neun. Einmal hatte er gehört, dass man sich Dinge ganz bewusst vorstellen muss, damit sie wahr werden. Ein klares Bild im Kopf haben und irgendwo raufschicken ins Universum. Er glaubte nicht an diese Dinge. Doch jetzt, genau in diesem Augenblick stellte er sich eine Kugel mit einem Neuner vor, die gleich aus dem Trichter schlüpfen würde.

Er nahm Gerdas Hand und drückte sie. Fünf Richtige und nur mehr eine fehlte zum großen Glück.

Die Moderatorin beobachtete das Geschehen mit gekonnt gespielter Freude. Genau in dem Moment zerfetzte es den Trichter aus Acryl, die Kugeln und die Moderatorin gleich mit.

BUMM.

Der Lärm ließ Josef und Gerda zusammenzucken. Sie starrten auf den Bildschirm. Die brünette Moderatorin war mit dem Knall umgerissen worden. Ein Teil ihres Gesichts fehlte. Der halbe Körper war weggesprengt. Sie sah aus wie eine Schaufensterpuppe, die Kinder zu Silvester mit Böllern verunstaltet hatten. Überall Blut. Spritzer an der Wand. Schreie. War das eine Bombe?, fragte sich Josef. Ein Anschlag im Fernsehen. Schon wieder. Gerda keuchte. Wieder Schreie. Die Kugeln waren über den Boden verteilt, nur mehr ein paar, der Rest war als Partikel aus Plastik im Studio verteilt. Ein abgerissener Arm. Gerda wandte sich ab. Josef umarmte sie. Verwüstung von einer Sekunde auf die andere. Die Kamera zeigte für ein paar Sekunden ein statisches

Bild. Dann wurde der Bildschirm schwarz und sie saßen da, wortlos, schwer atmend, als wären sie weit gelaufen.

Sie sahen einander an, und keiner von beiden wollte fragen, was da los war, und ob die sechste Lottokugel jemals wieder auftauchen würde. Der Neuner war mit Christina Krachberg explodiert.

Und mit ihr der Traum vom schnellen Reichtum. Einfach zerplatzt. Josef traute es sich nicht laut zu sagen und schämte sich auch für den Gedanken. Aber stand ihnen jetzt wenigstens der Fünfergewinn im Lotto zu? Ein paar Tausender für Lignano?

Lara duckte sich im Regen, als würden sie in der Haltung die Tropfen nicht treffen. Es war kein Schütter, mehr so ein freundlicher Mairegen, den die Natur bitter nötig hatte. Seit nur noch anfallsartig Wasser vom Himmel herunterschwappte, mussten die Pflanzen lange mit nichts auskommen, um dann fast ertränkt zu werden. Der Klimawandel machte ihnen das Dasein nicht einfach.

Apropos Klimawandel, dachte sie, als sie bei ihrem Auto ankam. Sie hatte den Kopf noch mehr eingezogen und deshalb den Blick am Boden, sonst hätte sie den grünen Verschluss einer Flasche, die unter ihrem Wagen herausschaute, gar nicht gesehen. Wer warf denn immer noch Plastikflaschen auf der Straße weg? Sie bückte sich danach. Volvic stand auf dem Etikett.

Sie schmiss die leere Flasche auf den Beifahrersitz, sprang ins Auto und schüttelte sich die Tropfen aus den Haaren. Sie schaltete Zündung und Scheibenwischer ein. Erst als sich die Wischerblätter bewegten, sah sie den Zettel, der darunter geklemmt war. Das Blatt fuhr auf der nassen Windschutzscheibe hin und her, gerade noch konnte sie die alte Schreibmaschinenschrift lesen.

Hat das Licht ins Dunkel gebracht?

Lara starrte die Nachricht an, bis sich das Papier im Regen fast aufgelöst hatte. Sie ließ das Fenster herunter und schnappte es sich bei der nächsten Wischerbewegung nach links. Ihr Blick glitt auf den Nebensitz und die Mineralwasserflasche. Die trank nur Paulus Grün. Ihr Körper straffte sich. Das konnte doch kein Zufall sein, die Flasche unter dem Auto, der Zettel auf dem Auto. Andererseits, so blöd war der Grün nicht. Er würde nie einen so deutlichen Hinweis auf sich übersehen. War ihm die Flasche unbemerkt hinuntergefallen? Sie hatte schon oft beobachtet, wie er sie in der Sakkotasche bei sich trug, dort konnte sie schon einmal rausrutschen. Aber dann hätte er das Geräusch hören müssen, Plastikflaschen fielen nicht lautlos. Nein, es hatte kein Licht ins Dunkel gebracht. Sie musste das mit Alex besprechen.

Lara nahm die Flasche und den Zettel und stieg wieder aus. Sie hatte eigentlich laufen gehen wollen, bei dem Wetter wäre im Lainzer Tiergarten selbst jetzt am späten Nachmittag niemand unterwegs gewesen außer den Wildschweinen und die waren Läufer gewöhnt. Sie liebte die Strecke in diesem Naturschutzpark und heute hätte sie Auslauf unbedingt gebraucht. Das ausgiebige Training, das während *DancingVIPs* ihre Tage bestimmt hatte, fehlte ihr. Sie musste sich irgendwie bewegen, selbst wenn es regnete, aber das hier war wichtiger.

Sie rannte den kurzen Weg nach Hause, rieb sich mit dem Handtuch die Haare trocken, stellte die Volvicflasche auf den Tisch und legte den Zettel daneben. Ein unangenehmes Gefühl beschlich sie, das sie so noch nicht kannte. Sie blieb ruhig sitzen, um es auszuloten. Sie kannte sich selbst ganz gut und konnte einschätzen, wann sie sich künstlich aufregte und wann ihr Buchgefühl Achtung signalisierte. Jetzt signalisierte es ACHTUNG.

Eine Zeitlang blieb sie still am Tisch sitzen, dann hielt sie es nicht mehr aus.

Alex war in der Redaktionskonferenz, den konnte sie derzeit nicht erreichen. Sie schrieb ihm bloß eine Nachricht, dass er sich danach bitte bei ihr melden sollte. Hätte er ohnehin getan, aber irgendwie war ihr doch leichter.

Um sich abzulenken, begann sie wieder einmal, die Wohnung aufzuräumen, aber seit gestern hatte sich nicht viel angesammelt. Sie musste sogar das Geschirr händisch abwaschen, um sich zu beschäftigen. Nach einer halben Stunde sah der große Raum aus wie aus dem *Schöner Wohnen*-Magazin. Recht viel ruhiger als vorher war sie aber nicht. Die Blumen, dachte sie, ich könnte die Yuccapalme umsetzen, die hat schon lange keinen Platz mehr in ihrem Topf.

Der Plan war nicht neu, die Utensilien hatte sie längst besorgt. Sie hatte den neuen Tontopf und die Erde im Keller verstaut. Ganz wohl war ihr nicht, da allein hinunterzugehen, aber vielleicht war ja das jetzt genau das Richtige. Reiß dich zusammen, du Feigling, dachte sie und nahm ihre Schlüssel vom Haken. Kein Mensch im Stiegenhaus. Topf und Erde standen gleich ganz vorn an der Tür. Der Keller war ziemlich vollgeräumt, woanders hätten sie gar keinen Platz gehabt. Sie klemmte sich den Topf unter den Arm und zog den Sack mit der Erde an einem Zipfel hinter sich her. Na also, dachte sie, als sie wieder oben war, geht doch.

Sie würde mit der Erde eine kleine Sauerei in dem aufgeräumten Wohnzimmer veranstalten, aber das war ihr egal. Sie schob den Topf etwas von der Wand weg. Die Pflanze reichte bis an die Decke und hatte sich schon einige Male um die Vorhangstange gewunden. Sehr gut, dachte Lara, du hältst dich brav dort oben an und ich stecke deine Füße in den frischen Boden. Sie hob die Palme samt Erde und Wurzeln hoch und ließ sie langsam in den neuen Topf sinken. Den Freiraum füllte sie mit Erde, die sie mit den flachen Händen festdrückte.

»Aua«, sagte sie und zog die Hand zurück. Seit wann hatte eine Yucca Stacheln?

Das Ding, das sie aus der alten Erde zog, war winzig, schwarz, rechteckig und hatte oben etwas, das aussah wie ein Fühler. Lara sah es sich von allen Seiten an. »Das darf doch nicht wahr sein!«

»Doch«, flüsterte eine Stimme ihr von hinten ins Ohr.

Sie fuhr zusammen, als sie auch noch Hände auf ihrer Schulter spürte. »Alex«, hauchte sie erleichtert, als er an ihrem Ohrläppchen knabberte.

»Hast du wen anderen erwartet?«, fragte er.

Sie legte den Zeigefinger an den Mund. Wortlos zeigte sie ihm das Gerät, welches sie gerade im Yuccatopf gefunden hatte. Alex nahm es ihr ab und formte ein Wort mit den Lippen. Wanze. Sie nickte.

Er nahm ihr das Gerät ab, stand auf und ging zum Tisch, wo der feuchte Zettel mit der Botschaft vom Auto zum Trocknen lag. Alex sah mit aufgerissenen Augen zu ihr hinüber. Er schnallte seinen Rucksack ab, stellte ihn auf den Tisch und kramte ein Blatt Papier und einen Stift heraus. Sie kam zu ihm.

Ereignisreicher Tag, schrieb er.

Fad ist es nicht, schrieb sie zurück.

Eine Idee, wers war?, fragte er.

Sie deutete auf die Volvicflasche auf dem Tisch, die er bis jetzt noch nicht gesehen hatte.

Der Grün.

Er sah sie entsetzt an. *Wenn das der G war, dann …*

Lara nickte und nahm den Stift. *Kannst dir vorstellen, was der jetzt schon alles weiß.*

REGIE

Bombig, die Alte. Krachberg. Der Treppenwitz des Jahrzehnts.
Was für ein Krach. Jetzt kann man hören, wie alle in die Gänge
kommen, drüben im Studio.

C4 wird eigentlich vom Militär verwendet. Man bekommt
es nicht leicht, nur im Darknet. C4 ist knetbar wie Plastilin.
Der Umgang mit Plastiksprengstoff ist rein von der Handha-
bung her sehr sicher. Feuer, Strom oder Schläge mit einem
Hammer lösen keine Explosion aus. Dafür braucht man einen
speziellen Zünder.

Das C vor der 4 steht übrigens für Composition, und ja,
meine Komposition könnte man als gelungen bezeichnen.
Hat es doch glatt die Lottofee zerrissen.

O-oh, würden die Teletubbies jetzt sagen. Das nächste
Highlight im Live-TV. Damit haben sie nicht gerechnet, die
tollen Macher. Mit so einem Kracher. Mit freundlichen Grü-
ßen aus der Regie. Am besten hat mir das Ohr gefallen. Habt
ihr es gesehen? Ein einsames Ohr am Bildschirmrand. Perfekt wie aus der Requisite. Wir können uns das später noch
einmal genau in der Wiederholung anschauen. Ja, alles ist
möglich. Dank mir wird die Show zum Superknaller. Ich weiß,
dass ihr mich liebt für meinen Aktionismus. Ich bin TV-Akti-
vist. Ich klebe andere an den Tod.

Ich schätze, jetzt werden sie das ganze Haus abriegeln,
das ist ganz normal. Den Komplex zur Sperrzone zu erklären.
Wie schade. Für mich heißt das Abschied nehmen und das
letzte Kapitel vorbereiten. Das Geständnis.

Die Welt soll erfahren, wer hinter alldem steckt. Jede gute
Geschichte braucht ein Happyend. In dem Fall weiß ich nicht,
wer happy sein wird außer mir. Aber darauf steuert letztlich

alles hin. Auf das Unausweichliche. Auf das Ende. Wie heißt es so schön? Besser ein Ende mit Schrecken als ein Schrecken ohne Ende. Okay, darüber mag sich streiten lassen. Mein Ende ist längst im Drehbuch verankert.

Rauslaufen mit den anderen. Raus aus dem Sender. Mitschwimmen in der Menschenwelle der Panik. Bombe!, schreit jemand. Raus! Weg da! Die Explosion hat die lahmen Affen ordentlich aufgeweckt. Jetzt rennen sie durch die Gänge Richtung Ausgang. Hilfe! Hilfe! Ein Flötenspiel des Irrsinns. Ich sehe ihre Fratzen. Ihre schnellen, zappelnden Beine. Wie beim olympischen Hundert-Meter-Lauf. Traumhaft. So nah. Ihr Entsetzen. Das Gedränge. Die Ellbogen.

In solchen Situationen gibt es keine Gentlemen, die den Damen den Vortritt lassen oder in den Mantel helfen. Kein gutes Benehmen aus der Tanzschule Elmayer, wo die jungen Männer weiße Handschuhe tragen, damit man ihre schweißigen Hände nicht berührt. Hier regiert das Gesetz des Stärkeren. Flucht! Da ist sich jeder selbst der nächste. Viele Gesichter kenne ich. Die meisten. In meiner Position ist man offen gegenüber allen. Wir sind doch eine große Familie, nicht? Dass ich nicht lache. Dieses verlogene Pack.

Ihr feinen Herren vom Sender, jetzt bekommt ihr die Rechnung serviert. Ersticken sollt ihr an eurer Gier. Ihr Vatermörder! Ihr Projektdiebe! Ihr Oscarkiller! Warum habt ihr das getan? Könnt ihr mir das verraten? Warum stiehlt man eine Idee?

Es war mein Inspektor, mein Ermittler! Bekarek hat er geheißen. Und was habt ihr draus gemacht? Pokorny! Das ist, als hätte der Columbo Smith geheißen. Ich habe ihn geboren, geformt, sein Wesen erfunden, seinen Geist. Nikolaus Bekarek. Ihr habt ihn gestohlen, verhunzt, zunichtegemacht. Und trotzdem ist es so ein Erfolg geworden. Ihr Schweine. Ihr miesen Dreckssäcke. Ihr gottverdammten Diebe. Ihr Falotten unter dem Herrn.

Raus auf die Straße, über den Gehsteig, schön brav bei Grün gehen. Es ist nicht weit zum Ziel. Ich bin gleich da. Stehe vor dem Haus. Soll ich raufgehen und klingeln oder klopfen? Ich entscheide mich für die Faust. Die Faust Gottes. Oder nein, ich werde noch ein bisschen warten. Hier im Stiegenhaus ist es so schön kühl.

Warten, den Moment hinauszögern. Ich denke, das ist besser so. Ich warte. Ich bleibe in Zeitlupe bei mir. Eingefroren wie ein Standbild. Ich atme langsam ein und aus. Meditiere. Und hier sagen wir nicht mehr Cut. Hier gleiten wir über in das Präsens meines Seins. Ich habe alles in der Hand. Ich weiß genau, was nun passiert. Ich bin das Alpha und das Omega. Ich bin der Puppenspieler, der diese Plastikfrauen nie leiden konnte, aber das wusstet ihr ja von Anfang an. Puppen mochte ich nie ...

Jetzt hole ich sie mir.

Kuckuck! Hörst du mich? Komm zu mir.

Komm in meine Hände.

VI

Donnerstag

»Mein Name ist Lara Klein und ich gestehe drei Morde. Ich habe das Kleid bei Evelyn von Hirth präpariert und den Brandanschlag durchgeführt, ich habe Arnold Schafberg Gift verabreicht, ich habe die Bombe bei der Lottoziehung gelegt und Marion Krachberg getötet. Es war mir ein Bedürfnis, diese Taten zu begehen, um darauf hinzuweisen, wie mörderisch Fernsehen sein kann. Jetzt bin ich bereit, dafür geradezustehen.«

Der junge Mann in den fleckigen Jeans zieht die Augenbrauen zusammen. Er stößt seinen Freund mit dem Ellbogen in die Rippen und lässt die Story auf Instagram noch einmal ablaufen.

»Die kenn ich«, sagt er, »das ist die Verrückte, die mir heute Vormittag ihren Müll über die Hose gekippt hat.«

Der andere wirft einen gelangweilten Blick auf das Display. »Die kennt jeder. Die war Tänzerin in dieser Show mit dem brennenden Model. Und jetzt ist sie eine Mörderin.«

Lara kann nicht klar denken.

Wo sind die letzten paar Stunden?

Sie hört sich noch mit Alex reden. »Ich gehe nur schnell den Mist raustragen.«

»Soll ich das nicht machen?«, fragt Alex.

Lara weiß nicht, ob sie ihm geantwortet hat. Sie weiß nur noch, dass sie gestolpert ist und ihr der Müllsack aus der Hand flog, alles über einen jungen Typen, der ihr zufällig entgegenkam. Es sind Küchenabfälle, Mayonnaise, Ketchup. Das war am Vormittag, wie lange ist das her? Ich habe mich nicht einmal entschuldigt, denkt sie. Dann fällt ihr ein, warum.

Sie spürt wieder die Nadel in ihrem Hals, schnell, unerwartet, nur ein kleines Piksen. Sie fährt sich mit der Hand an den Hals, wirbelt herum.

»Hallo Lara«, sagt jemand. »Schön, dich zu sehen.«

»Was machst *du* denn hier?«, fragt sie. »Was war das jetzt?«

»Ich bin gekommen, um die Geschichte ihrem Ende zuzuführen.« Er lächelt.

»Ich fühle mich auf einmal ... so komisch«, sagt Lara.
Das Bild vor ihrem Gesicht zerfließt in Zeitlupe. Sie kommt
sich vor wie in einem Traum. Und dann diese plötzliche
Müdigkeit. Die Beine so weich. Alles ist so schwer auf einmal.
»Hast du ...« Sie will etwas sagen, aber die Worte sind wie
gummiert. Sie nuschelt.

Die Person nickt. »Alles wird gut, du wirst sehen. Wehr
dich nicht dagegen. Es ist sinnlos.«

Lara hat keine Ahnung, wovon der Mann spricht.

»Komm in meine Hände.«

Ihre Augenlider senken sich auf Halbmast. Die Knie knicken ein. Sie fällt, sackt zu Boden. Die Morgensonne dimmt
sich. Alles ist dunkler, das Bewusstsein leert sich. Schwärze
umarmt sie. Lara gleitet aus der Zeit.

Der Mann sieht sich um, niemand da. Er hebt sie auf und
trägt sie zum Van. Er öffnet die hintere Tür des weißen Lieferwagens und legt die regungslose Frau hinein. Kurz streichelt er über ihre glänzenden schwarzen Haare, wie ein
Liebender. Er schließt die Tür, geht links vor und nimmt
Platz am Fahrersitz. Zeit heimzukommen und die Sache zu
Ende zu bringen.

Er legt den ersten Gang ein, rollt los und lächelt wie jemand, der alles im Griff hat. Das Lenkrad, das Leben, den
Kosmos.

Bald ist alles so, wie es gehört.

Richtig knallig.

Wie im Film, wenn der Held zum Showdown kommt.
High Noon. Nahaufnahme. Augen wie Messer.

Er stellt sich vor, dass weiße Tauben vor der Motorhaube
auffliegen. Der Regisseur John Woo hat auf die Art gern
seine letzten fünfzehn Filmminuten eingeläutet. Mit wei
ßen Tauben, die flattern. Boten eines falschen Friedens.

Lara versucht die Augen zu öffnen, blinzelt. Sie sieht Schlieren und ihr Kopf hämmert wie verrückt. Nicht einmal mit ihrem schlimmsten Kater hat sie dieses Wummern hinter der Stirn gespürt. Winzige Spitzhacken gegen die innere Schädelwand. Als sie den Blick scharf stellt, erkennt sie einen dunklen Raum. Sie merkt, dass sie an einen Sessel gefesselt ist. Die Hände mit Klebeband auf die Lehnen gebunden, die Füße mit einem Palstek an die Stuhlbeine gezurrt. Sie merkt, dass sie ein rotes Kleid trägt. Ihr Paillettenkleid aus dem Finale von *DancingVIPs*. Darüber eine seltsame ärmellose Jacke. Ihr rechter Daumen ist mit grauem Gaffaband an einen Knopf geklebt. Warum? Sie will schreien, aber im Mund steckt ein Knebel.

Alle Versuche, die Hände zu lockern, bringen nichts. Das Seil um die Knöchel bewegt sich keinen Millimeter. In Laras Brust flammt die Angst zur Panik auf. Der ganze Oberkörper zittert wie unter Stromstößen. Wieso ist sie hier gefangen? Irgendwo zwischen der Nadel im Hals und jetzt ist ihr der Film gerissen.

Durch die Nase atmen, sagt sie sich, ruhig bleiben, Sauerstoff, ich brauche Sauerstoff. Sie hat nicht die geringste Ahnung, was sie hier tut. Hat es etwas mit den Morden zu tun? Bin ich die Nächste?

Im Hintergrund tickt eine Wanduhr wie ein teuflisches Metronom. Tick. Tack. Tick. Tack.

Lara zählt die Sekunden. Sechzig ergeben eine Minute, nach zwanzig Minuten lässt sie das Zählen wieder sein. Das Ticken kommt ihr vor wie ein Countdown zum Sterben. Wie viel Zeit bleibt mir noch?

Es ist stickig in diesem Raum. Muffig. Ein Keller. Ein Psychoverlies, dem sie nicht entrinnen kann. Endet so die Reise? Hier, jetzt?

Sie hört Schritte. Ein Schlüssel wird im Schloss gedreht, das Quietschen einer Tür. Jemand kommt eine Treppe herunter, langsam. Licht geht an.

»Meine Liebe«, sein Blick spricht Hohn, »ich nehme dir jetzt das hier ab«, sagt Lukas Wagner und deutet auf den Knebel. »Wenn du schreist, schneide ich dir die Lippen ab und die Zunge raus.« In seiner Hand blitzt die Klinge eines Jagdmessers mit Zacken an einer Seite auf. »Verstanden?«

Sie nickt hektisch.

»Gut.« Er nimmt den Lappen aus ihrem Mund, sie keucht. »Besser so?«

Lara versucht, ihre Gedanken zu ordnen; es geht nicht. Sie will sich eine Strategie zurechtlegen, das geht noch weniger. Sie schluckt. »Lukas, wir kennen uns. Was willst du? Warum bin ich hier?«

»Ja, Lara, natürlich kennen wir uns. Aus der Kantine und von den Caterings. Lukas, dein Essensbringer. Ich war dein Versorger. Ist doch schön, nicht, wenn sich zwei so gute Bekannte einfach austauschen.«

»Sag mir, was das soll.«

»Wir bereiten jetzt gemeinsam die Sendung vor.«

»Wovon sprichst du, zum Teufel?«

Er dreht sie mitsamt dem Sessel um. Lara sieht eine Art Studio. Eine Kamera, Licht, ein weißer Hintergrund, alles vorbereitet. »Die Geschichte heißt *Das Geständnis*. Es geht um dich. Du bist die Hauptrolle im letzten Kapitel. Macht dich das stolz?«

Lara dämmert es. Sie begreift den Plan. Sie soll für die Morde herhalten.

»Du willst mich zum Sündenbock machen.«

Jetzt versteht sie.

»Du hasts erfasst, cleveres Mädchen. Du hast mir schon von Anfang an gefallen. Und warst so passend für die Rolle, die ich dir zugedacht habe.«

Lukas Wagners hübsches Gerald-Butler-Aussehen passt nicht zu dem, was sich hier abspielt.

»Und wenn ich nein sage?«

»Dann wird die Sprengstoffweste, die du anhast, die Show

abkürzen. BUMM und aus die Maus. Weißt du, was ein Toter-Mann-Knopf ist?«

Lara runzelt die Stirn. Ihre Unterlippe zittert unkontrolliert.

»Das kennt man von Attentätern. Wenn sie getötet werden und im Fallen den Daumen vom Knopf nehmen, geht die Bombe hoch. Praktisch, nicht? Wer sich das einfallen hat lassen, ts-ts-ts.« Er wirkt belustigt. »In Wahrheit simpel und doch so effektiv.«

Lara versteht jetzt, warum ihr Daumen an den Mechanismus geklebt ist.

»Ich kann den Zünder auch aus der Ferne betätigen. Schau, mit diesem kleinen Gerät. Es hat geholfen, die Lottofee in die Ewigkeit zu schicken. Die Bauanleitung für so was findest du im Internet. Geht ganz leicht, wenn man sich ein bisschen mit Elektronik beschäftigt. Es gibt hier auch einen Timer. Siehst du?«

Er zeigt ihr das Gerät und deutet auf das Innere der Weste mit Drähten und einer kleinen Digitalanzeige.

»Stellen wir das zur Sicherheit ein, hm? Sechzig Minuten? Das wäre eine gute Zeit als Countdown. Die heilige Stunde. Wenn du brav mitmachst, können wir darüber reden, die Uhr länger zu stellen. Oder abzuschalten. Ich darf dich nur warnen. Die Jacke bleibt an. Wenn du versuchst sie abzunehmen ...« Er macht eine ausladende Geste. »... dann können sie dich mit einem Schaber von der Wand kratzen. Hast du schon einmal gesehen, wie Hirnmasse ausschaut? Ganz grau. Wie alter Kaviar.«

Lara wirft einen schnellen Blick auf die Digitalanzeige, die auf Höhe ihres Herzens angebracht ist. Der Timer läuft rückwärts.

59:23.

59:22.

Laras Gedanken rasen. Sie muss Zeit gewinnen, irgendwie. »Lukas, ich mach alles, was du sagst. Aber willst du mir nicht verraten, warum du das getan hast? Diese außergewöhnlichen Morde im Fernsehen. Wer lässt sich so etwas einfallen? Du hast das inszeniert, richtig?« Sie merkt, dass ihr Interesse an seinem Werk gut ankommt. Sie muss ihm weiter gut zureden.

»Allerdings. Aus gutem Grund. Ich kann dir sagen, wieso die Show so grandios über die Bühne gegangen ist.«

Lukas nimmt sich einen Sessel und setzt sich vor Lara, wie ein Onkel, der einem Kind etwas erklärt.

»Pass auf. Die Vergangenheit erzählt die besten Storys. Mein Vater hieß Alfred Wagner. Er hatte eine Produktionsfirma. Die Rosafilm. Rosa, der Name meiner Mutter. Mein Vater hat mir alles beigebracht, was man wissen muss. Er war ein Meister. Ein Genie. Und Künstler obendrein. Er hatte Ideen, die keiner vor ihm hatte. Und er schuf ganz besondere Blickwinkel. Brennweiten, Tiefenschärfe. Seine Bilder hatten eine magische Anziehungskraft. Die Rosafilm war immens erfolgreich. Kein Wunder, mein Vater hat gerackert wie ein Wilder, von früh bis spät. Trotzdem ist es ihm gelungen, Zeit für die Familie zu haben. Er war immer da für mich. Mein Papa, ein Held, mein Superman. Wir haben hier in Purkersdorf gelebt, in diesem Haus.«

Er macht eine kreisende Bewegung.

»An den Wochenenden haben wir immer Abenteuerausflüge gemacht. Wir sind in den Wald gegangen und haben Geister gejagt. Wir waren wandern in den Bergen, Elektroboot fahren am Neusiedlersee, wir haben die Vögel beobachtet, die mit den gelben Bäuchen, kennst du sicher. Mein Vater hat gesagt: Die Natur schenkt dir die Inspiration. Mit der frischen Luft kannst du Ideen einatmen. Die Kreativität liegt im Sauerstoff. In winzigen Partikeln, die sich im Kopf zu Bildern zusammenklumpen. Das hat er gesagt. Ich habe ihn bewundert, diesen großen Mann. Sein Leitspruch: Den Erfolg musst du pflücken wie einen Apfel.«

Lukas Wagners Augen werden wässrig.

»Der *Inspektor Pokorny* stammt in Wahrheit von ihm.«

»Du meinst die Kultserie?« Lara versucht, freundlich zu sein, Verständnis zu zeigen.

Reden verschafft Zeit. Jede Sekunde mehr ist ein Gewinn.

»Genau, die Kultserie. Sie läuft mittlerweile in siebzehn Ländern auf der ganzen Welt. Sogar in China. Obwohl die den Namen Pokorny gar nicht aussprechen können. Pokolny!« Er lacht auf wie ein Schüler über einen zotigen Witz.

»Ich wusste nicht, dass das die Idee von deinem Vater war«, sagt Lara. »Wieso hat das niemand in den Medien geschrieben?«

»Seis drum. Die Schweine haben seine Idee gestohlen. Die sogenannte Entwicklungsabteilung von *AustriaOne*. Mein Vater war der Urheber. Sonst niemand. Der Geist im Hintergrund. Inspektor Bekarek hätte der Held heißen sollen und die haben nur den Namen und ein paar Kleinigkeiten geändert. Pokorny und sein Hund, der Dackel mit nur einem Auge. Mister Bond.«

Er schüttelt den Kopf.

»Mein Vater hat sein ganzes Geld in die Produktion gesteckt und dann haben sie ihn über den Tisch gezogen. Er konnte Verträge nie so gut lesen, hat immer vertraut auf das Gute im Menschen. Na schau, was passiert.«

»Was ist passiert, Lukas?« Lara bemüht sich um eine ruhige Stimme. Sie bewegt die Hände auf den Lehnen, keine Chance.

»Ich habe ihn gefunden. Er hat sich oben am Dachboden aufgehängt, hier in diesem wunderschönen Haus. Die Augen waren offen. Glasig. Das Genick gebrochen. Kein schöner Anblick, kann ich dir sagen. Die Firma bankrott. Und mein Vater hing als stummer Zeuge an einem Seil. Hast du schon einmal einen Galgen gesehen? Wahrscheinlich nicht. Meine Mutter hat das nicht verkraftet. Sie hat aufgehört zu reden, saß nur mehr da und starrte gegen die Wand. Ein Jahr später starb sie an Krebs, wie die Ärzte gemeint haben.

Ich aber stelle eine andere Diagnose. Sie starb an Kummer. Wenn eine Seele nicht mehr will, schaltet sich der Körper in Zeitlupe ab. Meine Mutter Rosa ging ein wie die Rosafilm. Menschen und Filme sind sich sehr ähnlich, weißt du. Vieles wird von außen inszeniert, aber erst durch das Innen bekommt alles Farbe. Technicolor mit Dolby Surround. In 3D auf der großen Leinwand.«

»Das tut mir furchtbar leid«, sagt Lara. »Schrecklich.« Sie muss Verständnis heucheln, Zeit gewinnen.

53:01.

»Zehn Jahre lang habe ich das alles geplant. Jedes klitzekleine Detail. Der Ablauf war perfekt. Und dann die große Show. Jawohl! Das Model im Feuer. Eine Flammenpuppe, husch! Der Moderator, an seiner Gier erstickt. Die Fuguleber, ja ja. Gut, die Sache mit dem Erschlagen von oben bei deinem *Dinner & Dance* hat nicht ganz so funktioniert, aber mein Gott, diese Virologin soll noch ein paar Tage leben; es ging um den Crash, die Aufregung, die Blicke. Bestens geklappt hat dann die Explosion bei der lockerfröhlichen Lottoziehung. Die Szenen sind um die Welt gegangen. Danke, liebes Internet, danke, Instagram, danke, TikTok, danke, Youtube. Alle haben mein Meisterwerk gesehen. Rache kann so guttun, sag ich dir. Ein altes klingonisches Sprichwort, das auch Quentin Tarantino in *Kill Bill* zitiert hat, besagt: Rache ist am besten, wenn sie kalt serviert wird. Ich bin da nicht ganz dieser Meinung. Rache schmeckt am besten, wenn sie ganz heiß ist, wie eine französische Zwiebelsuppe.«

In seinem Blick liegt eine Verträumtheit; der Mann ist durch und durch wahnsinnig, denkt Lara.

»Jetzt lass uns das letzte Kapitel angehen. Du wirst den Leuten da draußen sagen, dass es deine Idee war. Dass du bereit bist, Verantwortung zu übernehmen. Auf das kommt es doch letztlich an im Leben. Für die Taten geradezustehen, auch wenn man sie vielleicht nicht alle begangen hat. Leben ist Großaufnahme. Manches braucht acht Millimeter, wie früher, aber besondere Szenen sind in HD natürlich schärfer. Sie gewinnen an Dichte. Wie gepresster Kohlenstoff.«

Er redet wirres Zeug, denkt Lara. Sie zwingt sich zu nicken und schief zu lächeln. »Gut, Lukas. Ich mache es. Genau so, wie du sagst.«

»Hier ist alles vorbereitet für die Übertragung, wie du siehst. Sogar mit Teleprompter wie bei den Profis. Ich habe an die Technik gedacht.«

Er kratzt sich hinter dem Ohr.

»Ich möchte, dass du den Text mit voller Überzeugung bringst. Das muss echt rüberkommen, von Herzen. Glaubwürdig und schön. Sonst jag ich dich gleich hier in die Luft.«

Er deutet auf die Digitalanzeige, die rückwärts zählt.

49.24.

Er löst das Seil von ihren Füßen, schneidet das Klebeband von den Handgelenken und prüft, ob Lara hübsch aussieht. Er richtet ihr die Haare und hält ihr einen Spiegel hin. Sie sieht, dass sie geschminkt ist. Lukas muss ihr das Makeup angelegt haben, als sie ohnmächtig war.

»Perfekt.« Er nickt zufrieden, bedient den Laptop und geht zur Kamera. »Alles bereit? Gut. Die Show kann losgehen.«

Er zählt mit den Fingern.

»Drei, zwei, eins, und ... Action!«

Sie liest ihr Geständnis vom Teleprompter ab, gibt sich Mühe.

»Mein Name ist Lara Klein und ich gestehe drei Morde. Ich habe das Kleid bei Evelyn von Hirth präpariert und den Brandanschlag durchgeführt, ich habe Arnold Schafberg Gift verabreicht, ich habe die Bombe bei der Lottoziehung gelegt und Marion Krachberg getötet. Es war mir ein Bedürfnis, diese Taten zu begehen, um darauf hinzuweisen, wie mörderisch Fernsehen sein kann. Jetzt bin ich bereit, dafür geradezustehen.«

Sie kann nicht klar denken.

Sie schluckt, blinzelt, wartet.

Lukas kontrolliert, ob die Live-Übertragung online gesendet wird, ja, alles läuft nach Plan. Die Zugriffe steigen beim Zusehen in Tausenderschritten. »Ich bin die, die ihr sucht.« Lara erzählt von ihren Beweggründen, sagt, dass sie genug hat von all dem Bühnenrummel und dem Getanze. Diese falsche Welt sei nicht ihre. Alles nur Chimäre. Glitzer in einer kalten Zeit. Lukas hat den Text vorgegeben. Er verwendete seltsame Worte wie Klabautermann und fantasierte von einem goldenen Gürtel. Lara spricht den Text mechanisch, als würde er nicht aus ihrem Mund kommen.

Zwischendurch muss sie sich räuspern. Ihre Augen wirken gehetzt und gerötet, der Blick huscht jetzt hin und her. »Heute, hier und jetzt ist es an der Zeit, euch allen die Wahrheit vorzuführen.«

Lara merkt, dass Lukas zu dem Fernzünder schielt. Sie blickt in Richtung Timer.

43.05.

Vor siebzehn Minuten hat er die Bombe aktiviert. Wahrscheinlich will er sie doch vor laufender Kamera zünden, am Ende der Live-Übertragung, auf Social Media für alle zu sehen. Aber Lukas ist noch zu nahe. Die Explosion würde ihn mitreißen. Lara weiß, dass ihr nur mehr ein paar Sekunden bleiben, um zu handeln. Die Sprengstoffjacke und der Zündmechanismus hindern ihre Bewegungsfreiheit. Sie überlegt, redet weiter über Inszenierungen und Ermittlungen, dass ihr die Polizei nichts anhaben konnte, bis jetzt, sie lächelt. Hält inne. Jetzt. Du hast nur eine Chance.

Jetzt.

Jetzt!

Als sie aufspringt, reißt Lukas die Augen auf. Er hat nicht mit so einer Blitzreaktion gerechnet.

Lara rennt vor zu ihm und stößt dabei den Laptop mitsamt dem Stativ, auf dem die Filmkamera montiert ist, um.

Die Übertragung stoppt, die Verbindung zum Internet reißt ab.

»Du gottverdammte ...«

Lara dreht sich flink zur Seite und hechtet gegen Lukas. Beide fallen zu Boden. Lara kann nur die linke Hand bewegen, die rechte ist an den Schaltmechanismus gebunden, den er Toter-Mann-Knopf genannt hat. Sie rappelt sich auf und sieht das Jagdmesser, mit dem er ihre Fesseln abgeschnitten hat, auf einem kleinen Tisch liegen. Sie stampft hin, aber Lukas erwischt sie am Knöchel, packt den Fuß mit eiserner Umklammerung und bringt sie wieder zu Fall. Ihr Kopf knallt auf den Boden. Kurz scheint sie, das Bewusstsein zu verlieren. Alles dreht sich. Lara keucht. Schreit.

Lukas tritt ihr mit aller Kraft gegen ihre linke Hand, irgendetwas knackt und ein höllischer Schmerz durchzuckt ihr Gelenk.

»Ich bring dich um, ich krieg dich, pass auf!«

Mit drei Schritten ist er weiter und krallt sich das Messer.

»Gut, dann so. Ich schneid dich auf wie ein Stück Fleisch.«

Er stößt das Jagdmesser in Richtung ihres Gesichts, sie duckt sich und die Klinge zischt knapp an ihrem Ohr vorbei.

Laras schnelle Reaktion verdankt sie der Körperbeherrschung vom Tanzen. Jeder Muskel ist zum Zerreißen angespannt. Lukas steht breitbeinig da, holt aus zu einem Stich, er will ihr das Messer in den Bauch rammen, aber Lara ist schneller und krümmt sich, taumelt rückwärts. Sie muss gegen diesen Wahnsinnigen irgendwie kämpfen. Ohne Waffe unmöglich, denkt sie. Sie braucht etwas, mit dem sie sich zur Wehr setzen kann. Oder fliehen? Keine Zeit wegzurennen. Keine Möglichkeit, er versperrt ihr den Weg zur Treppe.

Auf einmal geschieht alles automatisch. Laras Körper reagiert von selbst. Sie hebt das rechte Bein, winkelt es an und drückt das Knie durch, in genau derselben Pose wie beim Tanzfinale. Sie streckt es in Richtung Lukas' Oberkörper, während er geduckt näherkommt, und tritt mit dem Stöckel weiter nach oben. Sie trifft ihn ins linke Auge und zieht das Bein wieder zurück. Er jault auf wie ein Hund. Hält sich das Gesicht. Blut quillt zwischen seinen Fingern hindurch, er nimmt die Hand kurz weg, sein Augapfel hängt an einem Nervenstrang aus der Höhle.

»AAAAH!«

Er wankt, macht mit der einen Hand Wischbewegungen durch die Luft, mit der anderen hält er sich das ausgestochene Auge zu. Lara wirbelt herum, rennt zur Treppe. Hinauf. Die Tür ist offen.

Er hat nicht damit gerechnet, dass sie flieht. Sie reißt die Holztür auf. Ein langgezogener Gang. Links, rechts, in welche Richtung? Fieberhaft sucht Lara den Ausgang.

»Hilfe!«

Sie ringt nach Luft. Raus, irgendwie raus. Sie kommt durch eine alte Küche, dunkles Holz.

»Hilfe!«

Weiter. Sie trippelt an einer Kommode vorbei. Wo ist der Ausgang? Sie hört, dass Lukas von unten die Treppe herauftrottet. Sie durchquert ein Wohnzimmer, kommt zu einem Vorraum und sieht die Eingangstür. Die letzte Barriere nach draußen. Sie drückt die Schnalle nach unten, verschlossen. Wo ist der Schlüssel? Kann sie ein Fenster einschlagen? Sie entscheidet sich doch für die Tür. Ein paar Schlüssel hängen seitlich an der Wand. Sie greift nach einem Bund, zittert, probiert einen Schlüssel, er passt nicht. Der nächste auch nicht. Sie hört Lukas schreien, wüste Beschimpfungen. Näherkommen. Noch ein Schlüssel, wieder nichts. Der vierte lässt sich ins Schloss schieben und drehen. Die Haustür geht auf. Draußen die Abendsonne. Lara blinzelt. Rennt los. Mit der Sprengstoffjacke kann sie nicht schnell laufen. Sie muss sie irgendwie loswerden. Aber der Zündmechanismus. Der Verrückte hat gesagt, wenn sie versucht, sie abzunehmen, geht die Bombe los. Lara weiß nicht, ob Lukas den Fernzünder hat. Das Gerät liegt wahrscheinlich noch im Keller.

Als sie die Straße überquert und weiter in eine andere Gasse läuft, kommt ihr ein altes Paar beim Spazierengehen entgegen. Der Mann schaut misstrauisch, die Frau besorgt. Eine Verrückte im roten Paillettenkleid mit einer seltsamen braunen Weste, die Haare zerzaust, das Gesicht zerschrammt. Seitlich am Kopf blutet sie. Ihre linke Hand in einem unnatürlichen Winkel abgebogen, die rechte Faust mit einem Gaffaband umklebt. Irgendwie kommt diese Frau den beiden bekannt vor, von wo denn nur schnell ...

»Was ist mit Ihnen los?«, fragt der alte Mann.

Lara schreit um Hilfe. »Polizei, schnell, rufen Sie sofort die Polizei.«

Der Mann dreht verdutzt den Kopf zu seiner Frau, sie nickt schnell, worauf er ein Handy aus seinem Sakko holt und den Notruf wählt.

Lara keucht. »Er will mich umbringen. In die Luft sprengen. Mit der Weste.«

Der alte Mann redet aufgeregt ins Telefon. Eine Frau, ja. Irgendeine Bombe, sie faselt was von Sprengstoff. Ja, hier, in Purkersdorf. Mitten auf der Straße. Er gibt die Adresse durch.

Beide nehmen sicherheitshalber Abstand von ihr, gehen Schritt für Schritt verkehrt zurück. Lara weiß nicht, wohin sie soll. Ihre gebrochene Hand schmerzt. Sie taumelt, strauchelt, kommt sich vor wie in einem Karussell. »Hilfe, so helft mir doch! Polizei!«

Andere Passanten werden aufmerksam. Ein Jugendlicher deutet mit dem Finger auf sie. »Das ist sie. Die Mörderin. Ich habs grade auf Instagram gesehen. Sie hat alles gestanden. Live im Internet. Das ist die Irre aus dem Fernsehen. Die Tänzerin, die alle umgebracht hat.« Der Jugendliche fischt sein Handy aus der hinteren Tasche seiner zerrissenen Jeans, richtet die Kamera auf Lara und filmt sie.

Immer mehr Leute nähern sich, schauen, woher die Aufregung stammt. Fenster gehen auf.

»Was ist los?«, ruft jemand.

Lara steht mitten auf der Straße, dreht sich um. In der Ferne sieht sie Lukas Wagner stehen. Gut hundert Meter. Sie sieht, wie er sich langsam umdreht und wegschleicht, nur sein Rücken im Blick, dann ist er um die Ecke verschwunden.

»Der Mann da!«, brüllt sie. »Er ist es! Er ist hinter mir her! Er will mich umbringen!«

»Welcher Mann?«, fragt die alte Dame, deren Mann die Polizei verständigt hat.

Die Uhr tickt. Lara schaut an sich herab und sieht den Timer.

27:37.

Wo ist Lukas? Holt er den Fernzünder, um das hier schneller zu beenden?

27:36.

27:35.

27:34.

Wahrscheinlich geht er zurück in den Keller und irgendwann wird es sie zerfetzen. Niemand weiß von seiner Existenz, alle denken, sie hätte es getan.

Aus der Ferne hört Lara Sirenen. Zwei Polizeiautos mit Blaulicht nähern sich. Ein Streifenwagen stellt sich quer auf die Straße. Ein Beamter in Uniform springt heraus und zieht die Glock. »Runter auf den Boden! Sofort! Zeigen Sie mir Ihre Hände!«

Lara will etwas sagen. Aber der Beamte schreit sie an.

»Auf den Boden!«

Sie weiß nicht, wie sie ihm klarmachen soll, dass sie Sprengstoff um die Brust geschnallt hat. »Helfen Sie mir! Bitte! Ich trage eine Bombe. Ich darf die Jacke nicht ausziehen und den Knopf da nicht loslassen.«

Eine Polizistin kommt von der anderen Seite angelaufen, die Waffe im Anschlag. »Keine Bewegung, oder ich schieße!«

Alles geht furchtbar schnell.

Von allen Seiten Schreie. Warnungen.

»Runter auf den Boden!«

»Keine Bewegung!«

Chaos. Weitere Funkwagen schleifen sich ein. Beamte verschanzen sich hinter geparkten Autos, die Waffe im Anschlag. Ein Hubschrauber kreist über dem Straßenzug. Lara hat die linke Hand hochgenommen, so gut es geht. Sie ist umstellt von Einsatzkräften.

»Entschärfungskommando unterwegs«, tönt es aus einem Funkgerät.

»Verstanden.«

Lara schließt die Augen und hat das Gefühl, dass es jederzeit zu Ende ist. Sie kann nicht mehr. Sie will nicht mehr, denkt nur: Macht mit mir, was ihr wollt. Der Timer zeigt 21:18.

Ein Scharfschütze hat sich auf einem Balkon postiert und nimmt sie ins Visier. Im Fadenkreuz sieht er Laras Hinterkopf und wartet auf den Schussbefehl.

Der blaue Golf jagt über die Schnellstraße. Beim Ortsschild Purkersdorf nimmt Alex das Gas weg. Die Trackingapp, die auf seine Bitte hin Kurt auf Laras iPhone installiert hat, zeigt achthundert Meter bis zum Ziel. Nachdem er ihr Geständnis im Internet gesehen hatte, war er ohne zu zögern ins Auto gesprungen und hatte sich auf den Weg gemacht. Das kann alles nicht wahr sein, denkt er. Ein Polizeiauto überholt ihn mit Sirene und Blaulicht. Eine Zivilstreife mit Blaulicht biegt in eine Gasse ein, eine andere nimmt die Abkürzung über einen Feldweg. Was ist da los?

Die Zielsuche auf dem Display zeigt zweihundert Meter, dann eine kleine Fahne, die das Ende des Wegs markiert. Links ein Blockhaus, gegenüber eine Straßenecke, zu der Polizisten rennen.

Er überlegt sich, ob er Schieder und Sandlechner anrufen soll, oder einen Informanten, entschließt sich aber dagegen. Das hat alles mit dem Geständnis zu tun. Wenn er das mitgekriegt hat, werden die das auch gesehen haben. Und die Trackingapp läuft auch auf Kurts Handy. Alex muss erst die Lage einschätzen. Was ist das für ein Einsatz? Was macht Lara in Purkersdorf? Warum ist sie in der Früh so plötzlich verschwunden, ohne etwas zu sagen? Wie passt das alles mit dem absurden Auftritt zusammen, der auf allen Social-Media-Kanälen zu sehen war?

Lara wirkte extrem aufgewühlt. Jemand muss sie gezwungen haben, das zu tun. Nur an diese Version wollte er glauben. Die andere Variante, dass sie tatsächlich die Mörderin ist, kommt für ihn nicht infrage.

Ein paar Hundert Meter weiter wimmelt es von Einsatzwagen. Ein Polizeihubschrauber schwebt am Himmel. Alex steigt aus dem Golf und schaut sich um. Er hört, wie jemand mit einem Megaphon ruft.

»Hier spricht die Polizei. Bleiben Sie weg von hier. Bleiben Sie hinter der Absperrung. Sie dürfen auf keinen Fall näherkommen.«

Schaulustige stehen auf der Straße und warten, was passiert. Ein Mädchen im bunten Blumenkleid hat ihre Puppe verloren, die Mutter zieht das Kind an der Hand weg, schnell, komm. Das Mädchen weint. Die Dämmerung ist angebrochen. Die Perspektive des Zwielichts.

Alex versucht sich ein Bild zu machen. In der Seitengasse weiter vorne steht eine Menschentraube. Das Display der Trackingapp zeigt aber, dass sich Laras Handy woanders befindet. Nicht dort, ab wo die Straße gesperrt ist, sondern hier, wo sein Wagen geparkt ist. Er überlegt, welchem Impuls er folgen soll. Der Reporter in ihm drängt ihn zum Ort des Geschehens, zur Absperrung. Der Mensch, der um die Frau seines Herzens bangt, zieht ihn und seine Instinkte zu dem Blockhaus. Nochmal nachsehen. Sein Handy zeigt, dass er richtig ist.

Er steht vor dem Eingang. Drinnen kein Licht. Alex wirft einen Blick durch das Fenster, das sich seitlich neben dem

Eingang befindet, es ist staubig. Dunkel. Er versucht die Tür zu öffnen. Langsam. Sie quietscht leise. Im Haus kein Geräusch. Er steht im Vorraum. Auf dem Boden verwischte Blutspritzer. Ihm ist klar: Hier hat ein Kampf stattgefunden. Oder ein Verbrechen.

Alex schleicht durch das Haus und kommt sich vor wie ein Einbrecher. Es ist düster, er will kein Licht anmachen. Alle Antennen der Wahrnehmung sind ausgefahren. Er lauscht. Nichts. An einer offenen Glastür lugt er in einen Raum, das Wohnzimmer.

»Lara?« Es ist mehr ein Flüstern.

Keine Antwort.

Er geht weiter. Vorne sieht er eine Treppe, die sich hinauf in den ersten Stock windet. Daneben eine Holztür, die in einen Keller führt. Dorthin zieht sich auch die Blutspur. Alex entscheidet sich, das Licht anzumachen, ein Schalter gleich links oben und genau in dem Moment spürt er einen harten Schlag auf den Hinterkopf. Er will sich umdrehen, hebt die Arme zum Schutz. Der Angreifer tritt ihm in den Rücken. Alex stolpert über die Stufen hinunter in den Keller. Durch sein Bein fährt ein heißer Schmerz.

Instinktiv kauert er sich zusammen und sieht, wie eine blutverschmierte Gestalt über ihn steigt. Der Angreifer hat einen notdürftigen Verband um den Kopf gebunden, vollgesogen mit Blut. Er sucht fieberhaft nach etwas.

Alex kennt diesen Mann. Er war ihm schon einmal begegnet. Der Kellner in der Kantine. Ja. Das ist er. In seinem Kopf rasten Zahnräder ineinander, alles ergibt plötzlich einen Sinn. Der Killer, das ist er. Der freundliche Gerard Butler. Alex kriecht durch den Raum.

Der Irre sucht etwas. Greift zu einem schwarzen Ding. Alex sieht ein Messer unter einem Sessel liegen. Beide Blicke treffen sich. Alex robbt hektisch vorwärts. Es gelingt ihm, als erster das Messer zu schnappen. Er will sich aufrichten, rutscht mit der Hand auf Blut aus und knickt um.

Er liegt seitlich auf dem Steinboden. Der Typ vor ihm schaut aus wie ein Monster in einem Horrorfilm.

»Eine Bewegung und ich jag die Kleine in die Luft. Das ist ein Fernzünder.« Lukas Wagners Mund verzerrt den Rest von seinem Gesicht zu einer grinsenden Fratze. »Ich hab ihr eine Sprengstoffweste verpasst. Die Uhr tickt. Jetzt her mit dem Messer, oder es macht Bumm.«

Drei Männer mit gepanzerter Ausrüstung und Helmvisieren nähern sich Lara. Mittlerweile ist der Platz rings um sie herum frei von Polizisten. Alle sind hinter den Autos in Deckung gegangen, nur die Einheit des Entschärfungskommandos rückt vor, im Kampfschritt wie im Film.

Der vorderste Mann trägt ein Schutzschild aus einer Speziallegierung, für den Fall des Falles. Lara weint. Ihr Brustkorb geht auf und ab. Ihr Puls rast wie noch nie in ihrem Leben.

»Ich werde sterben«, flüstert sie.

»Niemand wird sterben«, sagt der erste Mann. Hinter dem Visier trägt er einen Vollbart. »Sie werden jetzt tief Luft holen und versuchen, normal zu atmen. Sie müssen unbedingt ruhig bleiben. Wir schaffen das nur gemeinsam. Beruhigen Sie sich und alles wird gut. Wir bekommen das hin. Ruhig bleiben, alles ist in Ordnung. Wir werden uns jetzt den Sprengmechanismus ansehen und die Bombe entschärfen. Sie machen das gut. Wir sind da. Gemeinsam geht das.« Die beiden anderen reden über die zwei Kabel, die von der Weste in Taschen führen, ein weißes und ein blaues. »C4«, sagt der Ältere. »Wir haben nicht genug Zeit«, sagt der andere.

Lara schluchzt. Sie kontrolliert das Display.

01:35.

Die Männer schauen sich gegenseitig an und wägen das Risiko ab. Eineinhalb Minuten, um das Problem hier zu lösen, reichen nicht aus, ohne sich selbst zu gefährden.

01:18.

Die Situation ist an der Kippe. Sie müssen eine Entscheidung treffen.

»Wir können den richtigen Draht nur mit Glück durchtrennen«, sagt der Bärtige.

»Eine Minute noch.«

»Wir bräuchten den Zünder.«

»Die Chance ist ...«

»Rückzug«, sagt der Gruppenleiter. »Rückzug!«

Alex taxiert den Mann vor ihm. Er versteht die Lage in einer unnatürlichen Klarheit.

Der Typ aus der Kantine des Senders, Ludwig oder Lukas, er kann sich nicht mehr genau an den Namen erinnern, nur an dieses Gesicht, von dem Fetzen einer Mullbinde hängen. Die Zähne gefletscht wie ein Tier. Der Killer, den niemand beachtet hat.

Alex sieht keine Möglichkeit, den Mann zu überwältigen.

»Hallo?«

Eine Stimme von oben.

»Hallo, ist da jemand? Hier ist die Polizei.«

Lukas dreht sich um, für einen kurzen Moment ist er abgelenkt und in diesem Augenblick rappelt sich Alex auf. Er schlägt Lukas mit der Faust ins Gesicht. Lukas kreischt. Alex stürzt sich auf ihn, schafft es, ihm den linken Ellbogen gegen den Kehlkopf zu rammen. Lukas röchelt, als würde er ersticken. Alex schnappt sich den kleinen schwarzen Kasten, auf dem der Timer rückwärtsläuft.

00:58.

00:57.

00:56.

00:55.

00:54.

Er weiß nicht, was er damit anstellen soll.

»Sie da unten, keine Bewegung!«

Kurt ist da, denkt Alex. Danke!

Kurt rennt die Stufen hinunter, kniet sich neben den um Luft ringenden Mann mit dem blutverschmierten Gesicht.

»Das ist der Killer«, sagt Alex und zeigt auf das Gerät. »Ein Fernzünder mit einer Zeitschaltung für eine Bombe. Lara stirbt jetzt.«

00:43.

00:42.

Kurt schnappt sein Telefon und lässt sich mit dem Bombenkommando verbinden. »Kurt Lambert, Kriminalpolizei. Ich habe hier den Mann mit dem Zündschalter. Ein schwarzes Gerät. Wir haben nur mehr ein paar Sekunden, schnell. Was soll ich tun?« Er schaltet auf Lautsprecher.

Die tiefe Stimme am anderen Ende gibt ihm Anweisungen. »Sie müssen das Gerät aufschrauben und die Stromzufuhr kappen. Die Batterie.«

00:21.

00:20.

Alex steht auf, humpelt, sucht den Keller ab. Das Messer. Er schnappt es und reicht es seinem Freund. Kurts Muskeln spannen sich, während er versucht, den kleinen Kasten aufzubrechen. Die Klinge rutscht ab.

00:12.

00:11.

Wieder schlägt er auf den Kasten ein. Er schafft es, die Spitze der Klinge in eine Bruchstelle zu schieben, dreht den Griff am Schaft.

00:09.

00:08.

Das Plastik zerbirst. Der Kasten ist offen. Darin zwei kleine Batterien.

00:07.

00:06.

Kurt bekommt sie nicht heraus. Er schwitzt. Alex bewegt sich nicht, hält unbewusst die Luft an.

00:05.

Wieder schiebt er die Klinge zwischen die beiden kleinen Batterien.

00:04.

Eine Batterie springt heraus, die andere fischt er mit dem Zeigefinger heraus.

Die Anzeige erlischt. Das Display ist schwarz.

Alex atmet aus.

Kurt nickt ihm zu. »Das war knapp.«

Lukas Wagner hat sich erfangen, will langsam aufstehen, aber Kurt schlägt ihm sein Knie mit voller Wucht gegen die Nase. Er fliegt nach hinten und bleibt liegen. Kurt schnappt sich ein paar Handschellen aus seinen Jeans und legt sie ihm an.

»Sie sind verhaftet«, sagt er, »und die Rechte liest Ihnen jetzt keiner vor.«

Zu Alex sagt er: »Gut gemacht.«

»Ich muss da durch«, sagt Alex, während ihn ein Polizist aufhält. Auf einmal ist Elisabeth Sandlechner neben ihm und zeigt ihre Marke, winkt ab und er darf passieren. Das Einsatzkommando hat Lara die Weste abgenommen.

Alex humpelt zu ihr. Sie weint. Lacht, als sie ihn sieht. Gut sechzig Polizisten umsäumen die Szenerie. Alex fällt Lara um den Hals. Umarmt sie wie nie jemanden zuvor. Halten. Drücken. Den Menschen festhalten, den man liebt. Über ihnen nimmt der Polizeihubschrauber einen Kurs auf. Kriminalbeamte sprechen mit Uniformierten. Schaulustige machen Handyfotos und posten sie sofort.

»Du bist meine Heldin«, sagt Alex.

Das Blaulicht der Einsatzwagen macht den Abend zum Tag. Ein Rettungswagen steht bereit. Sanitäter kommen näher, ein Notarzt trägt einen Koffer mit dem Emblem eines roten Kreuzes. »Wie geht es Ihnen?«, fragt er, und es klingt wie ein Scherz.

»Super«, sagt Lara.

Der Doktor prüft Alex' Bein. »Keine Fraktur«, sagt er. Er wendet sich Lara zu. »Ihre Hand ist allerdings gebrochen.« Er inspiziert Laras Platzwunde am Kopf. »Das wird schon. Wir nehmen Sie mit zum Röntgen und CT.«

Der Arzt tupft eine bräunliche Substanz auf Laras Wunde und klebt ihr ein großes Pflaster darüber. »Für den Anfang sollte das genügen«, sagt er.

Lara und Alex ist das Getümmel zu viel. Sie sehen die vielen Leute nicht, die Schaulustigen, die Leute, die Handyfotos machen. Sie sehen nur einander.

»Ich erzähl dir alles, wenn wir irgendwann ausgeschlafen sind«, sagt er. »Du musst jetzt zur Kontrolle ins Spital.«

Lara kann nicht glauben, dass sie noch lebt. Dass dieser Mann hier ist. Alex. Sie schafft noch drei Worte, bevor ihr ein Sanitäter in den Rettungswagen hilft. »Ich liebe dich.«

Alex gelingt zum ersten Mal ein Lächeln. »Darf ich das im Exklusivinterview zitieren?« Er küsst sie auf die Stirn.

Die Tür der Ambulanz wird geschlossen. Alex sieht, wie die roten Rücklichter kleiner werden. Der Abend wird noch lange dauern, denkt er, sie werden ihn einvernehmen, und irgendwann in der Nacht wird er nun doch die beste Story seines Lebens schreiben. Nicht er war der Held, sie ist die Heldin, Lara.

Am Ende von solchen Geschichten, denkt Alex, muss es ein Happyend geben. Seines hatte vier Buchstaben. Lara. Manche Geschichten hören abrupt auf. Oder fangen erst so richtig an.

Die Autorin

Mag.[a] Roswitha Wieland wurde 1983 in Wien geboren, schon als 4-jährige tanzte sie ihre ersten Schritte und wurde zu einer der erfolgreichsten Profitänzerinnen Österreichs.

30 Jahre war sie als Turniertänzerin tätig, einige Jahre begleitete sie in der Sendung „Dancing Stars" zahlreiche Prominente bei ihren Auftritten und bis heute ist sie als Personal Dancing Coach dem Tanzen verbunden geblieben. Ihre Tanzleidenschaft hat sie beruflich rund um die Welt gebracht, von Hong Kong, über New York bis Istanbul ist sie international auf vielen Parketten zuhause.

Neben ihrem absolvierten Studium an der Wirtschaftsuniversität Wien 2005, hat die sowohl körperlich als auch mental fordernde Welt des Tanzens in ihr den Wunsch geweckt, neue Wege zu finden, um Kraft- und Energiespeicher wieder aufzuladen. Es folgte eine umfangreiche Ausbildung in der Komplementärmedizin und Kooperationen mit renommierten Ärzt*innen im In- und Ausland. Ihr Fokus liegt auf der Prana Energie-Therapie und ihrer selbst entwickelten Lichttherapie.

Das Schreiben ist für sie, genau wie das Malen, ein schöpferischer Ausgleich.

Mit freundlicher Unterstützung durch

☰ **Bundesministerium**
Kunst, Kultur,
öffentlicher Dienst und Sport

Danke, dass Sie sich für unser Buch entschieden haben. Wir freuen uns, wenn wir Sie auch weiterhin über unsere Neuerscheinungen informieren dürfen, und laden Sie ein, unseren Newsletter unter www.ueberreuter.at zu abonnieren.

Das Werk ist reine Fiktion und entspringt der Fantasie der Autorin. Jede Ähnlichkeit mit realen Begebenheiten oder lebenden und verstorbenen Personen ist zufällig und nicht beabsichtigt.

1. Auflage 2023
© Carl Ueberreuter Verlag, Wien 2023
ISBN 978-3-8000-9017-4

Covergestaltung: Lisa Wilfinger | Carl Ueberreuter Verlag
Covergrafiken: © iStock
Lektorat: Thomas Köpf | xpertmedia.at
Satz: Lisa Wilfinger | Carl Ueberreuter Verlag
Druck und Bindung: Brüder Glöckler | Wöllersdorf

 @ueberreuterwien

 @ueberreuter_wien

 @ueberreuter_wien